丁香方盛处

张晓风 著

刘俊 编

图书在版编目（CIP）数据

丁香方盛处 / 张晓风著. — 南京：江苏凤凰文艺出版社，2016
（名家书坊）
ISBN 978-7-5399-9229-7

Ⅰ. ①丁… Ⅱ. ①张… Ⅲ. ①随笔－作品集－中国－当代 Ⅳ. ①I267.1

中国版本图书馆 CIP 数据核字(2016)第 091052 号

书　　　名	丁香方盛处
著　　　者	张晓风
责 任 编 辑	蔡晓妮
责 任 校 对	史誉瑕　王娜娜
出 版 发 行	凤凰出版传媒股份有限公司 江苏凤凰文艺出版社
出版社地址	南京市中央路 165 号，邮编：210009
出版社网址	http://www.jswenyi.com
经　　　销	凤凰出版传媒股份有限公司
印　　　刷	江苏凤凰新华印务有限公司
开　　　本	880×1230 毫米 1/32
印　　　张	8.625
字　　　数	214 千字
版　　　次	2016 年 9 月第 1 版　2016 年 9 月第 1 次印刷
标 准 书 号	ISBN 978-7-5399-9229-7
定　　　价	39.00 元

（江苏凤凰文艺版图书凡印刷、装订错误可随时向承印厂调换）

目录

初绽的诗篇

003　母亲的羽衣
008　爱情篇
012　一个女人的爱情观
016　地毯的那一端
023　步下红毯之后
028　母亲·姓氏·里贯·作家
031　初绽的诗篇
046　半局
056　衣履篇

愁乡石

065　愁乡石
069　替古人担忧
073　色识
084　六桥
　　——苏东坡写得最长最美的一句诗

给我一个解释

089　给我一个解释

097　幽明二则

102　矛盾篇(之一)

105　矛盾篇(之二)

110　矛盾篇(之三)

115　重读一封前世的信

121　我在

126　我知道你是谁

132　月,阙也

135　玉想

143　只因为年轻啊

153　错误
　　——中国故事常见的开端

生活赋

161	生活赋
164	描容
170	衣衣不舍
174	种种有情
181	谁敢
183	专宠
190	我有一个梦
197	"你的侧影好美！"
199	音乐教室
204	我交给你们一个孩子
209	雨天的书
215	酿酒的理由
219	一抹绿
221	一半儿春愁，一半儿水
	——溪城忆旧

咏物篇

227　咏物篇

232　林木篇

237　雨之调

242　常常,我想起那座山

258　地篇

264　丁香方盛处

267　**编后记**

初绽的诗篇

母亲的羽衣
爱情篇
一个女人的爱情观
地毯的那一端
步下红毯之后
母亲·姓氏·里贯·作家
初绽的诗篇
半局
衣履篇

母亲的羽衣

讲完了牛郎织女的故事,细看儿子已经垂睫睡去,女儿却犹自瞪着坏坏的眼睛。

忽然,她一把抱紧我的脖子把我赘得发疼:

"妈妈,你说,你是不是仙女变的?"

我一时愣住,只胡乱应道:

"你说呢?"

"你说,你说,你一定要说。"她固执地扳住我不放,"你到底是不是仙女变的?"

我是不是仙女变的? ——哪一个母亲不是仙女变的?

像故事中的小织女,每一个女孩都曾住在星河之畔,她们织虹纺霓,藏云捉月,她们几曾烦心挂虑?她们是天神最偏怜的小女儿,她们终日临水自照,惊讶于自己美丽的羽衣和美丽的肌肤,她们久久凝注着自己的青春,被那份光华弄得痴然如醉。

而有一天,她的羽衣不见了,她换上了人间的粗布——她已经决定做一个母亲。有人说她的羽衣被锁在箱子里,她再也不能飞翔了,人们还说,是她丈夫锁上的,钥匙藏在极秘密的地方。

可是,所有的母亲都明白那仙女根本就知道箱子在哪里,她也知道藏钥匙的所在,在某个无人的时候,她甚至会惆怅地开启箱子,用忧伤的目光抚摸那些柔软的羽毛,她知道,只要羽衣一着身,她就会重新回到云端,可是她把柔软白亮的羽毛拍了又拍,仍然无声无息地关上箱子,藏好钥匙。

是她自己锁住那身昔日的羽衣的。

她不能飞了,因为她已不忍飞去。

而狡黠的小女儿总是偷窥到那藏在母亲眼中的秘密。

许多年前,那时我自己还是一个小女孩,我总是惊奇地窥伺着母亲。

她在口琴背上刻了小小的两个字——"静鸥",那里面有什么故事吗?那不是母亲的名字,却是母亲名字的谐音,她也曾梦想过自己是一只静栖的海鸥吗?她不怎么会吹口琴,我甚至想不起她吹过什么好听的歌,但那名字对我而言是母亲神秘的羽衣,她轻轻写那两个字的时候,她可以立刻变了一个人,她在那名字里是另外一个我所不认识的有翅的什么。

母亲晒箱子的时候是她另外一种异常的时刻,母亲似乎有好些东西,完全不是拿来用的,只为放在箱底,按时年年在三伏天取出来曝晒。

记忆中母亲晒箱子的时候就是我兴奋欲狂的时候。

母亲晒些什么?我已不记得,记得的是樟木箱又深又沉,像一个混沌黝黑初生的宇宙,另外还记得的是阳光下竹竿上富丽夺人的颜色,以及怪异却又严肃的樟脑味,以及我在母亲呵禁声中东摸摸西探探的快乐。

我惟一真正记得的一件东西是幅漂亮的湘绣被面,雪白的缎子上,绣着兔子、翠绿的小白菜和红艳欲滴的小杨花萝卜,全幅上还绣了许多别的令人惊讶赞叹的东西,母亲一面整理,一面会忽然回过头来说:"别碰,别碰,等你结婚就送给你。"

我小的时候好想结婚,当然也有点害怕,不知为什么,仿佛所有的好东西都是等结了婚就自然是我的了,我觉得一下子有那么多好东西也是怪可怕的事。

那幅湘绣后来好像不知怎么就消失了,我也没有细问。对我而言,那么美丽得不近真实的东西,一旦消失,是一件合理得不能再合理的事。譬如初春的桃花,深秋的枫红,在我看来都是美丽得违了规的东西,是茫茫大化一时的错误,才胡乱把那么多的美堆到一种东西上去,桃花理该一夜消失的,不然岂不教世人都疯了?

湘绣的消失对我而言简直就是复归大化了。

但不能忘记的是母亲打开箱子时那份欣悦自足的表情,她慢慢地看着那幅湘绣,那时我觉得她忽然不属于周遭的世界,那时候她会忘记晚饭,忘记我扎辫子的红绒绳。她的姿势细想起来,实在是仙女依恋地轻抚着羽衣的姿势,那里有一个前世的记忆,她又快乐又悲哀地将之一一拾起,但是她也知道,她再也不会去拾起往昔了——惟其不会重拾,所以回顾的一刹那更特别的深情凝重。

除了晒箱子,母亲最爱回顾的是早逝的外公对她的宠爱,有时她胃痛,卧在床上,要我把头枕在她的胃上,她慢慢地说起外公。外公似乎很舍得花钱(当然也因为有钱),总是带她上街去吃点心,她总是告诉我当年的肴肉和汤包怎么好吃,甚至煎得两面黄的炒面和女生宿舍里早晨订的冰糖豆浆(母亲总是强调"冰糖"豆浆,因为那是比"砂糖"豆浆更为高贵的),都是超乎我想象力之外的美味,我每听她说那些事的时候,都惊讶万分——我无论如何不能把那些事和母亲联想在一起。我从有记忆起,母亲就是一个吃剩菜的角色,红烧肉和新炒的蔬菜简直就是理所当然地放在父亲面前的,她自己的面前永远是一盘杂拼的剩菜和一碗"擦锅饭"(擦锅饭就是把剩饭在炒完菜的锅中一炒,把锅中的菜汁都擦干净了的那种饭),我简直想不出她不吃剩菜的时候是什么样子。

而母亲口里的外公、上海、南京、汤包、肴肉全是仙境里的东西,母亲每讲起那些事,总有无限的温柔,她既不感伤,也不怨叹,只是那样平静地说着。她并不要把那个世界拉回来,我一直都知道这一点,我很安心,我知道下顿饭她仍然会坐在老地方,吃那盘我们大家都不爱吃的剩菜。而到夜晚,她会照例一个门一个窗地去检点去上闩。她一直都负责把自己牢锁在这个家里。

哪一个母亲不曾是穿着羽衣的仙女呢?只是她藏好了那件衣服,然后用最黯淡的一件粗布把自己掩藏了,我们有时以为她一直就是那样的。

而此刻,那刚听完故事的小女儿鬼鬼地在窥伺着什么?

她那么小,她何由得知?她是看多了卡通,听多了故事吧?她也发现了什么吗?

是在我的集邮本偶然被儿子翻出来的那一刹那吗?是在我拣出石涛画册或汉碑并一页页细味的那一刻吗?是在我猛然回首听他们弹一阕熟悉的钢琴练习曲的时候吗?抑或是在我带他们走过年年的春光,不自主地驻足在杜鹃花旁或流苏树下的一瞬间吗?

或是在我动容地托住父亲的勋章或童年珍藏的北平画片的时候,或是在我翻拣夹在大字典里的干叶之际,或是在我轻声地教他们背一首唐诗的时候……

是有什么语言自我眼中流出呢?是有什么音乐自我腕底泻过吗?为什么那小女孩会问道:

"妈妈,你是不是仙女变的呀?"

我不是一个和千万母亲一样安分的母亲吗?我不是把属于女孩的羽衣收折得极为秘密吗?我在什么时候泄露了自己呢?

在我的书桌底下放着一个被人弃置的木质砧板,我一直想把它挂起来当一幅画,那真该是一幅庄严的画,那样承受过万万千千生活的刀痕和凿印,但不知为什么,我一直也没有把它挂出来……

天下的母亲不都是那样平凡不起眼的一块砧板吗？不都是那样柔顺地接纳了无数尖锐的割伤却默无一语的砧板吗？

而那小女孩，是凭什么神秘的直觉，竟然会问我：

"妈妈？你到底是不是仙女变的？"

我掰开她的小手，救出我被吊得酸麻的脖子，我想对她说："是的，妈妈曾经是一个仙女，在她做小女孩的时候，但现在，她不是了，你才是，你才是一个小小的仙女！"

但我凝注着她晶亮的眼睛，只简单地说了一句：

"不是，妈妈不是仙女，你快睡觉。"

"真的？"

"真的！"

她听话地闭上了眼睛，旋又不放心地睁开：

"如果你是仙女，也要教我仙法哦！"

我笑而不答，替她把被子掖好，她兴奋地转动着眼珠，不知在想什么。

然后，她睡着了。

故事中的仙女既然找回了羽衣，大约也回到云间去睡了。

风睡了，鸟睡了，连夜也睡了。

我守在两张小床之间，久久凝视着他们的睡容。

爱情篇

一　两岸

我们总是聚少离多,如两岸。

如两岸——只因我们之间恒流着一条莽莽苍苍的河。我们太爱那条河,太爱太爱,以至竟然把自己站成了岸。

站成了岸,我爱,没有人勉强我们,我们自己把自己站成了岸。

春天的时候,我爱,杨柳将此岸绿遍,漂亮的绿绦子潜身于同色调的绿波里,缓缓地向彼岸游去。河中有萍,河中有藻,河中有云影天光,仍是《国风·关雎》的河啊,而我,一径向你泅去。

我向你泅去,我正遇见你向我泅来——以同样柔和的柳条。我们在河心相遇,我们的千丝万绪秘密地牵起手来,在河底。

只因为这世上有河,因此就必须有两岸,以及两岸的绿杨堤。我不知我们为什么只因坚持要一条河,而竟把自己矗立成两岸,岁岁年年相向而绿,任地老天荒,我们合力撑住一条河,死命地呵护那千里烟波。

两岸总是有相同的风,相同的雨,相同的水位。炸酱草匀分给两岸相等的红,鸟翼点给两岸同样的白,而秋来兼葭露冷,给我们以相似的苍凉。

蓦然发现,原来我们同属一块大地。

纵然被河道凿开,对峙,却不曾分离。

年年春来时,在温柔得令人心疼的三月,我们忍不住伸出手臂,在河底秘密地挽起。

二　定义及命运

年轻的时候,怎么会那么傻呢?

对"人"的定义,对"爱"的定义,对"生活"的定义,对莫名其妙的刚听到的一个"哲学名词"的定义……

那时候,老是郑重其事地把左掌右掌看了又看,或者,从一条曲曲折折的感情线,估计着感情的河道是否决堤。有时,又正经地把一张脸交给一个人,从鼻山眼水中,去窥探一生的风光。

奇怪,年轻的时候,怎么什么都想知道?定义,以及命运。年轻的时候,怎么就没有想到过,人原来也可以有权不知不识而大剌剌地活下去。

忽然有一天,我们就长大了,因为爱。

去知道明天的风雨已经不重要了,执手处张发可以为风帆,高歌时,何妨倾山雨入盏,风雨于是不重要了,重要的是找一方共同承风挡雨的肩。

忽然有一天,我们把所背的定义全忘了,我们遗失了登山指南,我们甚至忘了自己,忘了那一切,只因我们已登山,并且结庐于一弯溪谷。千泉引来千月,万窍邀来万风,无边的庄严中,我们也自庄严起来。

而长年的携手,我们已彼此把掌纹叠印在对方的掌纹上,我们的眉因为同蹙同展而衔接为同一个名字的山脉,我们的眼因为相同的视线而映出为连波一片,怎样的看相者才能看明白这样两双手的天机,怎样的预言家才能说清楚这样两张脸的命运?

蔷薇几曾有定义,白云何所谓其命运,谁又见过为劈头迎来的巨石而焦灼的流水?

怎么会那么傻呢,年轻的时候?

三　从俗

当我们相爱——在开头的时候——我们觉得自己清雅飞逸,仿佛有一个新我,自旧我中飘然游离而出。

当我们相爱时,我们从每一寸皮肤、每一缕思维中伸出触角,要去探索这个世界,拥抱这个世界,我们开始相信自己的不凡。

相爱的人未必要朝朝暮暮相守在一起——小说里都是这样说的,小说里的男人和女人一眨眼便已暮年,而他们始终没有生活在一起,他们留给我们的是凄美的回忆。

但我们是活生生的人,我们不是小说,我们要朝朝暮暮,我们要活在同一个时间,我们要活在同一个空间,我们要相厮相守,相牵相挂,于是我们放弃飞腾,回到人间,和一切庸俗的人同其庸俗。

如果相爱的结果是使我们平凡,让我们平凡。

如果爱情的历程是让我们由纵横行空的天马变为忍辱负重、行向一路崎岖的承载驾马,让我们接受。

如果爱情的转迹总是把云霄之上的金童玉女贬为人间烟火中的匹妇匹夫,让我们甘心。

我们只有这一生,这是我们惟一的筹码,我们要合在一起下注。

我们只有这一生,这是我们惟一的戏码,我们要同台演出。

于是,我们要了婚姻。

于是,我们经营起一个巢,栖守其间。

有厨房,有餐厅,那里有我们一饮一啄的牵情。

有客厅,那里有我们共同的朋友以及他们的高谈阔论。

有兼为书房的卧房,各人的书站在各人的书架里,但书架相衔,矗立成壁,连我们那些完全不同类的书也在声气相求。

有孩子的房间,夜夜等着我们去为一双娇儿痴女念故事,并且盖他们老是踢掉的棉被。

至于我们曾订下的山之盟呢?我们所渴望的水之约呢?让它们等一等,我们总有一天会去的,但现在,我们已选择了从俗。

贴向生活,贴向平凡,山林可以是公寓,电铃可以是诗,让我们且来从俗。

一个女人的爱情观

忽然发现自己的爱情观很土气,忍不住自笑了起来。

对我而言,爱一个人就是满心满意要跟他一起"过日子",天地鸿蒙荒凉,我们不能妄想把自己扩充为六合八方的空间,只希望以彼此的火烬把属于两人的一世时间填满。

客居岁月,暮色里归来,看见有人当街亲热,竟也视若无睹,但每看到一对人手牵手提着一把青菜一条鱼从菜场走出来,一颗心就忍不住恻恻地痛了起来,一蔬一饭里的天长地久原是如此味永难言啊!相拥的那一对也许今晚就分手,但一鼎一镬里却有其朝朝暮暮的恩情啊!

爱一个人原来就只是在冰箱里为他留一只苹果,并且等他归来。

爱一个人就是在寒冷的夜里不断在他的杯子里斟上刚沸的热水。

爱一个人就是喜欢两人一起收尽桌上的残肴,并且听他在水槽里刷碗的音乐——事后再偷偷把他不曾洗干净的地方重洗一遍。

爱一个人就有权利霸道地说:

"不要穿那件衣服,难看死了,穿这件,这是我新给你买的。"

爱一个人就是一本正经地催他去工作,却又忍不住躲在他身后想捣几次小小的蛋。

爱一个人就是在拨通电话时忽然不知道要说什么,才知道原来只是想听听那熟悉的声音,原来真正想拨通的,只是自己心底的一根弦。

爱一个人就是把他的信藏在皮包里,一日拿出来看几回、哭几回、痴想几回。

爱一个人就是在他迟归时想上一千种坏的可能,在想象中经历万般劫难,发誓等他回来要好好罚他,一旦见面却又什么都忘了。

爱一个人就是在众人暗骂:"讨厌!谁在咳嗽!"你却急道:"唉,唉,他这人就是记性坏啊,我该买一瓶川贝枇杷膏放在他的背包里的!"

爱一个人就是上一刻钟想把美丽的恋情像冬季的松鼠秘藏坚果一般,将之一一放在最隐秘最安妥的树洞里,下一刻钟却又想告诉全世界这骄傲自豪的消息。

爱一个人就是在他的头衔、地位、学历、经历、善行、劣迹之外,看出真正的他不过是个孩子——好孩子或坏孩子——所以疼了他。

也因此,爱一个人就喜欢听他儿时的故事,喜欢听他有几次大难不死,听他如何淘气惹厌,怎样善于玩弹珠或打"水漂漂",爱一个人就是忍不住替他记住了许多往事。

爱一个人就不免希望自己更美丽,希望自己被记得,希望自己的容颜体貌在极盛时于对方如霞光过目,永不相忘,即使在繁花谢树的残冬,也有一个人沉如历史典册的瞳仁可以见证你的华采。

爱一个人总会不厌其烦地问些或回答些傻问题,例如:"如果我老了,你还爱我吗?""爱!""我的牙都掉光了呢?""我吻你的牙床!"

爱一个人便忍不住迷上那首白发吟：

　　亲爱的，我年已渐老
　　白发如霜银光耀
　　惟你永是我爱人
　　永远美丽又温柔……

爱一个人常是一串奇怪的矛盾，你会依他如父，却又怜他如子，尊他如兄，又复宠他如弟，想师事他，跟他学，却又想教导他把他俘虏成自己的徒弟，亲他如友，又复气他如仇，希望成为他的女皇，他惟一的女主人，却又甘心做他的小丫鬟小女奴。

爱一个人会使人变得俗气，你不断地想：晚餐该吃牛舌好呢？还是猪舌？蔬菜该买大白菜？还是小白菜？房子该买在三张犁呢？还是六张犁？而终于在这份世俗里，你了解了众生，你参与了自古以来匹夫匹妇的微不足道的喜悦与悲辛，然后你发觉这世上有超乎雅俗之上的情境，正如日光超越调色盘上的色样。

爱一个人就是喜欢和他拥有现在，却又追记着和他在一起的过去。喜欢听他说，那一年他怎样偷偷喜欢你，远远地凝望着你。爱一个人又总期望着未来，想到地老天荒的他年。

爱一个人便是小别时带走他的吻痕，如同一幅画，带着鉴赏者的朱印。

爱一个人就是横下心来，把自己小小的赌本跟他合起来，向生命的大轮盘去下一番赌注。

爱一个人就是让那人的名字在临终之际成为你双唇间最后的音乐。

爱一个人，就不免生出共同的、霸占的欲望。想认识他的朋友,想了解他的事业,想知道他的梦。希望共有一张餐桌,愿意同用一双筷子,喜欢轮饮一杯茶,合穿一件衣,并且同衾共枕,奔赴一个命运,共寝一个墓穴。

前两天,整收房间,理出一只提袋,上面赫然写着"××孕妇服装中心",我愕然许久,既然这房子只我一人住,这只手提袋当然是我的了,可是,我何曾跑到孕妇店去买衣服?于是不甘心地坐下来想,想了许久,终于想出来了。我那天曾去买一件斗篷式的土褐色短裰,便是用这只绿色袋子提回来的,我是的确闯到孕妇店去买衣服了。细想起来那家店的模特儿似乎都穿着孕妇装,我好像正是被那种美丽沉甸的繁殖喜悦所吸引而走进去的。这样说来,原来我买的那件宽松适意的斗篷式短裰竟真是给孕妇设计的。

这里面有什么心理分析吗?是不是我一直追忆着怀孕时强烈的酸苦和欣喜而情不自禁地又去买了一件那样的衣服呢?想多年前冬夜独起,灯下乳儿的寒冷和温暖便一下子涌回心头,小儿吮乳的时候,你多么希望自己的生命就此为他竭泽啊!

对我而言,爱一个人,就不免想跟他生一窝孩子。

当然,这世上也有人无法生育,那么,就让共同教育的学生,共同经营的事业,共同爱过的子侄晚辈,共同谱成的生活之歌,共同写完的生命之书来做他们的孩子。

也许还有更多更多可以说的,正如此刻,爱情对我的意义是终夜守在一盏灯旁,听车声退潮再复涨潮,看淡紫的天光愈来愈明亮,凝视两人共同凝视过的长窗外的水波,在矛盾的凄凉和欢喜里,在知足感恩和渴切不足里细细体会一条河的韵律,并且写一篇叫《爱情观》的文章。

地毯的那一端

德：

　　从疾风中走回来，觉得自己像是被浮起来了。山上的草香得那样浓，让我想到，要不是有这样猛烈的风，恐怕空气都会给香得凝冻起来！

　　我昂首而行，黑暗中没有人能看见我的笑容。白色的芦荻在夜色中点染着凉意——这是深秋了，我们的日子在不知不觉中临近了。我遂觉得，我的心像一张新帆，其中每一个角落都被大风吹得那样饱满。

　　星斗清而亮，每一颗都低低地俯下头来。溪水流着，把灯影和星光都流乱了。我忽然感到一种幸福，那样混沌而又陶然的幸福。我从来没有这样亲切地感受到造物的宠爱——真的，我们这样平庸，我总觉得幸福应该给予比我们更好的人。

　　但这是真实的，第一张贺卡已经放在我的案上了。洒满了细碎精致的透明照片，灯光下展示着一个闪烁而又真实的梦境。画上的金钟摇荡，遥遥地传来美丽的回响。我仿佛能听见那悠扬的音韵，我仿佛能嗅到那沁人的玫瑰花香！而尤其让我神往的，是那几行可爱的祝词："愿婚礼的记忆存至永远，愿你们的情爱与日俱增。"

　　是的，德，永远在增进，永远在更新，永远没有一个边和底——六年了，我们护守着这份情谊，使它依然焕发，依然鲜洁，正如别人所说的,我们是何等幸运。每次回顾我们的交往,我就仿佛走进博物馆的长廊。其间每一处景物都意味着一段美丽的回忆。每一件东西都牵扯着一个动人的故事。

那样久远的事了。刚认识你的那年才十七岁,一个多么容易犯错误的年纪!但是,我知道,我没有错。我生命中再没有一件决定比这项更正确了。前天,大伙儿一起吃饭,你笑着说:"我这个笨人,我这辈子只做了一件聪明的事。"你没有再说下去,妹妹却拍起手来,说:"我知道了!"啊,德,我能够快乐地说,我也知道。因为你做的那件聪明事,我也做了。

那时候,大学生活刚刚展开在我面前。台北的寒风让我每日思念南部的家。在那小小的阁楼里,我呵着手写蜡纸。在草木摇落的道路上,我独自骑车去上学。生活是那样黯淡,心情是那样沉重。在我的日记上有这样一句话:"我担心,我会冻死在这小楼上。"而这时候,你来了。你那种毫无企冀的友谊四面环护着我,让我的心触及最温柔的阳光。

我没有兄长,从小我也没有和男孩子同学过。但和你交往却是那样自然,和你谈话又是那样舒服。有时候,我想,如果我是男孩子多么好啊!我们可以一起去爬山,去泛舟。让小船在湖里任意漂荡,任意停泊,没有人会感到惊奇。好几年以后,我将这些想法告诉你,你微笑地注视着我:"那,我可不愿意,如果你真想做男孩子,我就做女孩。"而今,德,我没有变成男孩子,但我们可以去遨游,去做山和湖的梦。因为,我们将有更亲密的关系了。啊,想象中终生相爱相随该是多么美好!

那时候,我们穿着学校规定的卡其服。我新烫的头发又总是被风刮得乱蓬蓬的。想起来,我总不明白你为什么那样喜欢接近我。那年大考的时候,我蜷曲在沙发里念书。你跑来,热心地为我讲解英文文法。好心的房东为我们送来一盘春卷,我慌乱极了,竟吃得洒了一裙子。你瞅着我说:"你真像我妹妹,她和你一样大。"我窘得不知如何是好,只是一径低着头,假装抖那长长的裙幅。

那些日子真是冷极了。每逢没有课的下午我总是留在小楼上,弹弹风琴,把一本拜尔琴谱都快翻烂了。有一天你对我说:"我常在楼下听你弹琴。你好像常弹那首《甜蜜的家庭》。怎么?在想家吗?"我很感激你的窃听,惟有你了解、关切我凄楚的心情。德,那个时候,当你独自听着的时候,你想些什么呢?你想到有一天我们会组织一个家庭吗?你想到我们要用一生的时间以心灵的手指合奏这首歌吗?

寒假过后,你把那叠泰戈尔诗集还给我。你指着其中一行请我看:"如果你不能爱我,就请原谅我的痛苦吧!"我于是知道发生什么事了。我不希望这件事发生,我真的不希望。并非由于我厌恶你,而是因为我太珍重这份素净的友谊,反倒不希望有爱情去加深它的色彩。

但我却乐于和你继续交往。你总是给我一种安全稳妥的感觉。从头起,我就付给你我全部的信任。只是,当时我心中总向往着那种传奇式的、惊心动魄的恋爱,并且喜欢那么一点点的悲剧气氛。为着这些可笑的理由,我耽延着没有接受你的奉献。我奇怪你为什么仍作那样固执的等待。

你那些小小的关怀常令我感动。那年圣诞节你把得来不易的几颗巧克力糖全部拿来给我了。我爱吃笋豆里的笋子,惟有你注意到,并且耐心地为我挑出来。我常常不晓得照料自己,惟有你想到用自己的外衣披在我身上(我至今不能忘记那件衣服的温暖,它在我心中象征了许多意义。)。是你,敦促我读书;是你,容忍我偶发的气性;是你,仔细纠正我写作的错误;是你,教导我为人的道理。如果说,我像你的妹妹,那是因为你太像我大哥的缘故。

后来,我们一起得到学校的工读金。分配给我们的是打扫教室的工作。每次你总强迫我放下扫帚,我便只好遥遥地站在教室的末端,看你奋力工作。在炎热的夏季里,你的汗水滴落在地上。我无言地站着,等你扫好了,我就去抹抹桌椅,并且帮你把它们排齐。每次,当我们目光偶然相遇的时候,总感到那样兴奋。我们是这样地彼此了解,我们合作的时候总是那样完美。我注意到你手上的硬茧,它们把那虚幻的字眼十分具体地说明了。我们就在那飞扬的尘影中完成了大学课程——我们的经济从来没有富裕过;我们的日子却从来没有贫乏过。我们活在梦里,活在诗里,活在无穷无尽的彩色希望里。记得有一次我提到玛格丽特公主在她婚礼中说的一句话:"世界上从来没有两个人像我们这样快乐过。"你毫不在意地说,"那是因为他们不认识我们的缘故。"我喜欢你的自豪,因为我也如此自豪着。

我们终于毕业了,你在掌声中走到台上,代表全系领取毕业证书。我的掌声也夹在众人之中,但我知道你听到了。在那美好的六月清晨,我的眼中噙着欣喜的泪。我感到那样骄傲,我第一次分沾你的成功,你的光荣。

"我在台上偷眼看你",你把系着彩带的文凭交给我,"要不是中国风俗如此,我一走下台来就要把它送到你面前去的。"

我接过它,心里垂着沉甸甸的喜悦。你站在我面前,高昂而谦和、刚毅而温柔。我忽然发现,我关心你的成功,远远超过我自己的。

那一年,你在军中。在那样忙碌的生活中,在那样辛苦的演习里,你却那样努力地准备研究生的考试。我知道,你是为谁而做的。在凄长的分别岁月里,我开始了解,存在于我们中间的是怎样一种感情。你来看我,把南部的冬阳全带来了。那厚呢的陆战队军服重新唤起我童年时期对于号角和战马的梦。我一直没有告诉你,当时你临别敬礼的镜头烙在我心上有多深。

我帮着你搜集资料,把抄来的范文一篇篇断句、注释。我那样竭力地做,怀着无上的骄傲。这件事对我而言有太大的意义。这是第一次,我和你共赴一件事。所以当你把录取通知转寄给我的时候,我竟忍不住哭了。德,没有人经历过我们的奋斗,没有人像我们这样相期相勉,没有人多年来在冬夜图书馆的寒灯下彼此伴读。因此,也就没有人了解成功带给我们的兴奋。

我们又可以见面了,能见到真真实实的你是多么幸福。我们又可以去做长长的散步,又可以蹲在旧书摊上享受一个闲散黄昏。我永不能忘记那次去泛舟。回程的时候,忽然起了大风。小船在湖里直打转,你奋力摇橹,累得一身都汗湿了。

"我们的道路也许就是这样吧!"我望着平静而险恶的湖面说,"也许我使你的负担更重了。"

"我不在意,我高兴去搏斗!"你说得那样急切,使我不敢正视你的目光,"只要你肯在我的船上,晓风,你是我最甜蜜的负担。"

那天我们的船顺利地拢了岸。德,我忘了告诉你,我愿意留在你的船上,我乐于把舵手的位置交给你。没有人能给我像你给我的安全感。

只是,人海茫茫,哪里是我们共济的小舟呢?这两年来,为着成家的计划,我们劳累到几乎虐待自己的地步。每次,你快乐的笑容总鼓励着我。

那天晚上你送我回宿舍,当我们迈上那斜斜的山坡,你忽然驻足说:"我在地毯的那一端等你! 我等着你,晓风,直到你对我完全满意。"

我抬起头来,长长的道路伸延着,如同圣坛前柔软的红毯。我迟疑了一下,便踏向前去。

现在回想起来,已不记得当时是否是个月夜了,只觉得你诚挚的言词闪烁着,在我心中亮起一天星月的清辉。

"就快了!"那以后你常乐观地对我说,"我们马上就可以有一个小小的家。你是那屋子的主人,你喜欢吧?"

我喜欢的,德,我喜欢一间小小的陋屋。到天黑时分我便去拉上长长的落地窗帘,捻亮柔和的灯光,一同享受简单的晚餐。但是,哪里是我们的家呢?哪儿是我们自己的宅院呢?

你借来一辆半旧的脚踏车,四处去打听出租的房子,每次你疲惫不堪地回来,我就感到一种痛楚。

"没有合意的,"你失望地说,"而且太贵,明天我再去看。"

我没有想到有那么多困难,我从不知道成家有那么多琐碎的事,但至终我们总算找到一栋小小的屋子了。有着窄窄的前庭,以及矮矮的榕树。朋友笑它小得像个巢,但我已经十分满意了。无论如何,我们有了可以憩息的地方。当你把钥匙交给我的时候,那重量使我的手臂几乎为之下沉。它让我想起一首可爱的英文诗:"我是一个持家者吗?哦,是的。但不止,我还得持护着一颗心。"我知道,你交给我的钥匙也不止此数。你心灵中的每一个空间我都持有一枚钥匙,我都有权径行出入。

亚寄来一卷录音带,隔着半个地球,他的祝福依然厚厚地绕着我。那么多好心的朋友来帮我们整理。擦窗子的、补纸门的、扫地的、挂画儿的、插花瓶的,拥拥熙熙地挤满了一屋子。我老觉得我们的小屋快要炸了,快要被澎湃的爱情和友谊撑破了。你觉得吗?他们全都兴奋着,我怎能不兴奋呢?我们将有一个出色的婚礼,一定的。

这些日子我总是累着。去试礼服,去订鲜花,去买首饰,去选窗帘的颜色。我的心像一座喷泉,在阳光下涌溢着七彩的水珠儿。各种奇特复杂的情绪使我眩昏。有时候我也分不清自己是在快乐还是在茫然,是在忧愁还是在兴奋。我眷恋着旧日的生活,它们是那样可爱。我将不再住在宿舍里,享受阳台上的落日。我将不再偎在母亲的身旁,听她长夜话家常。而前面的日子又是怎样的呢?德,我忽然觉得自己好像要被送到另一个境域里去了。那里的道路是我未走过的,那里的生活是我过不惯的,我怎能不惴惴然呢?如果说有什么可以安慰我的,那就是:我知道你必定和我一同前去。

冬天就来了,我们的婚礼在即。我喜欢选择这季节,好和你厮守一个长长的严冬。我们屋角里不是放着一个小火炉吗?当寒流来时,我愿其中常闪耀着炭火的红光。我喜欢我们的日子从默淡凛冽的季节开始,这样,明年的春花才对我们具有更美的意义。

我即将走入礼堂,德,当结婚进行曲奏响的时候,父亲将挽着我,送我走到坛前,我的步履将凌过如梦如幻的花香。那时,你将以怎样的微笑迎接我呢?

我们已有过长长的等待,现在只剩下最后的一段了。等待是美的,正如奋斗是美的一样,而今,铺满花瓣的红毯伸向两端,美丽的希冀盘旋而飞舞。我将去即你,和你同去采撷无穷的幸福。当金钟轻摇,蜡炬燃起,我乐于走过众人去立下永恒的誓愿。因为,哦,德,因为我知道,是谁,在地毯的那一端等我。

步下红毯之后

楔　子

妹妹被放下来,扶好,站在院子里的泥地上,她的小脚肥肥白白的,站不稳。她大概才一岁吧,我已经四岁了!

妈妈把菜刀拿出来,对准妹妹两脚中间那块泥,认真而且用力地砍下去。

"做什么?"我大声问。

"小孩子不懂事!"妈妈很神秘地收好刀,"外婆说的,这样小孩子才学得会走路,你小时候我也给你砍过。"

"为什么要砍?"

"小孩生出来,脚上都有脚镣锁着,所以不会走路,砍断了才走得成路。"

"我没有看见,"我不服气地说,"脚镣在哪里?"

"脚镣是有的,外婆说的,你看不见就是了!"

"现在断了没有?"

"断了,现在砍断了,妹妹就要会走路了。"

妹妹后来当然是会走路了,而且,我渐渐长大,终于也知道妹妹会走路跟砍脚镣没有什么关系,但不知为什么,那遥远的画面竟那样清楚兀立,使我感动。

也许脚镣手铐是真有的,做人总得冲,总得冲破什么,反正不是我们壮硕自己去撑破镣铐，就是让那残忍的钢圈箍入我们的皮肉。

是暮春还是初夏也记不清了，我到文星出版社的楼上去，萧先生把一份契约书递给我。

"很好，"他说，他看起来高大、精细、能干，"读你的东西，让我想到小时候念的冰心和泰戈尔。"

我惊讶得快要跳起来，冰心和泰戈尔，这是我熟得要命，爱得要命的呀！他怎么会知道？我简直觉得是一份知遇之恩，《地毯的那一端》就这样卖断了，扣掉税我只拿到二千多元，但也不觉得吃了亏。（正确的说是一千八百五十元，因为有些钱是以书代款的）

我兴冲冲地去找朋友调色样，我要了紫色，那时候我新婚，家里的布置全是紫色，窗帘是紫的、床罩是紫的、窗棂上的爬藤花是紫的，那紫色漫溢到书页上，一段似梦的岁月。那是个漂亮的阳光日，我送色样到出版社去，路上碰到三毛，她也是去送色样，她是为朋友的书调色，调的是草绿色，出书真是件令人兴奋的事，我们愉快地将生命中的一抹色彩交给了那即将问世的小册子。

"我们那时候一齐出书，"有一次康芸薇说，"文星宣传得好大呀，放大照都挂出来了。"

那事我倒忘了，经她一提，想想好像真有那么回事，奇怪的是我不怎么记得照片的事，我记得的是我常常下了班，巴巴地跑到出版社楼上，请他们给我看新书发售的情形。

"谁的书比较好卖？"其实书已卖断，销路如何跟我已经没有关系。

"你的跟叶珊的。"店员翻册子给我看。

我拿过册子仔细看，想知道到底是叶珊卖得多，还是我——我说不上那是痴还是幼稚，那时候成天都为莫名其妙的事发急发愁，年轻大概就是那样。

那年十月,幼狮文艺的朱桥寄了一张庆典观礼券给我,我去了。丈夫也有一张票,我们的座位不同区,相约散会的时候在体育场门口见面。

我穿了一身洋红套装,那天的阳光辉丽,天空一片艳蓝,我的位置很好,表演很精彩,而丈夫,在场中的某个位子上,我们会后会相约而归,一切完美晶莹,饱满无憾……

但是,忽然,我的泪水夺眶而出,我想起了南京……

不是地理上的南京,是诗里的、词里的、魂梦里的、母亲的乡音里的南京(母亲不是南京人,但在南京读中学),依稀记得那些名字,玄武湖、明孝陵、鸡鸣寺、夫子庙、秦淮河……

不,不要想那些名字,那不公平,中年人都不乡愁了,你才这么年轻,乡愁不该交给你来愁,你看表演吧,你是被邀请来看表演的,看吧!很好的位子呢!不要流泪,你没看见大家都好好的吗!你为什么流泪呢?你真的还太年轻,你身上穿的仍是做新娘子的嫁服,你是幸福的,你有你小小的家,每天黄昏,拉下紫幔等那人回来,生活里有小小的气恼,小小的得意,小小的凄伤和甜蜜,日子这样不就很好了吗?

不要碰家乡之思,它太强,不要让三江五岳来撞击你,不要念山川大地的名字,你受不了的,真的,日子过得很好,把泪逼回去,你不能开始,你不能开始,你不能开始,你一开始就不能收回……

我坐着,无效地告诫着自己,从金门来的火种在会场里点着了,赤膊的汉子在表演蛙人操,仪队的枪托冷凝如紫电,特别看台上的大红柱子,直辣辣地逼到眼前来,我无法遏抑地想着中山陵,那仰向苍天的阶石,我们何时才能将发烫的额头抵上那神圣的冰凉,我们将一步一稽额地登上雾锁云埋的最高巅……

会散了,我挨蹭到门口,他在那里等我。我们一起回家。

"你怎么了?"走了好一段路,他忍不住问我。

"不,不要问我。"

"你不舒服吗?"

"没有。"

"那,"他着急起来,"是我惹了你?"

"没有,没有,都不是——你不要问我,求求你不要问我,一句话都不要跟我讲,至少今天别跟我讲……"

他诧异地望着我,惊奇中却有谅解,近午的阳光照在宽阔坦荡的敦化北路上,我们一言不发地回到那紫色小巢。

他真的没有再干扰我,我恍恍惚惚地开始整理自己,我渐渐明白有一些什么根深蒂固的东西一直潜藏在我自己也不甚知道的渊深之处,是淑女式的教育所不能掩盖的,是传统中文系的文字训诂和诗词歌赋所不能磨平的,那极蛮横极狂野极热极不可挡的什么,那种"欲饱史笔有脂髓,血作金汤骨作垒。凭将一腔热肝肠,烈作三江沸腾水"[①]的情怀……

我想起极幼小的时候,就和父亲别离,那时家里有两把长刀,是抗战胜利时分到的,鲨鱼皮,古色古香,算是身无长物的父亲惟一贵重的东西。母亲带着我和更小的妹妹到台湾,父亲不走,只送我们到江边,他说:

"守土有责,我会熬到最后五分钟——那把刀你带着,这把,我带着,他年能见面当然好,不然,总有一把会在。"

那样的情节,那样一句一钢钉的对话,竟然不是小说而是实情!

---

① 那是我自己的句子。

父亲最后翻云南边境的野人山而归,长刀丢了,惟一带回来的是劫后之身。

不是在圣人书里,不是在线装的教训里,我了解了家国之思,我了解了那份渴望上下拥抱五千年,纵横把臂八亿人的激情,它在那里,它一直在那里……

随便抓了一张纸,就在那空白的背面,用的是一支铅笔,我开始写《十月的阳光》:

那些气球都飘走了,总有好几百个罢?在透明的蓝空里浮泛着成堆的彩色,人们全都欢呼起来,仿佛自己也分沾了那份平步青云的幸运——事情总是这样的,轻的东西总能飘得高一点,而悲哀拽住我,有重量的物体总是注定要下沉的。

体育场很灿烂,闪耀着晚秋的阳光,礼炮沉沉地响着,这是十月,一九六六年的十月,武昌的故事远了。西风里悲壮的往事远了……

中山陵上的落叶已深,我们的手臂因渴望一个扫墓的动作而疼痛。

我忽然明白,写《地毯的那一端》的时代远了,我知道我更该写的是什么,闺阁是美丽的,但我有更重的剑要佩,更长的路要走。

《十月的阳光》后来得了奖,奖金一千元,之后我又得过许多奖,许多奖金、奖座、奖牌,领奖时又总有盛会,可是只有那一次,是我真正激动的一次,朱桥告诉我,评审委员读着,竟哭了。

我不能永远披着白纱,踏着花瓣,走向红毯尽处的他,当我们携手走下红毯,迎人而来的是风是雨,是风雨中恻恻的哀鸣。

——但无论如何,我已举步上路。

母亲·姓氏·里贯·作家

儿子小时,大约三四岁,一个人到家门口的公园去玩。有人来问他籍贯,他说:"我是湖南人,我妹妹也刚好是湖南人,我的爸爸和爷爷、奶奶都是湖南人,只有我妈妈是江苏人。"

他那时大概把籍贯看成某种血型,他们全属于一个整体,而妈妈很奇怪,她是另类。

这个笑话在我们家笑了很多次,但每次笑的时候,我都悄悄生疼,从每一寸肌肤,每一节骨骸。

我有个同学,她说她母亲当年结婚时最强烈的感觉便是"单刀赴会"。形容得真是孤凄悲壮,让人想起:"风萧萧兮易水寒,淑女一去兮不复还。"父系中心的社会,结构完整严密,容不得女子有什么属于她自己的面目,我的儿子并不知道他除了姓林,也该姓二分之一的张,籍贯则除了是湖南长沙,也包含江苏徐州。

母亲生养了孩子,但是她容许孩子去从父姓。其实姓什么并不重要,生命的传递才是重点,正如莎士比亚说的:

"我们所谓的玫瑰,如果换个名字,不也一样芳香吗?"

可贵的是生命,是内在的气息,而不是顶在头上的姓氏或里贯。

晚明清初,有本书写得极好,叫《陶庵梦忆》。顾名思义,作者当然应该姓陶。其实不然,作者的名字叫张岱。为什么姓张的人却号陶庵呢?简单地说,就是作者在从事怀旧的、委婉的书写之际,不自觉的了解到自己也有属于母亲的、属于女性的一面。而他的母亲姓陶,他就自号"陶庵"。

也许只有那颗纤细的敏感的作者之心,才会使他向母亲的姓氏投靠。

张岱的情况更特别一些,他是遗民,身经亡国之痛。他勉强活下来,是因为想用余年去追述一个华美的、消失了的王朝。他渴望为逝去的朝代作见证并尽孝道,大明朝是他的父亲,也是他的母亲。

出生于二十世纪初的英国剧作家傅莱(写过 The Lady's not for burning)把自己的姓和宗教,都改成了外婆的,他本姓哈瑞斯,十八岁才改的。

近代作者中直截了当用笔名来表达皈依母亲之忱的便是鲁迅了。鲁迅原姓周,叫周树人,与周作人是兄弟,并享盛名。鲁迅算是第一个写现代小说的作者,有趣的是他的小说背景永远绕着鲁镇打转,"鲁"是周树人母亲的姓,他选择这个姓来做自己的笔名,似乎有意向父系社会的姓氏制度挑战。一生下来便已被命名为周树人是他无法抗议的,但当他有机会给自己安排一个新名字,他便选择姓母亲的鲁。

附带一提的是,鲁迅的笔一向辛辣犀利,挖苦阿 Q 或孔乙己丝毫不留余地,但他笔下的女性却在艰苦卓绝中自有其高贵而永恒的刻痕,如华大妈,如夏四奶奶……

改姓改得更晚的是台大外文系的黄毓秀,在她改姓母亲的姓氏"刘"之前,其实常建议同学叫她"毓秀"老师。

还有一位在桃园监狱中服刑的年轻人,忽然从"天人菊写作班"学会了写作,生命也因而重新翻了一番,他为自己取了个笔名叫苏栖,他的理由如下:

因为我最最伟大、最亲爱的妈妈姓苏,她常常向我们抱怨,家里三个小孩没人和她同姓,无人和她同心?每回闹别扭,都嚷着说,你们这些姓郑的如何怎样、怎样如何的。所以,我的笔名一定要和妈妈同姓。

作家大概是最容易为母亲打抱不平的人,最容易向弱势母亲认同的人。

当代作家中的余光中,其身份证上法定籍贯虽是福建永春,但他少年时期一向认同的却是母亲的故里,江南烟水之地。

下一次,当有人问及我们姓氏里贯之际,让我们——至少在心里——也承认母亲的这一边的姓氏里贯吧!

初绽的诗篇

白莲花

二月的冷雨浇湿了一街的路灯,诗诗。

生与死,光和暗,爱和苦,原来都这般接近。

而诗诗,这一刻,在待产室里,我感到孤独,我和你,在我们各人的世界里孤独,并且受苦。诗诗,所有的安慰,所有怜惜的目光为什么都那么不切实际?谁会了解那种疼痛,那种曲扭了我的身体,击碎了我的灵魂的疼痛!我挣扎,徒然无益地哭泣,诗诗,生命是什么呢?是崩裂自伤痕的一种再生吗?

雨在窗外,沉沉的冬夜在窗外,古老的炮仗在窗外,世界又宁谧又美丽。而我,诗诗,何处是我的方向?如果我死,这将是我躺过的最后一张床,洁白的,隔在待产室幔后的床。我留我的爱给你,爱是我的名字,爱是我的写真。有一天,当你走过蔓草荒烟,我便在那里向你轻声呼喊——以风声,以水响。

诗诗,黎明为什么这样遥远,我的骨骼在山崩,我的血液在倒流,我的筋络像被灼般地纠起,而诗诗,你在哪里?

他们推我入产房,诗诗,人间有比这更孤绝的地方吗?那只手被隔在门外——那终夜握着我的手,那多年前在月光下握着我的手。他的目光,他的祈祷,他的爱,都被关在外面,而我,独自步向不可测的命运。

所有的脸退去,所有的往事像一只弃置的牧笛。室中间,一盏大灯俯向我仰起的脸,像一朵倒生的莲花,在虚无中燃烧着千层洁白。花是真,花是幻,花是一切,诗诗。

今夜太长,我已疲倦,疲于挣扎,我只想嗅嗅那朵白莲花,嗅嗅那亘古不散的幽香。

花是你,花是我,花是我们永恒的爱情,诗诗。

四月的迷迭香

似乎是四月,似乎是原野,似乎是蝶翅乱扑的花之谷。

"呼吸,深深地呼吸吧!"从遥远的地方,有那样温柔的声音传来。

我在何处,诗诗,疼痛渐远,我听见金属的碰击声,我闻着那样沁人的香息。你在何处,诗诗。

"用力!已经看见头了!用力!"

诗诗,我是星辰,在崩裂中涣散。而你,诗诗,你是一颗全新的星,新而亮,你的光将照彻今夜。

诗诗,我望着自己,因汗和血而潮湿的自己,忽然感到十字架并不可怕,骷髅地并不可怕,荆棘冠冕并不可怕,孤绝并不可怕——如果有对象可以爱,如果有生命可为之奉献,如果有理想可前去流血。

"呼吸,深深地呼吸。"

何等的迷迭香,诗诗,我就浮在那样的花香里,浮在那样无所惧的爱里。

早晨已经来,万象寂然,宇宙重新回到太古,混沌而空虚,只有迷迭香,沁人如醉的迷迭香,诗诗,你在哪里?

我仍清楚地感到手术刀的宰割,我仍能感到温热的血在流,血,以及泪。

我仍感觉到我苦苦的等待。

歌　手

像高悬的瀑布,你猝然离开了我。

"恭喜啊,是男孩。"

"谢谢。"我小声地说,安慰,而又悲哀。

我几乎可以听到他们剪断脐带的声音,我们的生命就此分割了,分割了,以一把利剪,诗诗,而今而后,虽然表面上我们将住在一个屋子里,我将乳养你,抱你,亲吻你,用歌声送你去每晚的梦中,但无论如何,你将是你自己了。你的眼泪,你的欢笑,都将与我无分,你将扇动你自己的羽翼,飞向你自己的晴空。

诗诗,可是我为什么哭泣,为什么我老想着要挽回什么。

世上有什么角色比母亲更孤单,诗诗,她们是注定要哭泣的,诗诗,容我牵你的手,让我们尽可能地接近。而当你飞翔时,容我站在较高的山头上,去为你担心每一片过往的云。

他们为什么不给我看你的脸,我疲惫地沉默着。但忽然,我听见你的哭。

这是一首诗,诗诗。

这是一种怎样的和谐呢?啼哭,却充满欢欣,你像你的父亲,有着美好的 tenor 嗓子,我一听就知道。

而诗诗,我的年幼的歌手,什么是你的主题呢?一些赞美?一些感谢?一些敬畏?一些迷惘?但不管如何,它们感动了我,那样简单的旋律。

诗诗,让你的歌持续,持续在生命的死寂中。诗诗,我们不常听到流泉,我们不常听到松风,我们不常有伯牙,不常有瓦格纳,但我们永远有婴孩。有婴孩的地方便有音乐,神秘而美丽,像传抄自重重叠叠的天外。

诗诗,歌手,愿你的生命是一支庄严的歌,有声,或者无声,去充满人心的溪谷。

丁大夫和画

丁大夫来自很远的地方,诗诗,很远很远的爱尔兰,你不曾知道他,他不曾知道你。当他还是一个吹着风笛的小男孩,他何尝知道半个世纪以后,他将为一个黑发黑睛的孩子引渡?诗诗,是一双怎样的手安排他成为你所见到的第一张脸孔?

他有多么好看的金发和金眉,他和善的眼神和红扑扑的婴儿般的脸颊使人觉得他永远都在笑。

当去年初夏,他从化验室中走出来,对我说"恭喜你"的时候,我真想吻他的手。他明亮的浅棕色的眼睛里充满了了解和美善,诗诗,让我们爱他。

而今天早晨,他以箝子箝你巨大的头颅,诗诗,于是你就被带进世界。

当一切结束,终夜不曾好睡的他舒了一口气。有人在为我换干净的褥单,他忽然说:

"看啊,我可以到巴黎去,我画得比他们好。"

满室的护士都笑了,我也笑,忽然,我才发现我疲倦得有多么厉害。

他们把那幅画拿走了,那幅以我的血我的爱绘成的画,诗诗,那是你所见的第一幅画,生和死都在其上,诗诗,此外不复有画。

推车,甜蜜的推车,产房外有忙碌的长廊,长廊外有既忧苦又欢悦的世界,诗诗。

丁大夫来到我的床边,和你愣然的父亲握手。

"让我们来祈祷。"他说,合上他厚而大的巴掌——那是医治者的掌,也是祈祷者的掌,我不知道我更爱他的哪一种掌。

> 上帝,我们感谢你,
> 因为你在地上造了一个新的人,
> 保护他,使他正直,
> 帮助他,使他有用。

诗诗,那时,我哭了。

诗诗,二十七年过去,直到今晨,我才忽然发现,什么是人,我才了解,什么是生存,我才彻悟,什么是上帝。

诗诗,让我们爱他,爱你生命中第一张脸,爱所有的脸——可爱的,以及不可爱的,圣洁的,以及有罪的,欢愉的,以及悲哀的。直爱到生命的末端,爱你黑瞳中最后的脸。

诗诗。

红　樱

无端的,我梦见夹道的红樱。

梦中的樱树多么高,多么艳,我的梦遂像史诗中的特洛伊城,整个的被燃着了,我几乎可以听见火焰的噼啪声。

而诗诗,我骑一辆跑车,在山路上曲折而前。我觉得我在飞。

于是,我醒来,我仍躺在医院白得出奇的被褥上。那些樱花呢?那些整个春季里真正只能红上三五天的樱瓣呢?

因此就想起那些山水,那些花鸟,那些隔在病室之外的世界。诗诗,我曾狂热地爱过那一切,但现在,我却被禁锢,每天等待四小时一次的会面,等待你红于樱的小脸。

当你偶然微笑,我的心竟觉得容不下那么多的喜悦,所谓母亲,竟是那么卑微的一个角色。

但为什么,当我自一个奇特的梦中醒来,我竟感到悲哀。春花的世界似乎离我渐远了,那种悠然的岁月也向我挥手作别。而今而后,我只能生活在你的世界里,守着你的摇篮,等待你的学步,直到你走出我的视线。

我闭上眼睛,想再梦一次樱树——那些长在野外,临水自红的樱树,但它们竟不肯再来了。

想起十六岁那年,站在女子中学的花园里所感到的眩晕。那年春天,波斯菊开得特别放浪,我站在花园中间,四望皆花,真怕自己会被那些美所击昏。

而今,诗诗,青春的梦幻渐渺,余下惟一比真实更真实,比美善更美善的,那就是你。

但诗诗,你是什么呢?是我多梦的生命中最后的一梦吗?

祝福那些仍眩晕在花海中的少年,我也许并不羡慕他们。但为什么?诗诗,我感到悲哀,在白贝壳般的病房中,在红樱亮得人眼花的梦后。

在 静 夜 里

你洞悉一切,诗诗,虽然言语于你仍陌生。而此刻,当你熟睡如谷中无风处的小松,让我的声音轻掠过你的梦。

如果有人授我以国君之荣,诗诗,我会退避,我自知并非治世之才。如果有人加我以学者之尊,我会拒绝,诗诗,我自知并非渊博之士。

但有一天,我被封为母亲,那荣于国君尊于学者的地位,而我竟接受。诗诗,因此当你的生命在我的腹中被证实,我便惶然,如同我所孕育的不止是一个婴儿,而是一个宇宙。

世上有何其多的女子,敢于自卑一个母亲的位分,这令我惊奇,诗诗。

我曾努力于做一个好女孩,一个好学生,一个好的教师,一个好的人。但此刻,我知道,我最大的荣誉将是一个好的母亲。

当你的笑意,在深夜秘密的梦中展现,我就感到自己被加冕。而当你哭,闪闪的泪光竟使东方神话中的珠宝全为之失色。当你的小膀臂如萝藤般缠绕着我,每一个日子都是神圣的母亲节。当你晶然的小眼望着我,遍地都开着五月的康乃馨。

因此,如果我曾给你什么,我并不知道。我只知道,你给我的令我惊奇,令我欢悦,令我感戴。

想象中,如果有一天你已长大,大到我们必须陌生,必须误解,那将是怎样的悲哀。故此,我们将尽力去了解你,认识你,如同岩滩之于大海。我愿长年地守望你,熟悉你的潮汐变幻,了解你的每一拍波涛。我将尝试着同时去爱你那忧郁沉静的蓝和纯洁明亮的白——甚至风雨之夕的灰浊。

如果我的爱于你成为一种压力,如果我的态度过于笨拙,那么,请你原谅我,诗诗,我曾诚实地期望为你作最大的给付,我曾幻想你是世间最幸福的孩童。如果我没有成功,你也足以自豪了。

我从不认为"天下无不是的父母",如果让全能者来裁判,婴儿永远纯洁于成人。如果我们之间有一人应向另一人学习,那便是我。帮助我,孩子,让我自你学习人间的至善。我永不会要求你顺承我,或者顺承传统,除了造物者自己,大地上并没有值得你顶礼膜拜的金科玉律。世间如果有真理,那真理自在你的心中。

若我有所祈求,若我有所渴望,那便是愿你容许我更多爱你,并容许我向你支取更多的爱。在这无风的静夜里,愿我的语言环绕你,如同远远近近的小山。

如果你是天使

如果你是天使,诗诗,我怎能想象如果你是天使。

若是那样,你便不会在夜静时啼哭,用那样无助的声音向我说明你的需要,我便不会在寒冷的冬夜里披衣而起,我便无法享受拥你在我的双臂中,眼见你满足地重新进入酣睡的快乐。

如果你是天使,诗诗,你便不会在饥饿时转动你的颈子,噘着小嘴急急地四下索乳。诗诗,你永不知道你那小小的动作怎样感动着我的心。

如果你是天使,在每个宁馨的午觉后,你便不会悄无声息地爬上我的大床,攀着我的脖子,吻我的两颊,并且咬我的鼻子,弄得我满脸唾津,而诗诗,我是爱这一切的。

如果你是天使,你便不会钻在桌子底下,你便不会弄得满手污黑,你便不会把墨水涂得一脸,你便不会神通广大地把不知何处弄到的油漆抹得一身,但,诗诗,每当你这样做时,你就比平常可爱一千倍。

如果你是天使,你便不会扶着墙跌跌撞撞地学走路,我便无缘欣赏倒退着逗你前行的乐趣。而你,诗诗,每当你能够多走几步,你便笑倒在地,你那毫无顾忌地大笑,震得人耳麻,天使不会这些,不是吗?

并且,诗诗,天使怎会有属于你的好奇,天使怎会蹲在地下看一只细小的黑蚁,天使怎会在春天的夜晚讶然地用白胖的小手,指着满天的星月,天使又怎会没头没脑地去追赶一只笨拙的鸭子,天使怎会热心地模仿邻家的狗吠,并且学得那么酷似。

当你做坏事的时候,当你伸手去拿一本被禁止的书,当你蹑着脚走近花钵,你那四下溜目的神色又多么令人绝倒,天使从来不做坏事,天使温驯的双目中永不会闪过你做坏事时那种可爱的贼亮,因此,天使远比你逊色。

而每天早晨,当我拿起手提包,你便急急地跑过来抱住我的双腿,你哭喊,你抓撕,做无益的挽留——你不会如此的,如果你是天使——但我宁可你如此,虽然那是极伤感的时刻,但当我走在小巷里,你那没有掩饰的爱便使我哽咽而喜悦。

如果你是天使,诗诗,我便不会听到那样至美的学话的呀呀,我不会因听到简单的"爸爸""妈妈"而泫然,我不会因你说了串无意义的音符便给你那么多亲吻,我也不会因你在"爸妈"之外,第一个会说的字是"灯"便肯定灯是世间最美丽的东西。

如果你是天使,你决不会唱那样难听的歌,你也不会把小钢琴敲得那么刺耳,不会撕坏刚买的图画书,不会扯破新买的衣服,不会摔碎妈妈心爱的玻璃小鹿,不会因为一件不顺心的事而乱蹬着两条结实的小腿,并且把小脸涨得通红。但为什么你那小小的坏使我觉得可爱,使我预感到你性格中的弱点,因而觉得我们的接近,并且因而觉得宠爱你的必要。

也许你会有更清澈的眼睛,有更红嫩的双颊,更美丽的金发和更完美的性格——如果你是天使。但我不需要那些,我只满意于你,诗诗,只满意于人间的孩童。

让天使们在碧云之上鼓响他们快乐的翅,我只愿有你,在我的梦中,在我并不强壮的臂膀里。

贝 展

让我们去看贝壳展览,诗诗,让我们去看那光彩的属于海上的生命。

　　而海，诗诗，海多么遥远，那吞吐着千浪的海，那潜藏着鱼龙的海，那使你母亲的梦境为之芬芳的海。

　　海在何处？诗诗，它必是在千山之外，我已久违了那裂岸的惊涛，我已遗忘了那溺人的柔蓝，眼前只有贝，只有博物馆灯下的彩晕向我见证那澎湃的所在。

　　诗诗！这密雨的初夏，因一室的贝壳而忧愁了，那些多色的躯壳，似乎只宜于回响一首古老的歌，一段被人遗忘的诗。但人声嘈杂，人潮汹涌。有谁回顾那曾经蠕动的生命，有谁怜惜那永不能回到海中的旅魂。

　　而你，你童稚的黑睛中只曾看见彩色的斑斓，那些美丽于你似乎并不惊奇，所有的美好，在你都是一种必然，因你并不了解丑陋为何物。丑陋远在你的经验之外。

　　从某一个玻璃柜走过，我突然驻足不前，那收藏者的名字乍然刺痛了我，那曾经响亮的名字如今竟被压在一列寂寞的贝壳之下，记得他中年后仍炯然的双目，他的多年来仍时常夹着激愤的声音，但数年不见，何图竟在冷冷的玻璃板下遇见他的名字，想着他这些年的岁月，心中便凄然，而诗诗，你不会懂得这些——当然，也许有一天你会懂。啊，想到你会懂，我便欲哭。当初我的母亲何尝料到我会懂这一切，但这一天终会来的，伊甸园的篱笆终会倾倒。

　　且让我们看这些贝，诗诗，这些空洞的躯壳多么像一畦春花，明艳而闪烁。看那碎红，看那皎白，看那沉紫，看那腻黄，诗诗，看那悲剧性的生命。

　　六月的下午，诗诗，站在千形的贝前，我们怎地不垂泪，为死去的贝，为老去的拾贝人，为逸去的恋海的梦。

　　诗诗，不要抬起你惊异的小眼，不要探询，且把玩这一枚我为你买的透明的小贝。有一天,或许一天,我们把它带回海边,重放它入那一片不损不益的明蓝。

蝉 鸣 季

七月了,诗诗。蝉鸣如网,撒自古典的蓝空,蝉鸣破窗而来,染绿了我们的枕席。

诗诗,你的小嘴吱然作声,那么酷似的模仿着,像模仿什么美丽的咏叹调。而诗诗,蝉在何处,在油加利最高的枝梢上,在晴空最低的流云上,抑或在你常红的两唇上。

而当你笑,把七月的绚丽,垂挂在你细眯的眼睫外,你可曾想及那悲剧的生命,那十几年在地下,却只留一夏在南来的薰风中的蝉?而当他歌唱,我们焉知那不是一种深沉的静穆?

蝉鸣浮在市声之上,蝉鸣浮在凌乱的楼宇之上,蝉鸣是风,蝉鸣是止不住的悲悯。诗诗,让我们爱这最后的,挣扎在城市里的音乐。

曾有一天黄昏,诗诗,曾有一天黄昏,你的母亲走向阳明山半山的林阴里,年轻人的营地里有一个演讲会。一折入那鼓着山风的小径,她的心便被回忆夺去。十年了,小径如昔,对面观音山的霞光如昔,千林的蝉声如昔。但十年过去,十年前柔蓝的长裙不再,十年前的马尾结不再,诗诗,我该坦然,或是驻足太息。

那一年,完整的四个季节,你的母亲便住在这山上,杜鹃来潮时,女孩子的梦便对着窗户的微云绽开。那男孩总是从这条山径走来——那男孩,诗诗,曾和你母亲在小径上携手的,曾和你母亲在山泉中濯足的,现在每天黄昏抱你在他的膝上,让你用白蚕似的小指头去探他的胡茬。

诗诗,蝉声翻腾的小径里,十年便如此飞去。诗诗,那男孩和那女孩的往事被吹在茫然的晚风里,美丽,却模糊——如同另一个山头的蝉鸣。

偶低头,一只尚未脱皮的蝉正笨拙地走向相思林,微温的泥沾在它身上,有一种说不出的动人。

她,你的母亲,或者说那女孩吧——我并不知道她是谁——把它拣起。

它的背上裂着一条神秘的缝,透过那条缝,壳将死,蝉将生,诗诗,蝉怎能不是一首诗。

那天晚上,灯下的蝉静静地展示出它黑艳的身躯,诗诗,这是给你的。诗诗,蝉声恒在,但我们只能握着今岁的七月,七月的风,风中的蝉。

七月一过,蝉声便老。薰风一过,蝉便不复是蝉,你不复是你。诗诗,且让我们听这长夏欢悦而惆怅的咏叹调,听这生命的神秘跫音,响自这城市中最后的凉柯。

花　担

诗诗,春天的早晨,我看见一个女人沿着通往城市的路走来。

她以一根扁担,担着两筐子花。诗诗你能不惊呼吗?满满两大筐水晶一般硬挺而透明的春花。

一筐在前,一筐在后,她便夹在两筐璀璨之间。半截青竹剖成的扁担微作弓形,似乎随时都准备要射发那两筐箭镞般的待放的春天。

淡淡的清芬随着她的脚步,一路散播过来。当农人在水田里插那些半吐的青色秧针,她便在黑柏油的路上插下恍惚的香气。诗诗,让我们爱那些香气,从春泥中酿成的香气。

当她行近,诗诗,当她的脸骤然像一张距离太近的画贴近我时,我突然怔住了。汗水自她的额际流下,将她的土布衫子弄湿了。我忍不住自责,我只见到那些缤纷的彩色,但对她而言,那是何等的负荷,她吃力地走着,并不强壮的肩膀被压得微微倾斜。

诗诗,生命是一种怎样的负担?

当她走远,我仍立在路旁,晨露未晞,青色的潮意四面环绕着我们。诗诗,我迷惘地望着她,和她那逐渐没入市尘的模糊的花担。

她是快乐的呢?还是痛苦的呢?

诗诗,担着那样的担子是一种怎样的感觉呢?走这样的一段路又是怎样的一段路呢?想着想着,我的心再度自责,我没有资格怜悯她,我只该有敬意——对负重者的敬意。

那天早晨,当我们从路旁走开,我忽然感到那担子的重量也压在我的两肩上。所有美丽的东西似乎总是沉重的——但我们的痛苦便是我们的意义,我们的负荷便是我们的价值。诗诗,世上怎能有无重量的鲜花?人间怎能有廉价的美丽?

诗诗,且将你的小足举起,让我们沿着那女人走过的路回去。诗诗,当你的脚趾初履大地的那一天,荆棘和碎石便在前路上埋伏着了。诗诗,生命的红酒永远榨自破碎的葡萄,生命的甜汁永远来自压干的蔗茎。今年春天,诗诗,今年春天让我们试着去了解,去参透。诗诗,让我们不再祈祷自己的双肩轻松,让我们只祈祷我们挑着的是满筐满篓的美丽。

诗诗,愿今晨的意象常在我们心中,如同光热常在春阳中。

第 一 首 诗

诗诗,冬天的黄昏,雨的垂帘让人想起江南,你坐在我的膝上,美好的宽额有如一块湿润的白玉。

于是,开始了我们的第一首诗:

　　床前明月光
　　疑是地上霜
　　举头望明月
　　低头思故乡

诗诗,简单的字,简单的旋律,只两遍,你就能上口了。你高兴地嚷着,把它当成一支新学会的歌,反复地吟诵,不满两岁的你竟能把抑扬顿挫控制得那么好。

满城的灯光像秋后的果实,一枚枚地在窗外亮了起来,我却木然地垂头,让泪水在渐沉的暮霭中纷落。

诗诗,诗诗,怎样的一首诗,我们的第一首诗。在这样凄惶的异乡黄昏,在窗外那样陌生的棕榈树下,我们开始了生命中的第一首诗,那样美好的,又那样哀伤的绝句。

八岁,来到这个岛上,在大人的书堆里搜出一本唐诗,糊里糊涂地背了好些,日子过去,结了婚,也生了孩子,才忽然了解什么是乡愁。想起那一年,被爷爷带着去散步,走着走着,天蓦地黑了,我焦急地说:

"爷爷,我们回家吧!"

"家? 不,那不是家,那只是寓。"

"寓?"我更急了,"我们的家不是家吗?"

"不是,人只有一个家,一个老家,其他的地方都是寓。"

如果南京是寓,新生南路又是什么?

诗诗,请停止念诗吧,客中的孤馆无月也无霜。我不明白我为什么在冬日的黄昏里想起这首诗,更不明白为什么把它教给稚龄的你。诗诗,故乡是什么,你不会了解,事实上,连我也不甚了解。除了那些模糊的记忆,我只能向故籍中去体认那"三秋桂子"的故土,那"十里荷香"的故土。但于你呢?永忘不了那天你在客人面前表演完了吟诗,忽然被突来的问题弄乱了手脚。

"你的故乡在哪里?"

你急得满房子乱找,后来却又宽慰地拍着口袋说:"在这里。"满堂的笑声中我却忍不住地心痛如绞。

在哪里呢?诗诗,一水之隔,一梦之隔,在哪里呢?

诗诗,当有一天,当你长大,当你浪迹天涯,在某一个月如素练的夜里,你会想起这首诗。那时,你会低首无语,像千古以来每个读这首诗的人。那时候,你的母亲又将安在?她或许已阖上那忧伤多泪的眼,或许仍未阖上,但无论如何,她会记得,在那个宁静的冬日黄昏,她曾抱你在膝上,一起轻诵过那样凄绝的句子。

让我们念它,诗诗,让我们再念:

> 床前明月光
> 疑是地上霜
> 举头望明月
> 低头思故乡

半局

汉武帝读司马相如的《子虚赋》，忽然怅恨地说：
"朕独不得与此人同时哉！"

他错了，司马相如并没有死，好文章并非一定都是古人做的，原来他和司马相如活在同一度的时间里。好文章、好意境加上好的赏识，使得时间也有情起来。

我不是汉武帝，我读到的也不是《子虚赋》，但蒙天之幸，让我读到许多比汉赋更美好的"人"。

我何幸曾与我敬重的师友同时，何幸能与天下人同时，我要试着把这些人记下来。千年万世之后，让别人来羡慕我，并且说："我要是能生在那个时代多么好啊！"

大家都叫他杜公——虽然那时候他才三十几岁。

他没有教过我的课——不算我的老师。

他和我有十几年之久在一个学校里，很多时候甚至是在同一间办公室里——但是我不喜欢说他是"同事"。

说他是朋友吗？也不然，和他在一起虽可以聊得逸兴遄飞，但我对他的敬意，使我始终不敢将他列入朋友类。

说"敬意"几乎又不对，他这人毛病甚多，带棱带刺，在办公室里对他敬而远之的人不少，他自己成天活得也是相当无奈，高高兴兴的日子虽有，唉声叹气的日子更多。就连我自己，跟他也不是没有斗过嘴,使过气,但我惊奇我真的一直尊敬他,喜欢他。

原来我们不一定喜欢那些老好人,我们喜欢的是一些赤裸的、直接的人——有瑕的玉总比无瑕的玻璃好。

杜公是黑龙江人,对我这样年龄的人而言,模糊的意念里,黑龙江简直比什么都美,比爱琴海美,比维也纳森林美,比庞贝古城美,是榛莽渊深,不可仰视的,是千年的黑森林,千峰的白积雪加上浩浩万里、裂地而奔窜的江水合成的。

那时候我刚毕业,在中文系里做助教,他是讲师,当时学校规模小,三系合用一个办公室,成天人来人往的。他每次从单身宿舍跑来,进了门就嚷:

"我来'言不及义'啦!"

他的喉咙似乎曾因开刀受伤,非常沙哑,猛听起来简直有点凶恶(何况他又长着一副北方人魁梧的身架),细听之下才发觉句句珠玑,令人绝倒。后来我读到唐太宗论魏徵(那个凶凶的、逼人的魏徵),却说其人"妩媚",几乎跳起来,这字形容杜公太好了——虽然杜公粗眉毛,瞪凸眼,嘎嗓子,而且还不时骂人。

有一天,他和另一个助教谈西洋史,那助教忽然问他那段历史中兄弟争位后来究竟是谁死了,他一时也答不上来,两个人在那里久久不决,我听得不耐烦:

"我告诉你,既不是哥哥死了,也不是弟弟死了,反正是到现在,两个人都死了。"

说完了,我自己也觉一阵悲伤,仿佛《红楼梦》里张道士所说的一个吃它一百年的疗妒羹——当然是效验的,百年后人都死了。

杜公却拊掌大笑:

"对了,对了,当然是两个都死了。"

他自此对我另眼看待,有话多说给我听,大概觉得我特别能欣赏——当然,他对我特别巴结则是在他看上跟我同住的女孩之后,那女孩后来成了杜夫人,这是后话,暂且不提。

杜公在学生餐厅吃饭,别的教职员拿到水淋淋的餐盘都要小心地用卫生纸擦干(那是十几年前,现在已改善了),杜公不然,只把水一甩,便去盛两大碗饭,他吃得又急又多又快,不像文人。

"擦什么?"他说,"把湿细菌擦成干细菌罢了!"

吃完饭,极难喝的汤他也喝。

"生理食盐水,"他说,"好歆!"

他大概吃过不少苦,遇事常有惊人的洒脱。他回忆在政大政治研究所时说:

"蛇真多——有一晚我洗澡关门时夹死了一条。"

然后他又补充说:

"当时天黑,我第二天才看到的。"

他住的屋子极小,大约是四个半榻榻米,宿舍人又杂,他种了许多盆盆罐罐的昙花,不时邀我们清赏,夏天招待桂花绿豆汤、郁李(他自己取的名字,做法是把黄肉李子熬烂,去皮核,加蜜冰镇),冬天是腊八粥或猪腿肉红煨干鱿鱼加粉丝。我一直以为他对莳花深感兴趣,后来才弄清楚,原来他只是想用那些多刺的盆盆罐罐围满走廊,好让闲杂人等不能在他窗外聊天——穷教员要为自己创造读书环境真难。

"这房子倒可以叫'不畏斋'了!"他自嘲道,"'四十五十而无闻焉,其亦不足畏也。'——孔夫子说的。"

他那一年已过了四十岁了。

当然,也许这一代中国人都不幸,但我却特别同情二十年代出生的人,更老的一辈赶上了风云际会,多半腾达过一阵,更年轻的在台湾长大,按部就班地成了青年才俊,独有五十几岁的那一代,简直是为受苦而出世的,其中大部分失了学,甚至失了家人,失了健康,勉力苦读的,也拿不出漂亮的学历,日子过得抑郁寡欢。

这让我想起汉武帝时代的那个三朝不被重用的白发老人的命运悲剧——别人用"老成谋国"者的时候,他还年轻;别人用"青年才俊"的时候,他又老了。

杜公能写字,也能做诗,他随写随掷,不自珍惜,却喜欢以米芾自居。

"米南宫呐,简直是米南宫呐!"

大伙也不理他。他把那幅"米南宫真迹"一握,也就丢了。

有一次,他见我因为一件事而情绪不好,便仿韩愈《送李愿归盘谷序》中"大丈夫之不得意于时也"的意思作了一篇《大小姐之不得意于时也》的赋,自己写了,奉上,令人忍俊不禁。

又有一次,一位朋友画了一幅石竹,他抢了去,为我题上"渊渊其声,娟娟其影",墨润笔酣,句子也庄雅可喜,裱起来很有精神。其实,我一直没有告诉他,我喜欢他,远在米芾之上。米芾只是一个遥远的八百年前的名字,他才是一个人,一个真实的人。

杜公爱憎分明,看到不顺眼的人或事他非爆出来不可。有一次他极讨厌的一个人调到别处去了,后来得意洋洋地穿了新机关的制服回来,他不露声色地说:

"这是制服吗?"

"是啊!"那人愈加得意。

"这是制帽?"

"是啊!"

"这是制鞋?"

"是啊!"

那个不学无术的家伙始终没有悟过来制鞋、制帽是指丧服的意思。

他另外讨厌的一个人,一天也穿了一身新西装来炫耀。

"西装倒是好,可惜里面的不好!"

"哦,衬衫也是新买的呀!"

"我是指衬衫里面的。"

"汗衫?"

"比汗衫更里面的!"

很多人觉得他的嘴刻薄,不厚道,积不了福,我倒很喜欢他这一点,大概因为他做的事我也想做——却不好意思做。天下再没有比相怨更讨厌的人,因此我连杜公的缺点都喜欢。

——而且,正因为他对人对物的挑剔,使人觉得受他赏识真是一件好得不得了的事。

其实,除了骂骂人,看穿了他还是个"剪刀嘴巴豆腐心"。记得我们班上有个男孩,是橄榄球队队长,不知怎么阴错阳差地分到中文系来了。有一天,他把书包搁在山径旁的一块石头上,就去打球了,书包里的一本《中国文学发达史》滑出来,落在水沟里,泡得透湿。杜公捡起来,给他晾着,晾了好几天,这位仁兄才猛然想到书包和书,杜公把小心晾好的书还他,也没骂人,事后提起那位成天一身泥水一身汗的男孩,他总是笑孜孜地,很温和地说:

"那孩子!"

杜公绝顶聪明,才思敏捷,涉猎甚广,而且几乎可以过目不忘,所以会意独深。他说自己少年时喜欢诗词,好发诗论。忽有一天读到王国维的《人间词话》,大吃一惊,原来他的论调竟跟王国维一样,他从此不写诗论了。

杜公的论文是《中国历代政治符号》,很为识者推重,指导教授是当时政治研究所主任浦薛凤先生。浦先生非常欣赏他的国学,把他推荐来教书,没想到一直开的竟是文学课。

学生文学程度不好——而且也不打算学好,他常常气得瞪眼。

有一次我在叹气:

"我将来教文学,第一,扮相就不好。"

"算了,"他安慰我,"我扮相比你还糟。"

真的,教文学似乎要有其扮相,长袍、白髯、咳嗽、摇头晃脑,诗云子曰,阴阳八卦,抬眼看天,无视于满教室的传纸条、瞌睡、K英文。不想这样教文学课的,简直就是一种怪异。

碰到某些老先生,他便故作神秘地说:

"我叫杜奎英,奎者,大卦也。"

他说得一本正经,别人走了,他便纵声大笑。

日子过得不快活,但无妨于他言谈中说笑话的密度,不过,笑话虽多,总不失其正正经经读书人的矩度。他创立了《思与言》杂志,在十五年前以私人力量办杂志,并且是纯学术性的杂志,真是要有"知其不可而为之"的勇气。杜公比大多数《思与言》的同仁都年长些,但是居然慨然答应做发行人。台大政治系的胡佛教授追忆这段往事,有很生动的记载:

那时的一些朋友皆值二十与三十之年,又受过一些高等教育,很想借新知的介绍,做一点知识报效社会的工作。所以在兴致来时,往往商量着创办杂志,但多数在兴致过后,又废然而止。不过有一次数位朋友偶然相聚,又旧话重提,决心一试。为了躲避台北夏季的热浪,大家另约到碧潭泛舟,再作续谈。奎英兄虽然受约,但他的年龄略长,我们原很怕他涉世较深,热情可能稍减。正好在买舟时,他尚未到,以为放弃。到了船放中流,大家皆谈起奎英兄老成持重,且没有公教人员的身份,最符合政府所规定的杂志发行人的资格,惜他不来。说到兴处,忽见昏黑中,一叶小舟破水追踪而来,并靠上我们的船舷。打桨的人奋身攀沿而上,细看之下竟是奎英兄。大家皆高声叫道:发行人出现了。奎英兄的豪情,的确不较任何人为减,他不但同意一肩挑起发行人的重责,且对刊物的编印早有全盘的构想。

其实,何止是发行人?他何尝不是社长、编辑、校对,乃至于写姓名发通知的人?(将来的历史要记载台湾的文人,他们共有的可爱之处便是人人都灰头土脸地编过杂志。)他本来就穷,至此更是只好"假私济公",愈发穷了,连结婚都得举债。

杜公的恋爱事件和我关系密切,我一直是电灯泡,直到不再被需要为止。那实在也是一场痛苦缠绵的恋爱,因为女方全家几乎是抵死反对。

杜公谈起恋爱,差不多变了一个人,风趣、狡黠、热情洋溢。

有一次他要我带一张英文小纸条回去给那女孩,上面这样写:

请你来看一张全世界最美丽的图画
会让你心跳加速
呼吸急促
……

小宝(我们都这样叫她)和我想不通他哪里弄来一张这种图画,及至跑去一看,原来是他为小宝加洗的照片。

他又去买些粗铅丝,用锤子把它锤成烤扦,带我们去内双溪烤肉。

也不知他哪里学来那么多稀奇古怪的本领,问他,他也只神秘地学着孔子的口吻说:"吾多能鄙事。"

小宝来请教我的意见,这倒难了,两人都是我的朋友,我曾是忠心不二的电灯泡,但朋友既然问起意见,我也只好实说:

"要说朋友,他这人是最好的朋友;要说丈夫,倒未必是好丈夫。他这种人一向厚人薄己,要做他太太不容易,何况你们年龄相悬十七岁,你又一直要出洋,你全家又都如此反对……"

真的,要家长不反对也难,四十多岁了,一文不名,人又不漂亮,同事传话,也只说他脾气偏执,何况那时候女孩子身价极高。

从一切的理由看,跟杜公结婚是不合理性的——好在爱情不讲究理性,所以后来他们还是结婚了。奇怪的是小宝的母亲最终倒也投降了,并且还在小宝离台进修期间给他们带了两年孩子。

杜公不是那种怜香惜玉低声下气的男人,不过他做丈夫看来比想象中要好得多,他居然会烧菜、会拖地、会插个不知什么流的花,知道自己要有孩子,忍不住兴奋地叨念着:"唉,姓杜真讨厌,真不好取名字,什么好名字一加上杜字就弄反了。"

那么粗犷的人一旦柔情起来,令人看着不免心酸。

他的女儿后来取名"杜可名",出于《老子》,真是取得好。

他后来转职政大,我们就不常见面了,但小宝回台时,倒在我家吃了一顿饭,那天许多同事聚在一起,加上他家的孩子,我家的孩子——着实热闹了一场。事后想来,凡事都是一时机缘,事境一过,一切的热闹繁华便终究成空了。

不久就听说他病了,一打听已经很不轻,肺中膈长癌,医生已放弃开刀,杜公是何等聪明的人,他立刻什么都明白了,倒是小宝,他一直不让她知道。

我和另外两个女同事去看他,他已黄瘦下来,还是热乎乎地弄两张椅子要给我们坐,三个人推来让去都不坐,他一径坚持要我们坐。

"哎呀,"我说,"你真是要二椅杀三女呀!"

他笑了起来——他知道我用的是"二桃杀三士"的典故,但能笑几次了呢?我也不过强颜欢笑罢了。

他仍在抽烟,我说别抽了吧!

"现在还戒什么?"他笑笑,"反正也来不及了。"

那时节是六月,病院外夏阳艳得不可逼视,暑假里我即将有旅美之行——我知道那是我最后一次看他了。

后来我寄了一张探病卡,勉作豪语:

"等你病好了,咱们再煮酒论战。"

写完,我伤心起来,我在撒谎,我知道旅美回来,迎我的将是一纸过期的讣闻。

旅美期间,有时竟会在异乡的枕榻上惊醒,我梦见他了,我感到不祥。

对于那些英年早逝弃我而去的朋友,我的情绪与其说是悲哀,不如说是愤怒!

正好像一群孩子,在广场上做游戏,大家才刚弄清楚游戏规则,才刚明白游戏的好玩之处,并且刚找好自己的那一伙,其中一人却不声不响地半局而退了,你一时怎能不愕然得手足无措,甚至觉得被什么人骗了一场似的愤怒!

满场的孩子仍在游戏,属于你的游伴却不见了!

九月返台,果真他已于八月十四日去世了,享年五十二岁,孤女九岁。他在病榻上自拟一副挽联,但写得尤好的则是代女儿挽父的白话联:

爸爸说要陪我直到结婚生了娃娃,而今怎教我立刻无处追寻,你怎舍得这个女儿;

女儿只有把对您那份孝敬都给妈妈,以后希望你梦中常来看顾,我好多喊几声爸爸。

读来五内翻涌,他真是有担当、有抱负、有才华的至情至性之人。

也许因为没有参加他的葬礼,感觉上我几乎一直欺骗自己他还活着,尤其每有一篇自己比较满意的作品,我总想起他来。他那人读文章严苛万分,轻易不下一字褒语,能被他击节赞美一句,是令人快乐得要晕倒的事。

每有一句好笑话,也无端想起他来,原来这世上能跟你共同领略一个笑话的人竟如此难得。

每想一次,就怅然久之,有时我自己也惊讶,他活着的时候,我们一年也不见几面,何以他死了我会如此茫然若失呢?我想起有一次看到一副对联,现在也记不真切,似乎是江兆申先生写的……

相见亦无事,不来常思君。

真的,人和人之间有时候竟可以淡得十年不见,十年既见却又可以淡得相对无一语。即使相对应答,又可以淡得没有一件可以称之为事情的事情,奇怪的是淡到如此无干无涉,却又可以是相知相重、生死不舍的朋友。

衣履篇

——人生于世，相知有几，而衣履相亲，亦薄凉世界中之一聚散也——

睡　袍

我认识一个杰出的女人，在纽约，她是她那行里顶尖拔萃的人物。

但有一个夜晚，她的小女儿拦腰抱住她说：

"妈妈，我最喜欢你穿这件衣服。"

她当时身上穿的是一件简单的睡袍。

当她穿着白色的工作服，她是一个极有效率的科学家，当她穿上晚礼服，她是宴会里受人尊敬的上宾。但此刻，她什么也不是，只是一个平凡的女人，安详地穿着一件旧睡袍，把自己圈在落地灯小小的光圈里。不去做智慧的驰骋，不去演讲给谁听，不去听别人演讲，没有头衔，没有掌声，没有崇拜，只把自己裹在柔软的睡袍里。

可是她的孩子却说：

"妈妈，我最喜欢你穿这件衣服。"

因为，只要穿上那件衣服，她便不会出门了。她们可以共享一个夜晚。

我听了那个故事觉得又辛酸又美丽,每次,晚饭后,我换上那件旧睡袍的时候,我总想起那故事,我好像穿上一袭故事。

不管明晨有多长远的路要走,不管明天别人尊我们为英雄为诗人,今夜且让我们夫妻儿女共守一盏灯,做个凡人。

我们疲倦了,我们即将安息,让一家人一起换上睡袍。或看一本书,或读一份报,或摸摸索索地找东西吃,或坐在那里胡乱画一张画,在一个屋顶之下,整个晚上,我感到我们一直在无声地互说:"晚安、晚安。"

或者有一天,当我太疲倦,我需要一次极长极长的长眠,那时,亲爱的,请给我最后一件睡袍,柔软的,敝旧的,直垂到脚踝的,我将恬然睡去,像我们同在一起的那些美好的时光一样。

油 纸 伞

我有时会忘记,竟会将那把伞看成一件衣服。

那天我在泰国街头逛庙,忽然,下了雨,我顺手买了一把油纸伞。

那些庙宇,都有一个尖斜的金黄色的顶,而我,撑着伞,走在众庙宇之间,我的伞也给了我一个尖斜的土黄色的顶,我俨然也是一座辉煌的会行走的殿堂。

经典上说:"我是上帝的殿堂。"

天神如果有居所,那居所必是人心,而不是泥瓦土砖雕梁画栋间的所谓圣殿。

衣服蔽我,伞蔽我衣,在异乡的雨季里,伞给我一片干燥。我没有办法不承认它也是一件衣服。

回台后,我把它吊在前廊,或晴或雨,我不时把它撑开来,看看,再收起。我仍然呆里呆气地在想,它实在并不是一件衣服,但我实在又觉得它是,如果它是一顶斗笠,也许比较说得过去。但斗笠其实是戴在额上的伞,而伞,其实是撑在手里的斗笠。别的伞也许不算衣服,但这一把,我们曾如此相倚走过一段陌生的旅途的,总应该是吧。

这样想着,我又满心贴切地把它归入我的衣服类里去了。

花鸟门额

萧给我做了一件礼服,大红,当胸一幅花鸟绣。

我爱极了那件衣服,差不多到了不敢穿的程度。那花鸟是他祖母的老古董,当年是挂在新娘门额上的,有一种快要溢出来的凡俗的喜气。

那是我们带团出去表演的前夕他巴巴地赶着送来的,那幅绣花他剪作两块,一块给他的新婚妻子,一块给我。

"你这次出去,说不定会遇上应酬场合,西方人的礼服式样太多了,"他说,"一个比一个漂亮,但是,只要你有一块绣花,你就赢了。"

那夜,我哪有心情看礼服,我忙着站在锅炉前熬到凌晨五点,把表演用的衣服一一染好,他抱了回家去烘干,我抢时间睡了两个小时,七点钟他回来把烘好的衣服包成一大包塞给我,我跳上车直奔桃园机场,一路抱着那刚烘好的热衣服上飞机——并且就那样一路抱着,绕了一整个地球。

我每在衣橱里摸摸那件礼服,一件件事情便来到眼前,我这半生到处碰见的友谊和真情有多么多啊,萧所给我的,岂只是一件礼服呢?

贴近我的心胸,当我呼吸时,让我感觉你古典花鸟的细腻和繁富,让我听见你柔和的鸣声,看见你安详地低飞,每件衣服都牵扯起许多联想、许多回忆，我会忽然感到自己尊贵美好，像过新年时的孩子——只因我穿着一件尊贵美好的衣服。

羊 毛 围 巾

所有的巾都是温柔的，像汗巾、丝巾和羊毛围巾。

巾不用剪裁，巾没有形象，巾甚至没有尺码，巾是一种温柔得不会坚持自我形象的东西。它被捏在手里，包在头上，或绕在脖子上，巾是如此轻柔温暖，令人心疼。巾也总是美丽的，那种母性的美丽，或抽纱或绣花，或泥金或描金，或是织棉，或是钩纱，巾总是一径那么细腻娴雅。

而这个世界是越来越容不下温柔和美丽了，罗勃·泰勒死了，史都华·格兰杰老了，费雯丽消失了，取代的是查理士·布朗，是007，是冷硬的珍·芳达和费·唐娜薇，是科幻片里的女超人。

惟有围巾仍旧维持着一份古典的温柔，一份美。

我有一条浅褐色的马海羊毛围巾，是新春去了壳的大麦仁的颜色，错觉上几乎嗅得到麸皮的干香。

即使在不怎么冷的日子，我也喜欢围上它，它是一条不起眼的围巾，但它的抚触轻暖，有如南风中的琴弦，把世界遗留在恻恻轻寒中，我的项间自有一圈暖意。

忽有一天，在惯行的山径上走，满山的芒草柔软地舒开，怎样的年年苇芒啊！这才发现芒草和我的羊毛围巾有着相同的色调和触觉。秋山寂清，秋容空寥，秋天也正自搭着一条围巾吧，从山巅绕到低谷，从低谷拖到水湄，一条古旧温婉的围巾啊！

以你的两臂合抱我，我的围巾，在更冷的日子你将护住我的两耳焐着我的发，你照着我的形象而委屈地折叠你自己，从左侧环护我，从右侧萦绕我，你是柔韧而忠心的护城河，你在我的坚强梗硬里纵容我,让我也有些小小的柔弱,小小的无依,甚至小小的撒娇作痴。你在我意气风发飘然上举几乎要破躯而去的时候,静静地伸手挽住我,使我忽然意味到人世的温情,你使我猝然间软化下来,死心塌地留在人间。如山,留在茫茫扑扑的秋芒里。

巾真的是温柔的,人间所有的巾,如我的那一条。

穿风衣的日子

香港人好像把那种衣服叫成"干湿褛",那实在也是一个好名字,但我更喜欢我们在台湾的叫法——风衣。

每次穿上风衣,我会莫名其妙地异样起来,不知为什么,尤其刚扣好腰带的时候,我在错觉上总怀疑自己就要出发去流浪。

穿上风衣,只觉风雨在前路飘摇,小巷外有万里未知的长路等着,我有着"一蓑烟雨任平生"的莽莽情怀。

穿风衣的日子是该起风的,不管是初来乍到还不惯于温柔的春风,或是绿色退潮后寒意陡起的秋风。风在云端叫你,风透过千柯万叶以苍凉的颤音叫你,穿风衣的日子总无端地令人凄凉——但也因而无端地令人雄壮。

穿了风衣,好像就该有个故事要起头了。

必然有风在,吹绿了两岸,拉开两岸的杨柳帷幕……

必然有风在塞北,拨开野草,让你惊见大漠的牛羊……

必然有风像旧戏中的流云彩带,圆转柔和地圈住那死也忘不了的一千一百万平方公里的海棠残叶。

必然有风像歌,像笛,一夜之间遍洛城。

曾翻阅汉高祖的白云的,曾翻阅唐玄宗的牡丹的,曾翻阅陆放翁的大散关的,那风,今天也翻阅你满额的青发,而你着一袭风衣,走在千古的风里。

风是不是天地的长喟？风是不是大块在血气涌腾之际搅起的不安？

风鼓起风衣的大翻领，风吹起风衣的下摆，刷刷地打我的腿。我瞿然四顾，人生是这样辽阔，我觉得有无限渺远的天涯在等我。

愁乡石

愁乡石
替古人担忧
色识
六桥

愁乡石

到"鹅库玛"度假去的那一天,海水蓝得很特别。

每次看到海,总有一种瘫痪的感觉,尤其是看到这种碧人波心的,急速涨潮的海。这种向正前方望去直对着上海的海。

"只有四百五十海里。"他们说。

我不知道四百五十海里有多远,也许比银河还要迢遥吧?每次想到上海,总觉得像历史上的镐京或是洛邑那么幽渺,那样让人牵起一种又凄凉又悲怆的心境。我们面海而立,在浪花与浪花之间追想多柳的长安与多荷的金陵,我的乡愁遂变得又剧烈又模糊。

可惜那一片江山,每年春来时,全交付给了千林啼鴂。

明孝陵的松涛在海浪中来回穿梭,那种声音、那种色泽,恍惚间竟有那么相像。记忆里那一片乱映的苍绿已经好虚幻好飘渺了,但不知为什么,老忍不住要用一种固执的热情去念诵它。

有两三个人影徘徊在柔软的沙滩上,拣着五彩的贝壳。那些炫人的小东西像繁花一样地开在白沙滩上,给发现的人一种难言的惊喜。而我站在那里,无法让悲激的心怀去适应一地的色彩。

蓦然间,沁凉的浪打在我的脚上,我没有料到那一下冲撞竟有那么裂人心魄。想着海水所来的方向,想着上海某一个不知名的滩头,我便有一种嚎哭的冲动。而哪里是我们可以恸哭的秦廷?哪里是申包胥可以流七日泪水的地方?此处是异乡,异乡寂凉的海滩。

他们叫这一片海为中国海,世上再没有另一个海有这样美丽沉郁的名字了。小时候曾经多么神往于爱琴海,多么迷醉于想象中那抹灿烂的晚霞,而现在,在这个无奈的多风下午,我只剩下一个爱情,爱我自己国家的名字,爱这个蓝得近乎哀愁的中国海。

而一个中国人站在中国海的沙滩上遥望中国,这是一个怎样咸涩的下午!

遂想起那些在金门的日子,想起在马山看对岸的角屿,在湖井头看对岸的何厝。望着那一带山峦,望着那块使东方人骄傲了几千年的故土,心灵便脆薄得不堪一声海涛。那时候忍不住想到自己为什么不是一只候鸟,犹记得在每个江南草长的春天回到旧日的梁前,又恨自己不是鱼,可以绕着祖国的沙滩岩岸而流泪。

海水在远处澎湃,海水在近处澎湃,海水徒然地冲刷着这个古老民族的羞耻。

我木然地坐在许多石块之间,那些灰色的,轮流着被海水和阳光煎熬的小圆石。

那些岛上的人很幸福地过着他们的日子,他们在历史上从来不曾辉煌过,所以他们不必痛心。他们没有骄傲过,所以无须悲哀。他们那样坦然地说着日本话,给小孩子起日本名字,在自己学校的旗杆上竖别人的太阳旗,他们那样怡然地顶着东西、唱着歌,走在美国人为他们铺的柏油路上。

他们有他们的快乐。那种快乐是我们永远不会有也不屑有的。我们所有的只是超载的乡愁。只是世家子弟的那份茕独。

海浪冲逼而来,在阳光下亮着残忍的光芒。海雨天风,再不放过旅人的悲思。我们向哪里去躲避?我们向哪里去遗忘?

小圆石在不绝的浪涛中颠簸着,灰白的色调让人想起流浪者的霜鬓。我拣了几个,包在手绢里,我的臂膀遂有着十分沉重的感觉。

忽然间，就那样不可避免地忆起了雨花台，忆起那闪亮了我整个童年的璀璨景象。那时候，那些彩色的小石曾怎样地令我迷惑。有阳光的假日，满山的拣石者挑剔地品评着每一块小石子。那段日子为什么那么短呢？那时候我们为什么不能预见自己的命运？在离乡背井的岁月里，我们的箱箧里没有一撮故乡的泥土。更不能想象一块雨花台石子的奢侈了。

灰色的小圆石一共是七块，它们停留在海滩上想必已经很久了，每一次海浪的冲撞便使它们更浑圆一些。

雕琢它们的是中国海的浪头，是来自上海的潮汐，日日夜夜，它们听着遥远的消息。

把七块小石转动着，它们便发出琅然的声音，那声音里有着一种神秘的回响，呢喃着这个世纪最大的悲剧。

"你拣的就是这个？"

游伴们从远远近近的沙滩走了回来，展示着他们彩色缤纷的贝壳。

而我什么也没有，除了那七颗黯淡的灰色石子。

"可是，我爱它们。"我独自走开去，把那七颗小石压在胸口上，直压到我疼痛得淌出眼泪来。在流浪的岁月里我们一无所有，而今，我却有了它们。我们的命运多少有些类似，我们都生活在岛上，都曾日夜凝望着一个方向。

"愁乡石！"我说，我知道这必是它的名字，它决不会再有其他的名字。

我慢慢地走回去，鹅库玛的海水在我背后蓝得叫人崩溃，我一步一步艰难地摆脱它。而手绢里的愁乡石响着，响着久违的乡音。

无端的，无端的，又想起姜白石，想起他的那首八归。

最可惜的那一片江山，每年春来时，全交付给了千林啼鴃。

愁乡石响着,响一片久违的乡音。

后 记

　　鹅库玛系冲绳岛极北端之海滩,多有异石悲风。西人设基督教华语电台于斯,以其面对上海及广大的内陆地域。余今秋(一九六七)曾往一游,离去十八年。虽望乡亦情怯矣。是日徘徊低吟,黯然久之。

替古人担忧

同情心,有时是不便轻易给予的,接受的人总觉得一受人同情,地位身份便立见高下,于是一笔赠金,一句宽慰的话,都必须谨慎。但对古人,便无此限,展卷之余,你尽可痛哭,而不必顾到他们的自尊心,人类最高贵的情操得以维持不坠。

千古文人,际遇多苦,但我却独怜蔡邕,书上说他:"少博学,好辞章……妙操音律,又善鼓琴,工书法,闲居玩古,不交当也……"后来又提到他下狱时"乞鲸首刖足,续成汉史,不许。士大夫多矜救之,不能得,遂死狱中"。

身为一个博学的、孤绝的、"不交当也"的艺术家,其自身已经具备那么浓烈的悲剧性,及至在混乱的政局里系狱,连司马迁的幸运也没有了!甚至他自愿刺面斩足,只求完成一部汉史,也竟而被拒,想象中他满腔的悲愤直可震陨满天的星斗。可叹的不是狱中冤死的六尺之躯,是那永不为世见的焕发而饱和的文才!

而尤其可恨的是身后的污蔑,不知为什么,他竟成了民间戏剧中虐待赵五娘的负心郎,陆放翁的诗里曾感慨道:

  古道斜阳赵家庄,盲翁负鼓正作场。
  身后是非谁管得,满城争唱蔡中郎。

让自己的名字在每一条街上被盲目的江湖艺人侮辱,蔡邕死而有知,又怎能无恨!而每一个翻检历史的人,每读到这个不幸的名字,又怎能不感慨是非的颠倒无常。

李斯,这个跟秦帝国连在一起的名字,似乎也沾染着帝国的辉煌与早亡。

当他年盛时,他曾是一个多么傲视天下的人,他说:"诟莫大于卑贱,而悲莫甚于贫困,久处卑贱之位,困苦之地,非世而恶利,自托于无为,此非士之情也!"他曾多么贪爱那一点点醉人的富贵。

但在多舛的宦途上,他终于付出自己和儿子作为代价,临刑之际,他黯然地对儿李由说:"吾欲与若复牵黄犬,俱出上蔡东门,逐狡兔,岂可得乎?"

幸福被彻悟时,总是太晚而不堪温习了!

那时候,他会想起少年时上蔡的春天,透明而脆薄的春天!

异于帝都的春天!他会想起他的老师荀卿,那温和的先知,那为他相秦而气愤不食的预言家,他从他那儿学了"帝王之术",却始终参不透他的"物禁太盛"的哲学。

牵着狗,带着儿子,一起去逐野兔,每一个农夫所可触及的幸福,却是秦相李斯临刑时的梦呓。

公元前二〇八年,咸阳市上有被腰斩的父子,高踞过秦相,流传下那么多篇疏壮的刻石文,却不免于那样惨烈的终局!

看剧场中的悲剧是轻易的,我们可以安慰自己"那是假的",但读史时便不知该如何安慰自己了。读史者有如屠宰业的经理人,自己虽未动手杀戮,却总是以检点流血为务。

我们只知道花蕊夫人姓徐,她的名字我们完全不晓,太美丽的女子似乎注定了只属于赏识她的人,而不属于自己。

古籍中如此形容她:"拜贵妃,别号花蕊夫人,意花不足拟其色,似花蕊翾轻也,又升号慧妃,如其性也。"

花蕊一样的女孩,怎样古典华贵的女孩,由于美丽而被豢养的女孩!

而后来,后蜀亡了,她写下那首有名的亡国诗:

> 君王城上竖降旗,妾在深宫哪得知。
> 十四万人齐解甲,更无一个是男儿。

无一个男儿,这又奈何?孟昶非男儿,十四万的披甲者非男儿,亡国之恨只交给一个美女的泪眼,交给那柔于花蕊的心灵。

国亡赴宋,相传她曾在薛萌的驿壁上留下半首《采桑子》,那写过百首宫词的笔,最后却在仓皇的驿站上题半阕小词:

> 初离蜀道心将碎,离恨绵绵,春日如年,马上时时闻杜鹃……

半阕!南唐后主在城破时,颤抖的腕底也是留下半首词。半阕是人间的至痛,半阕是永劫难补的憾恨!马上闻啼鹃,其悲竟如何?那写不下去的半阕比写出的是更哀绝。

蜀山蜀水悠然而清,寂寞的驿壁在春风中穆然而立,见证着一个女子行过蜀道时凄于杜鹃鸟的悲鸣。

词中的《何满子》,据说是沧州歌者临刑时欲以自赎的曲子,不获免,只徒然传下那一片哀结的心声。

《乐府杂录》中曾有一段有关这曲子的戏剧性记载:

刺史李灵曜置酒,坐客姓骆唱《何满子》,皆称其绝妙。白秀才曰:"家有声妓,歌此曲,音调。"召至,令歌,发声清越,殆非常音,骆遽问曰:"是宫中胡二子否?"妓熟视曰:"不问君岂梨园骆供奉邪?"相对泣下,皆明皇时人也。

异地闻旧音,他乡遇故知,岂都是喜剧? 白头宫女坐说"天宝"固然可哀,而梨园散失沦落天涯,宁不可叹?

在伟大之后,渺小是怎样地难忍,在辉煌之后,黯淡是怎样地难受,在被赏识之后,被冷落又是怎样地难耐,何况又加上那凄恻的《何满子》,白居易所说的"一曲四词歌八叠,从头便是断肠声"的《何满子》!

千载以下,谁复记忆胡二子和骆供奉的悲哀呢? 人们只习惯于去追悼唐明皇和杨贵妃,谁去同情那些陪衬的小人物呢? 但类似的悲哀却在每一个时代演出,"天宝"总是太短,渔阳鼙鼓的余响敲碎旧梦,马嵬坡的夜雨滴断幸福,新的岁月粗糙而庸俗,却以无比的强悍逼人低头。玄宗把自己交给游仙的方士,胡二子和骆供奉却只能把自己交给比永恒还长的流浪的命运。

灯下读别人的颠沛流离,我不知该为撰曲的沧州歌者悲,还是该为唱曲的胡二子和骆供奉悲——抑或为自己悲。

色识

颜色之为物,想来应该像诗,介乎虚实之间,有无之际。

世界各民族都有其"上界"与"下界"的说法,以供死者前往——独有中国的特别好辨认,所谓"上穷'碧'落下'黄'泉"。《千字文》也说"天地玄黄",原来中国的天堂地狱或是宇宙全是有颜色的哩!中国的大地也有颜色,分五块设色,如同小孩玩的拼图版,北方黑,南方赤,西方白,东方青,中间那一块则是黄的。

有些人是色盲,有些动物是色盲,但更令人惊讶的是,据说大部分人的梦是无色的黑白片。这样看来,即使色感正常的人,每天因为睡眠也会让人生的三分之一时间失色。

中国近五百年来的画,是一场墨的胜利。其他颜色和黑一比,竟都黯然引退,好在民间的年画、刺绣和庙宇建筑仍然五光十色,相较之下,似乎有下面这一番对照:

成人的世界是素净的黯色,但孩子的衣着则不避光鲜明艳。

汉人的生活常保持渊沉的深色,苗瑶藏胞却以彩色环绕汉人、提醒汉人。

平素家居度日是单色的,逢到节庆不管是元宵放灯或端午赠送香包或市井婚礼,色彩便又复活了。

庶民(又称"黔"首、"黎"民)过老态的不设色的生活,帝王将相仍有黄袍朱门紫绶金驾可以炫耀。

古文的园囿不常言色,诗词的花园里却五彩绚烂。

颜色,在中国人的世界里,其实一直以一种稀有的、矜贵的、与神秘领域暗通的方式存在。

颜色,本来理应属于美术领域,不过,在中国,它也属于文学。眼前无形无色的时候,单凭纸上几个字,也可以想见"月落江湖'白',潮来天地'青'"的山川胜色。

逛故宫,除了看展出物品,也爱看标签,一个是"实",一个是"名",世上如果只有喝酒之实而无"女儿红"这样的酒名,日子便过得不精"彩"了。诸标签之中且又独喜与颜色有关的题名,像下面这些字眼,本身便简扼似诗:

祭红: 祭红是一种沉稳的红釉色,红釉本不可多得,不知祭红一名何由而来,似乎有时也写作"积红",给人直觉的感觉不免有一种宗教性的虔诚和绝对。本来羊群中最健康的、玉中最完美的可作礼天敬天之用,祭红也该是最凝聚最纯粹最接近奉献情操的一种红,相较之下,"宝石红"一名反显得平庸,虽然宝石红也光莹秀澈,极为难得。

牙白: 牙白指的是象牙白,因为不顶白反而有一种生命感,让人想到羊毛、贝壳或干净的骨骼。

甜白: 不知怎么回事会找出甜白这么好的名字,几件号称甜白的器物多半都脆薄而婉腻。甜白的颜色微灰泛紫加上几分透明,像雾峰一带的好芋头,熟煮了,在热气中乍剥了皮,含粉含光,令人甜从心起,甜白两字也不知是不是这样来的。

娇黄: 娇黄其实很像杏黄,比黄瓤西瓜的黄深沉,比袈裟的黄轻俏,是中午时分对正阳光的透明黄玉,是琉璃盏中新榨的纯净橙汁,黄色能黄到这样好真叫人又惊又爱又心安。美国式的橘黄太耀眼,可以做属于海洋的游艇和救生圈的颜色,中国皇帝的龙袍黄太夸张,仿佛新富乍贵,自己一时也不知该怎么穿着,才胡乱选中的颜色,看起来不免有点舞台戏服的感觉。但娇黄是定静的沉思的,有着《大学》一书里所说的"定而后能静、静而后能安、安而后能虑、虑而后能得"的境界。有趣的是"娇"字本来不能算是称职的形容颜色的字眼——太主观,太情绪化,但及至看了"娇黄高足大碗",倒也立刻忍不住点头称是,承认这种黄就该叫娇黄。

茶叶末:茶叶末其实是秋香色,也略等于英文里的鳄梨色(avocado),但情味并不相似。鳄梨色是软绿中透着柔黄,如池柳初舒,茶叶末则显然忍受过搓揉和火炙,是生命在大挫伤中历练之余的幽沉芬芳,但两者又分明属于一脉家谱,互有血缘。此色如果单独存在,会显得悒闷,但由于是釉色,所以立刻又明丽生鲜起来。

鹧鸪斑:这称谓原不足以算"纯颜色",但仔细推来,这种乳白赤褐交错的图案效果如果不用此字,真不知如何形容。鹧鸪斑三字本来很可能是鹧鸪鸟羽毛的错综效果,我自己却一厢情愿地认为那是鹧鸪鸟蛋壳的颜色。所有的鸟蛋都有极其漂亮的颜色,或红褐,或浅碧,或斑斑朱朱。鸟蛋不管隐于草茨或隐于枝柯,像未熟之前的果实,它有颜色的目的竟是求其"失色",求其"不被看见"。这种斑丽的隐身衣真是动人。

霁青、雨过天青:霁青和雨过天青不同,前者是凝冻的深蓝,后者比较有云淡天青的浅致。有趣的是从字义上看都指雨后的晴空。大约好事好物也不能好过头,朗朗青天看久了也会糊涂,以为不稀罕。必须乌云四合,铅灰一片乃至雨注如倾盆之后的青天才可喜。柴世宗御批指定"雨过天青云破处,这般颜色做将来",口气何止像君王,更像天之骄子,如此肆无忌惮简直根本不知道世上有不可为之事,连造化之诡、天地之秘也全不瞧在眼里。不料正因为他孩子似的、贪心的、漫天开价的要求,世间竟真的有了雨过天青的颜色。

剔红：一般颜色不管红黄青白，指的全是数学上的"正号"，是在形状上面"加"上去的积极表现。剔红却特别奇怪，剔字是"负号"，指的是在层层相叠的漆色中以雕刻家的手法挖掉了红色，是"减掉"的消极手法。其实，既然剔除了只能叫剔空，它却坚持叫剔红，仿佛要求我们留意看那番疼痛的过程。站在大玻璃橱前看剔红漆盒看久了，竟也有一份悲喜交集的触动，原来人生亦如此盒，它美丽剔透，不在保留下来的这一部分，而在挖空剔除的那一部分。事情竟是这样的吗？在忍心的割舍之余，在冷情的镂空之后，生命的图案才足动人。

斗彩：斗彩的"斗"字也是个奇怪的副词，颜色与颜色也有可斗的吗？文字学上"斗"字也通于"逗"，"逗"与"斗"在釉色里面都有"打情骂俏"的成分，令人想起李贺的"石破天惊逗秋雨"，那一番逗简直是挑逗啊！把雨水从天外逗引出来，把颜色从幽冥中逗弄出来，斗彩的小器皿向例是热闹的，少不了快意的青蓝和珊瑚红，非常富有民俗趣味。近人语言里每以"逗"这个动词当形容词用，如云"此人真逗"！形容词的"逗"有"绝妙好玩"的意思，如此说来，我也不妨说一句"斗彩真逗"！

当然，"艳色天下重"，好颜色未必皆在宫中，一般人玩玉总不免玩出一番好颜色好名目来，例如：

孩儿面（一种石灰沁过而微红的玉）

鹦哥绿（此绿是因为做了青铜器的邻居受其感染而变色的）

茄皮紫

秋葵黄

老酒黄（多温暖的联想）

虾子青（石头里面也有一种叫"虾背青"的，让人想起属于虾族的灰青色的血液和肌理）

不单玉有好颜色,石头也有,例如:

鱼脑冻:指一种青灰浅白半透明的石头,"灯光冻"则更透明。

鸡血:指浓红的石头。

艾叶绿:据说是寿山石里面最好最值钱的一种。

炼蜜丹枣:像蜜饯一样,是个甜美生津的名字,书上说"百炼之蜜,渍以丹枣,光色古黯,而神气焕发"。

桃花水:据说这种亦名"桃花片"的石头浸在瓷盘净水里,一汪水全成了淡淡的"竟日桃花逐水流"的幻境。如果以桃花形容石头,原也不足为奇,但加一"水"字,则迷离溟漾,硬是把人推到"两岸桃花夹古津"的粉红世界里去了。类似的浅红石头也有叫"浪滚桃花"的,听来又凄婉又响亮,叫人不知如何是好。

砚水冻:这是种不纯粹的黑,像白昼和黑夜交界处的交战和朦胧,并且这份朦胧被魔法定住,凝成水果冻似的一块,像砚池中介乎浓淡之间的水,可以为诗,可以染墨,也可以秘而不宣,留下永恒的缄默。

石头的好名字还有许多,例如"鹁鸽眼"(一切跟"眼"有关的大约都颇精粹动人,像"虎眼"、"猫眼")、"桃晕"、"洗苔水"、"晚霞红"等。

当然,石头世界里也有不"以色事人"的,像"太湖石"、"常山石",是以形质取胜,两相比较,像美人与名士,各有可倾倒之处。

除了玉石,骏马也有漂亮的颜色,项羽必须有英雄最相宜的黑色来相配,所以"乌"骓不可少,关公有"赤"兔,刘彻有汗"血",此外"玉"骢、"华"骝、"紫"骥,无不充满色感,至于不骑马而骑牛的那位老聃,他的牛也有颜色,是"青"牛,老子一路行去,函谷关上只见"紫"气东来。

马之外,英雄当然还须有宝剑,宝剑也是"紫电"、"青霜",当然也有以"虹气"来形容剑器的,那就更见七彩缤纷了。

中国晚期小说里也流金泛彩,不可收拾,《金瓶梅》里小小几道点心,立刻让人进入"色彩情况",如:

> 揭开,都是顶皮饼,松花饼,白糖万寿糕,玫瑰搽穰卷儿。

写惠莲打秋千一段也写得好:

> 这惠莲也不用人推送,那秋千飞起在半天云里,然后忽地飞将下来,端的却是飞仙一般,甚可人爱。月娘看见,对玉楼李瓶儿说:"你看媳妇子,她倒会打。"正说着,一阵风过来,把她裙子刮起,里边露见大红潞绸裤儿,扎着脏头纱绿裤腿儿,好五色纳纱护膝,银红线带儿。玉楼指与月娘瞧。

另外一段写潘金莲装丫头的也极有趣:

> 却说金莲晚夕,走到镜台前,把鬏髻摘了,打了个盘头楂髻,把脸搽得雪白,抹得嘴唇儿鲜红,戴着两个金澄笼坠子,贴着三个面花儿,带着紫销金箍儿,寻了一套大红织金袄儿,下着翠蓝缎子裙,妆扮丫头,哄月娘众人耍子。叫将李瓶儿来与她瞧,把李瓶儿笑得前仰后合。说道:"姐姐,你妆扮起来,活像个丫头,我那屋里有红布手巾,替你盖着头,等我往后边去,对他们只说他爹又寻了个丫头,谎他们谎,敢情就信了。"

买手帕的一段,颜色也多得惊人:

敬济道:"门外手帕巷有名王家,专一发卖各色改样销金点翠手帕汗巾儿,随你要多少也有,你老人家要甚么颜色?销甚花样?早说与我,明日都替你一齐带的来了。"李瓶儿道:"我要一方老黄销金点翠穿花凤的。"敬济道:"六娘,老金黄销上金,不显。"李瓶儿道:"你别要管我,我还要一方银红绫销江牙海水嵌八宝儿的,又是一方闪色芝麻花销金的。"敬济便道:"五娘,你老人家要甚花样?"金莲道:"我没银子,只要两方儿勾了,要一方玉色绫锁子地儿销金的。"敬济道:"你又不是老人家,白刺刺的要他做甚么?"金莲道:"你管他的?戴不的,等我往后有孝戴!"敬济道:"那一方要甚颜色?"金莲道:"那一方,我要娇滴滴紫葡萄颜色四川绫汗巾儿,上销金间点翠花样锦,同心结方胜地儿,一个方胜儿里面,一对儿喜相逢,两边阑子儿都是缨络珍珠碎八宝儿。"敬济听了,说道:"耶哧,耶哧,再没了,卖瓜子儿开箱子打喷嚏,琐碎一大堆。"

看了两段如此如见其人如闻其声的描写,竟也忍不住疼惜起潘金莲来了,有表演天才,对音乐和颜色的世界极敏锐。喜欢白色和娇滴滴的葡萄紫,可怜这聪明剔透的女人,在这个世界上她除了做西门庆的第五房老婆外,可以做的事其实太多了!只可怜生错了时代!

《红楼梦》里更是一片华彩,在"千红一窟"、"万艳同杯"的幻境之余,怡红公子终身和红的意象是分不开的,跟黛玉初见时,他的衣着如下:

头上戴着束发嵌宝紫金冠,齐眉勒着二龙抢珠金抹额;一件二色金百蝶穿花大红箭袖,束着五彩丝攒花结长穗宫绦,外罩石青起花八团倭缎排穗褂,蹬着青缎粉底小朝靴……

没过多久,他又换了家常衣服出来:

> 已换了冠服:头上周围一转的短发,都结成小辫,红丝结束,共攒至顶中胎发,总编一根大辫,黑亮如漆,从顶至梢,一串四颗大珠,用金八宝坠脚;身上穿着银红撒花半旧大袄,仍旧带着项圈、宝玉、寄名锁、护身符等物;下面半露松花撒花绫裤,锦边弹墨袜,厚底大红鞋。

宝玉由于在小说中身居要津,不免时时刻刻要为他布下多彩的戏服,时而是五色斑丽的孔雀裘,有时是生日小聚时的"大红绵纱小袄儿,下面绿绫弹墨夹裤,散着裤脚,系着一条汗巾,靠着一个各色玫瑰芍药花瓣装的玉色夹纱新枕头"。生起病来,他点的菜也是仿制的小荷花叶子、小莲蓬,图的只是那翠荷鲜碧的好颜色。告别的镜头是白茫茫大地上的一件猩红斗篷。就连日常保暖的一件小内衣,也是白绫子红里子上面绣起最生香活色的"鸳鸯戏水"。

和宝玉的猩红斗篷有别的是女子的石榴红裙。猩红是"动物性"的,传说红染料里要用猩猩血色来调才稳得住,真是凄伤至极点的顽烈颜色,恰适合宝玉来穿。石榴红是"植物性"的,香菱和袭人两个女孩在林木荟郁的园子里,偷偷改换另一条友伴的红裙,以免自己因玩疯了而弄脏的那一条被众人发现。整个情调读来是淡淡的植物似的悠闲和疏淡。

和宝玉同属"富贵中人"的是王熙凤,她一出场,便自不同:

> 只见一群媳妇丫鬟拥着一个丽人从后房进来。这个人打

扮与姑娘们不同，彩绣辉煌，恍若神仙妃子：头上绾着金丝八宝攒珠髻，插着朝阳五凤挂珠钗，项上戴着赤金盘螭璎珞圈，身上穿着缕金百蝶穿花大红洋缎窄裉袄，外罩五彩刻丝石青银鼠褂，下着翡翠撒花洋绉裙。

这种明艳刚硬的古代"女强人"，只主管一个小小贾府，真是白糟蹋了。

《红楼梦》里的室内设计也是一流的，探春的，妙玉的，秦氏的，贾母的，各有各的格调，各有各的摆设，贾母偶然谈起窗纱的一段，令人神往半天：

那个纱，比你们的年纪还大呢。怪不得他认作蝉翼纱，原也有些像，不知道的都认作蝉翼纱。正经名叫"软烟罗"……那个软烟罗只有四样颜色：一样雨过天青，一样秋香色，一样松绿的，一样就是银红的。要是做了帐子，糊了窗屉，远远地看着，就似烟雾一样，所以叫做"软烟罗"。那银红的又叫做"霞影纱"。

《红楼梦》也是一部"红"尘手记吧，大观园里春天来时，莺儿摘了柳树枝子，编成浅碧小篮，里面放上几枝新开的花……好一出色彩的演出。

和小说的设色相比，诗词里的色彩世界显然密度更大更繁富。奇怪的是大部分作者都秉承中国人对红绿两色的偏好，像李贺，最擅长安排"红""绿"这两个形容词前面的副词，像：

老红、坠红、冷红、静绿、空绿、颓绿。

真是大胆生鲜，从来在想象中不可能连接的字被他一连，也都变得妩媚合理了。

此外像李白"寒山一带伤心碧"(《菩萨蛮》),也用得古怪,世上的绿要绿成什么样子才是伤心碧呢?"一树碧无情"亦然,要绿到什么程度可算绝情绿,令人想象不尽。

杜甫"宠光蕙叶与多碧,点注桃花舒小红"(《江雨有怀郑典设》),以"多碧"对"小红",也是中国文字活泼到极处的面貌吧?

此外,李商隐、温飞卿都有色癖,就是一般诗人,只要拈出"雨中黄叶树","灯下白头人"的对句,也一样有迷人情致。

词人中小山词算是极爱色的,郑因百先生有专文讨论,其中如:

绿娇红小、朱弦绿酒、残绿断红、露红烟绿、遮闷绿掩羞红、晚绿寒红、君貌不长红、我鬓无重绿。

竟然活生生地将大自然中最旺盛最欢愉的颜色驯服为满目苍凉,也真是夺造化之功了。

秦少游的"莺嘴啄花红溜,燕尾点波绿绉"也把颜色驱赶成一群听话的上驷,前句由于莺的多事,造成了由高枝垂直到地面的用花瓣点成的虚线,后句则缘于燕的无心,把一面池塘点化成回纹千度的绿色大唱片。另外有位无名词人的"万树绿低迷,一庭红扑簌"也令人目迷不暇。

李清照"知否知否,应是绿肥红瘦"的颜色自己也几乎成了美人,可以在纤秾之间各如其度。

蒋捷有句谓"红了樱桃,绿了芭蕉",其中的红绿两字不单成了动词,而且简直还是进行式的,樱桃一点点加深,芭蕉一层层转碧,真是说不完的风情。

辛稼轩"唤取红巾翠袖,揾英雄泪"也在英雄事业的苍凉无奈中见婉媚。其实世上另外一种悲剧应是红巾翠袖空垂——因为找不到真英雄,而且真英雄未必肯以泪示人。

元人小令也一贯地爱颜色,白朴有句曰:"黄芦岸白蘋渡口,绿杨堤红蓼滩头。"用色之奢侈,想来隐身在五色祥云后的神仙也要为之思凡吧?马致远也有"和露摘黄花,带霜烹紫蟹,煮酒烧红叶"的好句子,煮酒其实只用枯叶便可,不必用红叶,曲家用了,便自成情境。
　　世界之大,何处无色,何时无色,岂有一个民族会不懂颜色?但能待颜色如情人,相知相契之余且不嫌麻烦地想出那么多出人意表的字眼来形容描绘它,舍中文外,恐怕不容易再找到第二种语言了吧?

六桥
——苏东坡写得最长最美的一句诗

这天清晨,我推窗望去,向往已久的苏堤和六桥,与我遥遥相对。我穆然静坐,不敢喧哗,心中慢慢地把人类和水的因缘回想一遍:

大地,一定曾经是一项奇迹,因为它是大海里面浮凸出来的一块干地。如果没有这块干地,对鲨鱼当然没有影响,海豚,大概也不表反对,可是我们人类就完了,我们总不能一直游泳而不上岸吧!

岸,对我们是重要的,我们需要一个岸,而且,甚至还希望这个岸就在我们一回头就可以踏上去的地方(所谓"回头是岸"嘛!),我们是陆地生物,这一点,好像已经注定了。

但上了岸,踏上了大地,人类必然又会有新的不满足。大地很深厚沉稳,而且像海洋一样丰富。她供应的物质源源不绝。你可以欣赏她的春华秋实,她的横岭侧峰。但人类不可能忘情于水,从胎儿时代就四面包围着我们的水。水,一旦离开我们而去,日子就会变得很陌生很干瘪。

而古代中国是一个内陆国家,要想看到海,对大多数的人而言,并不容易。中国人主动去亲近的水是河水、江水、湖水。尤其是湖,它差不多是小规模的海洋。中国人动不动就把湖叫成海,像洱海、青海。犹太人也如此,他们的加利利海分明只是湖。

有了湖,极好——但人类还是不满足。人类是矛盾的,他本来只需要大水中有一块可以落脚的陆地,等有了陆地他又希望陆地中有一块小水名叫湖。有了这块小湖水,他更希望有一块小陆地,悄悄插入湖中,可以容他走进那片小水域里——那是什么?那是堤。

如果要给"堤"设一个谜语供小孩猜,那便该是:

水中有土、土中有水、水中又有土。

苏堤、白堤便是经两位大诗人督修而成的"诗意工程"。诗人,本是负责刺探人类心灵活动的情报员,他知道人类内心的隐情密意。他知道人类既需要大地的丰饶稳定,也需要海洋的激情浪漫。于是白居易挖了湖了又筑了堤(农人因而得灌溉之利,常人却收取柳雨荷风),后来苏东坡又补一堤。有名的白堤、苏堤就是指这两条带状的大地。

更有意思的是,有了长堤之后,有人更希望这块小土地上仍能有点水意。于是,苏堤中间设了六道桥,这六道桥的名字分别是映波、锁澜、望山、压堤、东浦、跨虹。桥有点拱背,中间一个漏洞,船只因而可以穿堤而过。如果再为"六桥"设一道谜题,那也容易,不妨写成下面这种笨笨的句子:

水中有土、土中有水、水中又有土、土中又有水。

这天早晨,我呆呆地望着这全长二点八公里的苏堤。由于拥有六座桥,刚好把苏堤分成七个段落,算来恰如一句七言。啊!那一定是苏东坡写得最长最大的一句七言了,最有气魄而且最美丽。

苏堤因为是无中生有的一块新地(浚湖而得的最高贵华艳的废土),所以不作经济利益的打算,只用来种桃花和杨柳。明代袁宏道形容此地,说:"六桥杨柳一络,牵风引浪,潇疏可爱。"苏轼的诗也说:"六桥横绝天汉上。"如果你随便抓一个中国人来,叫他形容天堂,大概他讲来讲去也跳不出"六桥烟柳"或"苏堤春晓"的景致。六桥,大概已是中国人梦境的总依归了。

我自己最喜欢的和六桥有关的句子出自元人散曲:

贵何如,贱何如?六桥都是经行处。(作者刘致)

对呀,在春暖花开的时候,难不成因为他是某主席或某部长,就可以用八只眼睛来看波光潋滟吗?不,在面对桃红柳绿的时刻,我们都只能虔诚地用两腿走过风景,用两眼膜拜,用一颗心来贮存,如此而已。

绝美的六桥,是大家都可以平等经行的,恰如神圣的智慧,无人不可收录在心。眼望着苏东坡生平所写下的最长最美的一句诗,我心里的喜悦平静也无限的华美悠长。

给我一个解释

给我一个解释
幽明二则
矛盾篇(之一)
矛盾篇(之二)
矛盾篇(之三)
重读一封前世的信
我在
我知道你是谁
月,阙也
玉想
只因为年轻啊
错误

给我一个解释

一

后来,就再也没有见过那么美丽的石榴。石榴装在麻包里,由乡下亲戚扛了来。石榴在桌上滚落出来,浑圆艳红,微微有些霜溜过的老涩,轻轻一碰就要爆裂。爆裂以后则恍如什么大盗的私囊,里面紧紧裹着密密实实的、闪烁生光的珠宝粒子。

那时我五岁,住南京,那石榴对我而言是故乡徐州的颜色,一生一世不能忘记。

和石榴一样难忘的是乡亲讲的一个故事,那人口才似乎不好,但故事却令人难忘:

"从前,有对兄弟,哥哥老是会说大话,说多了,也没人肯信了。但他兄弟人好,老是替哥哥打圆场。有一次,他说,'你们大概从来没有看过刮这么大的风——把我家的井都刮到篱笆外头去啦!'大家不信,弟弟说:'不错,风真的很大,但不是把井刮到篱笆外头去了,是把篱笆刮到井里头来了!'"

我偏着小头,听这离奇的兄弟,自己也不知道自己被什么所感动。只觉心头甸甸的,跟装满美丽石榴的麻包似的,竟怎么也忘不了那故事里活灵活现的两兄弟。

四十年来家国,八千里地山河,那故事一直尾随我,连同那美丽如神话如魔术的石榴,全是我童年时代好得介乎虚实之间的东西。

四十年后,我才知道,当年感动我的是什么——是那弟弟娓娓的解释,那言语间有委屈、有温柔、有慈怜和悲悯。或者,照儒者的说法,是有恕道。

长大以后,又听到另一个故事,讲的是几个人在联句(或谓其中主角乃清代书画家金冬心),为了凑韵脚,有人居然冒出一句"飞来柳絮一片红"的句子。大家面面相觑,不知此人为何如此没常识,天下柳絮当然都是白的,但"白"不押韵,奈何解围的才子出面了,他为那人在前面凑加了一句,"夕阳返照桃花渡。"那柳絮便立刻红得有道理了。我每想及这样的诗境,便不觉为其中的美感瞠目结舌。三月天,桃花渡口红霞烈山,一时天地皆朱,不知情的柳絮一头栽进去,当然也活该要跟万物红成一气。这样动人的句子,叫人不禁要俯身自视,怕自己也正站在夹岸桃花和落日夕照之间,怕自己的衣襟也不免沾上一片酒红。《圣经》上说:"爱心能遮过错。"在我看来,因爱而生的解释才能把事情美满化解。所谓化解不是没有是非,而是超越是非。就算有过错也因那善意的解释而成明矾入井,遂令浊物沉沉,水质复归澄莹。

女儿天性浑厚,有一次,小学年纪的她对我说:

"你每次说五点回家,就会六点回家,说九点回来,结果就会十点回来——我后来想通了,原来你说的是出发的时间,路上一小时你忘了加进去。"

我听了,不知该说什么。我回家晚,并不是因为忘了计算路上的时间,而是因为我生性贪溺,贪读一页书、贪写一段文字、贪一段山色……而小女孩说得如此宽厚,简直是鲍叔牙。二千多年前的鲍叔牙似乎早已拿定主意,无论如何总要把管仲说成好人。两人合伙做生意,管仲多取利润,鲍叔牙说:"他不是贪心——是因为他家穷。"管仲三次做官都给人辞了。鲍叔牙说："不是他不长进,是他一时运气不好。"管仲打三次仗,每次都败亡走,鲍叔牙说："不要骂他胆小鬼,他是因为家有老母。"鲍叔牙赢了,对于一个永远有本事把你解释成圣人的人,你只好自肃自策,把自己真的变成圣人。

物理学家可以说,给我一个支点,给我一根杠杆,我就可以把地球举起来——而我说,给我一个解释,我就可以再相信一次人世,我就可以再接纳历史,我就可以义无反顾拥抱这荒凉的城市。

二

"述而不作。"少年时代不明白孔子何以要做这种没有才气的选择,我却只希望作而不述。但岁月流转,我终于明白,述,就是去悲悯、去认同、去解释。有了好的解释,宇宙为之端正,万物由而含情。一部希腊神话用丰富的想象解释了天地四时和风霜雨露。譬如说朝露,是某位希腊女神的清泪。月桂树,则被解释为阿波罗钟情的女子。

农神的女儿成了地府之神的妻子,天神宙斯裁定她每年可以回娘家六个月。女儿归宁,母亲大悦,土地便春回。女儿一回夫家,立刻草木摇落众芳歇,农神的恩宠翻脸无情——季节就是这样来的。

而莫考来是平原女神和宙斯的儿子,是风神,他出世第一天便跑到阿波罗的牧场去偷了两头牛来吃(我们中国人叫"白云苍狗",在希腊人却成了"白云肥牛")——风神偷牛其实解释了白云经风一吹,便消失无踪的神秘诡异。

神话至少有一半是拿来解释宇宙大化和草木虫鱼的吧？如果人类不是那么偏爱解释,也许根本就不会产生神话。

而在中国,共工与颛顼争帝,怒而触不周之山,在一番"折天柱、绝地维"之后,(是回忆古代的一次大地震吗?)发生了"天倾西北,地陷东南"的局面。天倾西北,所以星星多半滑到那里去了,地陷东南,所以长江黄河便一路向东入海。

而埃及的砂碛上,至今屹立着人面狮身的巨像,中国早期的西王母则"其状如人,豹尾、虎齿,穴处"。女娲也不免"人面蛇身"。这些传说解释起来都透露出人类小小的悲伤,大约古人对自己的"头部"是满意的,至于这副躯体,他们却多少感到自卑。于是最早的器官移植便完成了,他们把人头下面换接了狮子、老虎或蛇鸟什么的。说这些故事的人恐怕是第一批同时为人类的极限自悼,而又为人类的敏慧自豪的人吧?

而钱塘江的狂涛,据说只由于伍子胥那千年难平的憾恨。雅致的斑竹,全是妻子哭亡夫流下的泪水……

解释,这件事真令我入迷。

三

有一次,走在大英博物馆里看东西,而这大英博物馆,由于是大英帝国全盛时期搜刮来的,几乎无所不藏。书画古玩固然多,连木乃伊也列成军队一般,供人检阅。木乃伊还好,毕竟是密封的,不料走着,居然看到一具枯尸,赫然趴在玻璃橱里。浅色的头发,仍连着头皮,头皮绽处,露出白得无辜的头骨。这人还有个奇异的外号叫"姜",大概兼指他姜黄的肤色和干皱如姜块的形貌吧!这人当时是采西东一带的砂葬,热砂和大漠阳光把他封存了四千年,他便如此简单明了地完成了不朽,不必借助事前的金缕玉衣,也不必事后塑起金身——这具尸体,他只是安静地趴在那里,便已不朽,真不可思议。

但对于这具尸体的"屈身葬",身为汉人,却不免有几分想不通。对汉人来说,"两腿一伸"就是死亡的代用语,死了,当然得直挺挺地躺着才对。及至回家,偶然翻阅一篇人类学的文章,内中提到屈身葬。那段解释不知为何令人落泪,文章里说:"有些民族所以采屈身葬,是因为他们认为死亡而埋入土里,恰如婴儿重归母胎,胎儿既然在子宫中是屈身,人死入土亦当屈身。"我于是想起大英博物馆中那不知名的西亚男子,我想起在兰屿雅美人的葬地里一代代的死者,啊——原来他们都在回归母体。我想起我自己,睡觉时也偏爱"睡如弓"的姿势,冬夜里,尤其喜欢蜷曲如一只虾米的安全感。多亏那篇文章的一番解释,这以后我再看到屈身葬的民族,不会觉得他们"死得离奇",反而觉得无限亲切——只因他们比我们更像大地慈母的孩子。

四

神话退位以后,科学所做的事仍然还是不断的解释。何以有四季?他们说,因为地球的轴心跟太阳成二十三度半的倾斜,原来地球恰似一侧媚的女子,绝不肯直瞪着看太阳,她只用眼角余光斜斜一扫,便享尽太阳的恩宠。何以有天际垂虹,只因为万千雨珠一一折射了日头的光彩,至于潮汐呢?那是月亮一次次致命的骚扰所引起的亢奋和委顿。还有甜沁的母乳为什么那么准确无误地随着婴儿出世而开始分泌呢?(无论孩子多么早产或晚产)那是落盘以后,自有讯号传回,通知乳腺开始泌乳……科学其实只是一个执拗的孩子,对每一件事物好奇,并且不管死活地一路追问下去……每一项科学提出的答案,我都觉得应该洗手焚香,才能翻开阅读,其间吉光片羽,在在都是天机乍泄。科学提供宇宙间一切天工的高度业务机密,这机密本不该让我们凡夫俗子窥伺知晓,所以我每聆到一则生物的或生理的科学知识,总觉敬慎凛栗,心悦诚服。

诗人的角色,每每也负责作"歪打正着"式的解释,"何处合成愁?"宋朝的吴文英做了成分分析以后,宣称那是来自"离人心上秋"。东坡也提过"春色三分,二分尘土,一分流水"的解释,说得简直跟数学一样精确。那无可奈何的落花,三分之二归回了大地,三分之一逐水而去。元人小令为某个不爱写信的男子的辩解也煞为有趣:"不是不相思,不是无才思,绕清江,买不得天样纸。"这么寥寥几句,已足令人心醉,试想那人之所以尚未修书,只因觉得必须买到一张跟天一样大的纸才够写他的无限情肠啊!

五

除了神话和诗,红尘素居,诸事碌碌中,更不免需要一番解释了,记得多年前,有次请人到家里屋顶阳台上种一棵树兰,并且事先说好了,不活包退费的。我付了钱,小小的树兰便栽在花圃正中间。一个礼拜以后,它却死了。我对阳台上一片芬芳的期待算是彻底破灭了。

我去找那花匠,他到现场验了树尸,我向他保证自己浇的水既不多也不少,绝对不敢造次。他对着夭折的树苗偏着头呆看了半天,语调悲伤地说:

"可是,太太,它是一棵树呀!树为什么会死,理由多得很呢——譬如说,它原来是朝这方向种的,你把它拔起来,转了一个方向再种,它就可能要死!这有什么办法呢?"

他的话不知触动了我什么,我竟放弃退费的约定,一言不发地让他走了。

大约,忽然之间,他的解释让我同意,树也是一种自主的生命,它可以同时拥有活下去以及不要活下去的权利。虽然也许只是调了一个方向,但它就是无法活下去,不是有的人也是如此吗?我们可以到工厂里去订购一定容量的瓶子，一定尺码的衬衫，生命，却不能容你如此订购的啊！

以后，每次走过别人墙头冒出来的，花香如沸的树兰，微微的失怅里我总想起那花匠悲冷的声音。我想我总是肯同意别人的——只要给我一个好解释。

孩子小的时候，做母亲的糊里糊涂地便已就任了"解释者"的职位。记得小男孩初入幼稚园，穿着粉红色的小围兜来问我，为什么他的围兜是这种颜色。我说："因为你们正像玫瑰花瓣一样可爱呀！""那中班为什么就穿蓝兜？""蓝色是天空的颜色，蓝色又高又亮啊！""白围兜呢？大班穿白围兜。""白，就像天上的白云，是很干净很纯洁的意思。"他忽然开心的笑了，表情竟是惊喜，似乎没料到小小围兜里居然藏着那么多的神秘。我也吓了一跳，原来孩子要的只是那么少，只要一番小小的道理，就算信口说的，就够他着迷好几个月了。

十几年过去了，午夜灯下，那小男孩用当年玩积木的手在探索分子的结构。黑白小球结成奇异诡秘的勾连，像一朵紧紧的玫瑰花束，又像一篇布局繁复却条理井然无懈可击的小说。

"这是正十二面烷。"他说。我惊讶这模拟的小球竟如此匀称优雅，黑球代表碳、白球代表氢，二者的盈虚消长便也算物华天宝了。

"这是赫素烯。"

"这是……"

我满心感激，上天何其厚我，那个曾要求我把整个世界——解释给他听的小男孩，现在居然用他化学方面的专业知识向我解释我所不了解的另一个世界。

如果有一天，我因生命衰竭而向上苍祈求一两年额外加签的岁月，其目的无非是让我回首再看一看这可惊可欢的山川和人世。能多看它们一眼，便能多用悲壮的，虽注定失败却仍不肯放弃的努力再解释它们一次。并且也欣喜地看到人如何用智慧、用言词、用弦管、用丹青、用静穆、用爱，一一对这世界作其圆融的解释。

是的，物理学家可以说，给我一个支点，给我一根杠杆，我就可以把地球举起来——而我说，给我一个解释，我就可以再相信一次人世，我就可以接纳历史，我就可以义无反顾地拥抱这荒凉的城市。

幽明二则

我来索取那笔借贷

暮色渐暗,他来叩门,他的颜色稍浓于暮色。他的行囊布满征尘,衣履亦极敝旧,似乎走了很远的路,奇怪的是他本人却丝毫没有疲倦困顿的样子。女子前来开门,彼此一照面,立刻,主客易位,倒像女子涉跋千里,脚软心怯,而他却是主人,正以逸待劳,等着对方开口。

"你是谁?"女子戒惧的目光闪烁不定如一枚黑星石。

"那不重要——我立刻就走,我只是来索取我放在你这里多年的东西。"

"不,"女子说,"我从来没有欠负过什么人,我向来不借东西。"

来人从行囊中掏出一轴纸卷,色调黯败枯黄,看来是许多年前的旧物了。

"女子啊,有些东西,你借了,你用了,你一直以为那必然是你自己的东西了。不,事实上不是这样的,只因我仁慈,我把东西借你太久,并且没有向你索取过利润,你就以为那些都是你的了。"

"你找错人,我向来不借东西的,你要找的那人我知道,她住在下一条街。她成天找人借针线借衣服借钱,我告诉你一句话,你不要对别人说,她连头上那顶假发都是借来的!"

"不,我要找的就是你,让我来把你欠下的东西念给你听吧!"

"从一出生,我借给你嘹亮的啼声,你的母亲因这充沛华丽的高腔而流泪了。我当时又跟桃花杏花商量,借来的色泽便调和成了你的脸颊。我向大海珠贝周转来的那笔货款,也借了给你,变成了你日后的皓齿。你的气息哪里来?那是月下梨花的幽甜芳香,你自己都没有察觉吗?你的秀发何来,那是黑森林里万木的茂美青苍啊!你的红唇何自?那是郁金香偶然舍身相助的结果。你的胸,是骄傲柔丽的雪峰。你的腰,是七月高举的素荷。你的四肢是溪涧之跳脱。你的子宫,是夏夜丰美温暖的大沼泽的一角,孕育一代复一代的生命。你的激情是千江潮汐,来奔赴你平凡的血脉。你的智慧,是万谷清风,一番番相激相荡,来开凿你浑沌的心窍……"

女子忽然听懂了,她惊惶回头,急剧间竟想用手去护住眼睛、四肢或肌肤,但她也因而痛切地发现自己每一寸血肉都是借来的,她不知要护住哪一处才好。她终于无助地掉下泪来。

"我,我必须归还吗?多残忍啊!许多年来我一直以为这一切都是我自己的啊!你为什么不早早告诉我呢?你为什么到我生命的末程才来向我索取这一切呢?你看,你取去账簿上的长期借贷之后,我还剩下什么呢?"

"不,女子,"来人一面伸手摘取他账簿上的项目,一面安详地回答,"我生性极为仁慈。第一,我所以没告诉你这些是借贷,是因为我要让你享受自我拥有的快乐。第二,我不挨到最后一分钟,决不来索取,是因为我想让你的快乐更长更久,只有享受过生命的人才甘心舍弃它。第三……"

他停下来,望着清泪满面的女子,后者在他手指触及之际,春柳般的青丝凋为秋草,花瓣似的红唇,零落成朽木……

"而且,女子啊,"他接着说,"第三,你有两样东西仍是你自己的,你并非一无所有,你所借的东西,虽然样样都需要归还,你所获取的利润却都归你自己。"

"我什么都不剩了,我知道连这骨骼的挺拔,心脏的坚韧忠实也都是你的,我还剩什么"?

"有的,"那人坚持,声音极端温柔,"你的儿女是你的——"

女子眼眸一亮,隐隐恢复她平生常见的,那种胜利者的灼灼欲燃的目光。

"还有——还有你那曾经歌过的歌、曾经笑过的笑、曾经悲过的悲、爱过的爱、曾经仁慈过的仁慈、曾经美丽过的美丽,它们属于永恒,已经不是我能来索取的了,它们属于你自己。不但我取它不动——世间也无人有法力将之取去。"

女子于是安静俯首,任来人索回他长长账单上的每一项借贷。她的眼中并无乞怜之色,像退还滚滚激流以后的干涸河床,仍然是一道属于大地的,美丽沉陷的缝口。

因 为 有 憾

灵魂回头看了肉身一眼,便决然离去。

她是一个女子的灵魂,灵魂没有年龄,没有智愚,没有肤色,灵魂如数字,你只能在它和实体合一的时候知道它,就如你知道"五个橘子",其实你当时只见"橘子",不见"五个",但"五个"也是确实的存在。

而我们说的这灵魂,看了她相处一世的肉身一眼,心中虽然不无恋恋之情,却仍然决定跟这脆弱易朽的伙伴分手了。这伙伴早已萎黄浮肿,并且时常疼酸或麻木,她无奈地望着一度熟悉的自己,终于绝尘而去。

"你愿意留在这光明的乐土上吗?"在某个极高之处,她停住,听到有声音问她。

"什么?"

"由于你的善良仁慈,恭喜你,你可以在此留下。"

"可是,"灵魂回望茫茫宇宙,泪水潸潸而下,她才讶然发现灵魂也有泪水,"我还有遗憾,我还想回去,了我一桩心愿。"

"这样的大光明和大喜悦的世界不是人人可以进来的!"

"可是我还有遗憾!"灵魂坚持。

"那是什么呢?是有恩未报,还是有仇未复,是有才不伸,还是有利未得?"

"都不是,我有一个儿子,我爱他还没有爱够,他之于我,亦是如此。"

"但他已是两鬓渐斑,眼角多纹的中年人了,他不再需要你的爱了。"

"但我却看到二十年或三十年后,他也许又复是一个婴孩,如果我不早去人世,谁会是他的母亲呢?有谁会像我那样熟悉他襁褓之中那些奇奇怪怪的举措,有谁能忍受他的哭闹像我一样自然呢?我暂时不要留在这光明的境地,我是仍然有憾的啊!让我去吧,我要再与他母子一场,我要再爱他一次。"

"像你这样好的母亲,为什么一生之间还没有把你的孩子爱够呢?"

"因为战乱啊,我们各自在一个好大好大的大海的两岸。我们相望了四十年啊!你是天神,你怎能明白人间的悲伤!"

"可是,人间至今仍有战乱,你再走一番人世,再续一度母子前缘,难道就不怕新的战乱了吗?"

"或许吧,谁敢说呢?但我必须得此肉身,才能与大苦难相抗相拒,才能容我母子重圆,才能将大悲痛消去,不去,就连受苦的权利也没有了啊!再给我一副肉身吧!因为前一次有憾……"

灵幔前,她的孩子伏地流泪,他正努力记住童年时期极其熟悉的容颜,他说:"母亲啊,帮助我不会认错,在来世万千温婉可爱的女子中,请为我成长为最慈和最庄严的一位,好让我知道向何处投此凡胎肉身。让我投身于这世间最温暖的子宫,让我小小的胚胎向最柔软丰厚的内壁去着床。让我们记得彼此的眼神,只因此生有憾,所以要重新来过,只因为这一生还有遗憾……"

矛盾篇(之一)

一 爱我更多,好吗?

爱我更多,好吗?

爱我,不是因为我美好,这世间原有更多比我美好的人。爱我,不是因为我的智慧,这世间自有数不清的智者。爱我,只因为我是我,有一点好有一点坏有一点痴的我,古往今来独一无二的我,爱我,只因为我们相遇。

如果命运注定我们走在同一条路上,碰到同一场雨,并且共遮于同一把伞下,那么,请以更温柔的目光俯视我,以更固执的手握紧我,以更和暖的气息贴近我。

爱我更多,好吗?惟有在爱里,我才知道自己的名字,知道自己的位置,并且惊喜地发现自身的存在。所有的石头只是石头,漠漠然冥顽不化,只有受日月精华的那一块会猛然爆裂,跃出一番欣忻欢悦的生命。

爱我更多,好吗?因为知识使人愚蠢,财富使人贫乏,一切的攫取带来失落,所有的高升令人沉陷,而且,每一项头衔都使我觉得自己的面目更为模糊起来。人生一世如果是日中的赶集,则我的囊橐空空,不是因为我没有财富而是因为我手中的财富太大,它是一块完整而不容割切的金子。我反而无法用它去购置零星的小件,我只能用它孤注一掷来购置一份深情。爱我更多,好让我的囊橐满涨而沉重,好吗?

爱我更多,好吗?因为生命是如此仓促,但如果你肯对我怔怔凝视,则我便是上戏的舞台,在声光中有高潮的演出,在掌声中能从容优雅地谢幕。

我原来没有权力要求你更多的爱,更多的激情,但是你自己把这份权力给了我,你开始爱我,你授我以柄,我才能如此放肆如此任性来要求更多。能在我的怀中注入更多醇醪吗?肯为我的炉火添加更多柴薪否?我是饕餮,我是贪得无厌的,我要整个春山的花香,整个海洋的月光,可以吗?

爱我更多,就算我的要求不合理,你也应允我,好吗?

二 爱我少一点,我请求你

爱我少一点,我请求你。

有一个秘密,不知道该不该告诉你,其实,我爱的并不是你,当我答应你的时候,我真正的意思是:我愿意和你在一起,一起去爱这个世界,一起去爱人世,并且一起去承受生命之杯。

所以,如果在春日的晴空下你肯痴痴地看一株粉色的"寒绯樱",你已经给了我最美丽的示爱。如果你虔诚地站在池畔看三月雀榕树上的叶苞如何一一骄傲专注地等待某一定时定刻的爆放,我已一世感激不尽。你或许不知道,事实上那棵树就是我啊!在春日里急于释放绿叶的我啊!至于我自己,爱我少一点吧!我请求你。

爱我少一点,因为爱使人痴狂,使人颠倒,使人牵挂,我不忍折磨你。如果你一定要爱我,且爱我如清风来水面,不黏不滞。爱我如黄鸟渡青枝,让飞翔的仍去飞翔,扎根的仍去扎根,让两者在一刹的相逢中自成千古。

爱我少一点,因为"我"并不只住在这一百六十厘米的身高中,并不只容纳于这方趾圆颅内。请到书页中去翻我,那里有缔造我骨血的元素;请到闹市的喧哗纷杂中去寻我,那里有我的哀恸与关怀;并且尝试到送殡的行列里去听我,其间有我的迷惑与哭泣;或者到风最尖啸的山谷,浪最险恶的悬崖,落日最凄艳的草原上去探我,因为那些也正是我的悲怆和叹息。我不只在我里,我在风我在海我在陆地我在星,你必须少爱我一点,才能去爱那藏在大化中的我。等我一旦烟消云散,你才不致猝然失去我,那时,你仍能在蝉的初吟、月的新圆中找到我。

爱我少一点,去爱一首歌好吗?因为那旋律是我;去爱一幅画,因为那流溢的色彩是我;去爱一方印章,我深信那老拙的刻痕是我;去品尝一坛佳酿,因为坛底的醉意是我;去珍惜一幅编织,那其间的纠结是我;去欣赏舞蹈和书法吧——不管是舞者把自己挥洒成行草篆隶,或是寸管把自己飞舞成腾跃旋挫,那其间的狂喜和收敛都是我。

爱我少一点,我请求你,因为你必须留一点柔情去爱你自己。因你爱我,你便不再是你自己,你已是我的一部分,所以,把爱我的爱也分回去爱惜你自己吧!

听我最柔和的请求,爱我少一点,因为春天总是太短太促太来不及,因为有太多的事等着在这一生去完成去偿还,因此,请提防自己,不要爱我太多,我请求你。

矛盾篇(之二)

一　我渴望赢

我渴望赢，有人说人是为胜利而生的，不是吗？

极幼小的时候，大约三岁吧，因为听外婆说一句故乡的成语"吃辣——当家"，就猛吃了几大口辣椒，权力欲之炽，不能说不惊人了。

如果我是英国贵族，大约会热衷养马赛马吧？如果是中国太平时代的乡绅，则不免要跟人斗斗蟋蟀，但我是个在台湾长大的小孩，习惯上只能跟人比功课。小学六年级，深夜，还坐在同学家的饭厅里恶补，补完了，睁开倦眼，摸黑走夜路回家。升学这一仗是不能输的，奇怪的是那么小的年纪，也很诡诈的，往往一面偷偷读书，一面又装出视死如归的气概，仿佛自己全不在乎。

考取北一女中是第一场小赢。

而在家里，其实也是霸气的。有一次大妹执意要母亲给她买两支水彩笔，我大为光火，认为她只须借用我的那支旧笔就可以了，而母亲居然听了她的话去为她买来了，我不动声色，第二天便要求母亲给我买四支。

"为什么要那么多？"

"老师说的！"我决不改口，其实真正的理由是，我在生气，气妹妹不知节俭，好，要浪费，就大家一起来浪费，你要两支，我就偏要四支,我是不能输给别人的!

母亲果然去买了四支笔,不知为什么,那四支笔仿佛火钳似的,放在书包里几乎要烫着人了,我暗暗立誓,而今而后,不要再为自己去斗气争胜了,斗赢了又如何呢?

有一天,在小妹的书桌前看到一张这样的纸条:

下次考试:
数学要赢某某某
语文要赢某某某
英文要赢某某某
……

不觉失笑,争强斗胜,一至于此,不但想要夺总冠军,而且想一项一项去赢过别人,多累人啊——然而,妹妹当年活着便是要赢这一场艰苦的仗。

至于我自己,后来果真能淡然吗?有的时候,当隐隐的鼓声扬起,我不觉又执矛挺身,或是写一篇极难写的文章,或是跟"在上位者"争一件事情。争赢求胜的心仍在,但真正想赢过的往往竟是自己,要赢过自己的私心和愚蠢。

有一次,在报上看到英国的特攻队去救出伊朗大使馆里的人质,在几分钟内完成任务大获全胜,而他们的工作箴言却是"Who dares wins"(勇于敢者胜),我看了,气血翻涌,立刻把它钉在记事板上,天天看一遍。

行年渐长,对一己的荣辱渐渐不以为意了,却像一条龙一样,有其颈项下不可批的逆鳞,我那不可碰不可输的东西是"家乡"。不是地理上的那块海棠叶,而是我胸中的这块隐痛:当我俯饮马来西亚马六甲的郑和井,当我行经马尼拉的华人坟场,当我在纽约街头看李鸿章手植的绿树,当我在哈佛校区里抚摸那驮碑的赑屃,当我在韩国的庆州看汉瓦当,在香港的新界看邓围,当我在泰北山头看赤足的孩子凌晨到学校去,赶在上泰国政府规定的泰文课之前先读中文……我所渴望赢回的是故园的形象,是散在全世界有待像拼图一般聚拢来的中国。

有一个名字不容任何人污蔑,有一个话题绝不容别人占上风,有一份旧爱不准他人来置喙。总之,只要听到别人的话锋似乎要触及我的中国了,我会一面谦卑地微笑,一面拔剑以待,只要有一言伤及它,我会立刻挥剑求胜,即使为剑刃所伤亦在所不惜。

上天啊,让我们赢吧! 我们是为赢而生的,必要时也可以为赢而死,因此,其他的选择是不存在的,在这惟一的奋争中给我们赢——或者给我们死。

二 我寻求挫败

我一直都在寻求挫败,寻求被征服被震慑被并吞的喜悦。

有人出发去"征山",我从来不是,而且刚好相反,我爬山,是为了被山征服。有人飞舟,是为了"凌驾"水,而我不是,如果我去亲炙水,我需要的是涓水归川的感觉,是自身的消失,是形体的涣释,精神的冰泮,是自我复归位于零的一次冒险。

记得故事中那个叫"独孤求败"的第一剑侠吗? 终其生,他遇不到一个对手,人间再没有可以挫阻自己的高人,天地间再没有可匹可敌可交锋的力量,真要令人忽忽如狂啊!

生来有一块通灵宝玉的贾宝玉是幸福的,但更大的幸福却发生在他掷玉的刹那。那时,他初遇黛玉,一照面之间,彼此惊为旧识,仿佛已相契了万年。他在惊愕慌乱中竟把一块玉胡乱砸在地上,那种自我的降服和破碎是动人的,是一切真爱情最醇美的倾注。

文学史上也不乏这样的例子,陈师道曾经"一见黄豫章(黄山谷)尽焚其稿而学焉",一个人能碰见令自己心折首俯的高人,并能一把火烧尽自己的旧作,应该算是一种极幸福的际遇。

《新约》中的先知约翰曾一见耶稣便屈身降志说:"我仅仅是以水为你们施洗礼的,他却以灵为你们施洗礼,我之于他,只能算一声开道的吆喝声!"《红拂传》里的虬髯客一见李靖,便知天下大势已定,乃飘然远引,那使男子为他色沮、女子为他夜奔的大唐盛世的李靖,我多么想见他一眼啊!清朝末年的孙中山也有如此风仪,使四方豪杰甘于俯首受命。人生的悲剧原不在头断血流,在于没有大英雄可为之赴命,没有大理想供其驱驰。

我一直在寻找挫败,人生天地间,还有什么比挫败更快乐的事?就爱情言,其胜利无非是最彻底的"溃不成军",就旅游言,一旦站在千丘万壑的大峡谷前感到自己渺如蝼蚁,还有什么时候你能如此心甘情愿地卑微下来,享受大化的赫赫天威?又尝记得一次夏夜,卧在沙滩上看满天繁星如雨阵如箭镞,一时几乎惊得昏呆过去,有一种投身在伟大之下的绝望,知道人类永永远远不能去逼近那百万光年之外的光体,这份绝望使我一想起来仍觉兴奋昂扬。试想全宇宙如果都像一个窝囊废一样被我们征服了,日子会多么无趣啊!读圣贤书,其理亦然。看见洞照古今长夜的明灯,听见声彻人世的巨钟,心中自会有一份不期然的惊喜,知道我虽愚鲁,天下人间能人正多。这一番心悦诚服,使我几乎要大声宣告说:"多么好!人间竟有这样的人!我连死的时候都可以安心了!因为有这样优秀的人,有这些美丽的思想!"此外见到特瑞沙在印度,史怀哲在非洲,或是八大石涛在美术馆,或是周鼎宋瓷在博物院,都会兴起一份"我永世不能追摹到这种境界"的激动,这种激动,这种虔诚的服输,是多么难忘的大喜悦。

如果此生还有未了的愿望,那便是不断遇到更令人心折的人,不断探得更勾魂摄魄荡荡可吞人的美景,好让我能更彻底地败溃,更从心底承认自己的卑微和渺小。

矛盾篇（之三）

一　狂喜

> 仰俯终宇宙，不乐复何如。

曾经看过一部沙漠纪录片，荒旱的沙碛上，因为一阵偶雨，遍地野花猛然争放，错觉里几乎能听到轰然一响，所有的颜色便在一刹间蹿上地面，像什么壕沟里埋伏着的万千勇士奇袭而至。

那一场烂漫真惊人，那时候，你会惊悟到原来颜色也是有欲望，有性格，甚至有语言有欢呼的！

而我自己的生命，不也是这样一番来不及地吐艳吗？细想起来，怎能不生大感激大欢喜，就连气恼郁愤的时候，反身自问，也仍是自庆自喜的，一切烦恼原是从有我而来，从肉身而来，但这一个"我"、这一个"肉身"却也来之不易啊！是神话里的山精水怪桃柳鱼蛇修炼千年以待的呢！即使要修到神仙，也须先做一次人身哩！《新约》中的耶稣，其最动人处便在破体而出舍入尘寰而为人身，仿佛一位父亲俯身于沙堆里，满面黑污地去和小儿女办家家酒。

得到这样的肉身，是所有的动物、植物、矿物仰首以待的，天上神明俯身以就的，得到这样清亮飒爽如黎明新拭的肉身，怎能不大喜若狂呢？

莎士比亚在《第十二夜》里有一段论爱情的话：

> 你要这样想："求爱得爱固然好，没有求，就给你，更足宝。"

如果以之论生命，也很适用，这一番气息命脉是我们没有祈求就收到的天宠，这一副骨骼筋络是不曾耕耘便有的收获。至于可以辨云识星的明眸，可以听雨闻风的聪耳，可以感春知秋的慧觉，哪一样不如同悬崖上的吊松，野谷里的幽兰，是一项不为而有不豫而成的美丽。

这一切，竟都在我们的无知浑噩中完足了，想来怎能不顶礼动容，一心赞叹！

肉身有它的欲苦，它会饥饿——但连饥饿亦是美好的，没有饥饿感，婴儿会夭折，成人会消损，而且，大快朵颐的喜悦亦将失落。

肉身会疲倦困顿——但世上又岂有什么仙境比梦更温柔？在那里，一切的乏劳得到憩息，一切的苦烦暂且卸肩，老者又复其童颜，羸者又复其康强，卑微失意的角色，终有其可以昂首阔步的天地，原来连疲倦困顿也是可以击节赞美的设计，可以欢忭踊颂的策划。

肉身会死亡，今日之红粉，竟是明日之髑髅，此刻脑中之才慧，亦无非他年蝼蚁之小宴。然而，此生此世仍是可幸贺的。我甘愿做冬残的槁木，只要曾经是早春如诗如酒的花光，我立誓在成土成泥成尘成烟之余都要哂然一笑，因为活过了，就是一场胜利，就有资格欢呼。

在生命高潮的波峰，享受它。在生命低潮的波谷，忍受它，享受生命，使我感到自己的幸运，忍受生命，使我了解自己的韧度，两者皆令我喜悦不尽。

如果我坚持生命是一场大狂喜会激怒你,请原谅我吧,我是情不自禁啊!

二 大悲

生命中之所以有其大悲,在于别离。

而其实宇宙万象,原不知何物为"别","别"是由于人的多事才生出来的。萍与萍之间岂真有聚散,云与云之际也谈不上分合。所以有别离者,在于人之有情,有眷恋,有其不可理喻的依依。

佛家言人生之苦,喜欢谈"怨憎会"、"爱别离",其实,尤其悲哀的应该是后者吧?若使所爱之人能相依,则一切可憎可怨者也就可以原谅。就众生中的我而言,如果常能与所爱之人饮一杯茶,共一盏灯,能知道小女孩在钢琴旁,大儿子在电脑前,并且在电话的那一端有父母的晨昏,在圣诞卡的另一头有弟弟妹妹的他乡岁月,在这个城或那个城里,在山巅,在水涯,在平凡的公寓里住着我亲爱的朋友们,只要他们不弃我而去,我会无限度地忍耐不堪忍耐的,我会原谅一切可憎可怨的人,我会有无限宽广的心。

然而,所谓"怨憎会"与"爱别离"其实也可以指人际以外的环境和状况吧?那曾与你亲密相依的密实黑发,终有一日要弃你而去,反是你所怨憎的白发或童秃来与你垂老的头颅相聚啊!你所爱的颊边的蔷薇,眼中的黑晶,终将物化,我们被强迫穿上那件可怨可憎的松挂得不成款式的制服——我指的是那坍垮下来的皮肤,并且用一双蒙眬的老花眼去看这变形的世界。告别那灵巧的敏慧的曾经完成许多创造的手,去接受颤抖的不听命的十指。整个垂老的过程岂不就是告别那一个自己曾惊喜爱赏的自己吗?岂不就是不明不白强迫你接受一个明镜中陌生的怨憎的与我格格不入的印象吗?

而尤其悲伤的是告别深爱的血中的傲啸,脑中的敏捷,以及心底的感应,反跟自己所怨憎的沉浊、麻木和迟钝相聚了。这种不甘心的分别与无奈的相聚恐怕不下于怨偶的纠结以及情人的远隔吧,世间之真大悲便该是这一类吧?

死是另一种告别,不仅仅是告别这世上恋栈过的目光,相依过的肩膀,爱抚过的婴颊——死所要告别的还要更多更多。自此以后,我那不足道的对人生的感知全都不算数了,后世之人谁会来管你第一次牙牙学语说出一个完整句子所引起的惊动和兴奋,谁又会在意你第一次约会前夕的窃喜,至于某个老人垂死之前跟一条狗的感情,谁又耐烦去记忆呢?每一个人自己个人惊天动地的内在狂涛,在后人看来不过是旋生旋灭的泡沫而已。活着的人要把自己的琐事记住尚且不易,谁又会留意作古之人的悲欢呢?死就是一番彻底的大告别啊,跟人跟事,跟一身之内的最亲最深的记忆。宗教世界虽也谈永生和来生,但毕竟一切都告一段落,民间信仰中的来生是要先涉过忘川的,一切从此便告一了断。基督教的天堂又偏是没有眼泪的地方——可是眼泪尽管苦涩,属于眼泪的记忆却也是我不忍相舍的啊!生命中最尖锐的疼痛,最无言的苍凉,最疯狂的郁怒,我是一样也舍不得忘记的啊!此外曾经有过的勇往无悔的深情,披沙拣金的知识,以及电光石火的顿悟,当然更是栈栈不忍遽舍的!一只鹭鸶不会预知自己必死的命运,不会有晚景的自伤,更不会为自己体悟出的捉鱼本领要与自身一同消失而怅怅,人类才是那惟一能感知"怨憎会"和"爱别离"之苦的生物啊,只因我们才有爱憎分明的知觉,才有此心历历的判然。

人生的大悲在斤斤于离别之苦,而离别之苦种因于知识,弃圣绝智却又偏是众生做不到的,没有告别彩笔以前的江淹曾写下:

"黯然销魂者惟别而已矣",等彩笔绮思一旦被索还,是不是就不必销魂了呢?我是宁可胸中有此大悲凉的,一旦连悲激也平伏消失,岂不更是另一番尤为彻骨的悲酸?

重读一封前世的信

做编辑的,催起人来,几乎令人可以想见未来某一日死神来催命的情势。当然,往好处想,我今日既有本事死皮赖脸抵御编辑相催,他日,也许就不怎么怕死神的凌逼了。

我平日因疏懒成性,文债渐积渐多,只是,债多不愁,反正能躲则躲,能赖则赖,实在躲不掉也赖不掉的,就先应付一下。最近的债主是某报,人家要专案介绍我,不向我找资料又跟谁要资料呢?我很想哀告一声,说:

"喂,关于张晓风的资料,未必我张晓风就是权威呀!谁规定我该研究我自己?收集我自己?谁说我该提供有关张晓风的资料?我又不是给张晓风管资料的。"

如果要我在这世上找出少数几件我没什么大兴趣的事,"研究张晓风"一定会是其中的一项。想想,世上好玩的事有那么多呀!值得去留意一下的事有千桩万桩哩!譬如说:可以拿来做意大利面的特别小麦叫"杜兰小麦",只有"杜兰"可以构成那迷人的韧劲。而且,意大利文有句"阿尔甸特",意思便专指那份韧韧的嚼头。又譬如说马来人过新年的时候,晚辈跪拜父母,说"敏达玛阿夫"(minta maaf),意思是"请饶恕我过去一年得罪你的地方"(啊,我多么希望普天下的人过新年的时候都互道这句话,它比"新年快乐"要有意思得多了)。又譬如台湾有种开在冬天的白色兰花叫"阿妈兰"(即祖母兰),开得天长地久,总也不谢,让人几乎以为它是永恒的。而开在春天的小朵紫色兰花却叫"小男孩",一副顽皮又闯荡的样子。还有初夏时节,紫霞满树,危耸耸开遍洛杉矶和南美洲的那种"美死了人不偿命"的花树有个绕口的名字叫"夹卡润达"(gacaranta),中文有个文绉绉的翻译叫"蓝花楹"……世上"杂学"无限,叫张晓风搬弄张晓风的资料,一方面是无趣,一方面也是胜之不武吧?

但人家在催,我也只好去找。"找自己"是件蛮累的事,而且往往并无收获。倒是有一天木匠阿陈来修衣橱,抖出一包信,我正打算拿去丢掉,不料却发现那泛黄的纸页上有一片熟悉的笔迹。凑近一看,几乎昏倒。天哪!那是朱桥的信啊!朱桥死了有三十年了吧?他曾经是多么优秀的一个编辑啊!而他是自杀死的,"自杀"在当年是个邪恶的不干净的字眼。他所服务的单位(幼狮系统)大概因而非常不以为然,所以他连身后该有的哀乐也没有捞到。丧礼上的亲属只有他的老姨妈,她用江北口音有腔有调地哭数着:

"朱家骏呀!你妈把你交给了我带来台湾呀!叫我以后回去怎么向你妈交代呀!"过一会,想起来,她又补唱几句:

"你的志向高呀,平常的女孩子你都不要呀!至今还没成家呀!"

我非常惊讶,因为老姨妈似乎在用哭腔哭调告诉众亲朋好友:

"对于他的死,我是无罪的。不要以为我不照顾他,他没有成婚,他眼界高,他看上的女孩子人家看不上他,他的婚姻不是我耽误的……"

三十年后我才逐渐了解晚期的朱桥其实是在精神耗弱的状态下,产生了极度的"沮丧"。这事如果发生在今天,医生会认为这只不过是极平常的"忧郁症",每天早晨吃一颗"百忧解"也就过去了。

可怜当年的朱桥虽一度皈依佛门,却仍然二度自杀,似乎下定必死的决心。

曾经,为了催稿,他在作者家中整夜苦苦守候。曾经,他自掏腰包预付某些作者的稿费。他曾经把《幼狮文艺》办得多么叫好又叫座啊!

此刻,这封三十三年前来自编者案头的信竟忽焉出现在我眼底,令我惊悚流泪。是前世的信吗? 真的有点像,古人是以三十年为一世的。虽然,所谓的三十年,其实,也只像一瞬。

那时代穷,还没有发明什么用五万十万的巨额奖金去鼓励文学青年的事(文学青年一概皆靠编者的信来加以鼓励)。一九六七年,我参加了奖金千元的"学艺竞赛",并且得了奖。我当时二十五岁,翌年,我获得中山文艺奖(奖金五万元),以后又曾获得十万的或四十万的奖金——奇怪的是,我最最难忘的却是这奖额千元的奖,只因评审会中有人因我的文章而哭泣。那泪水,胜过千万金银。

台湾刚解严的那阵子,有西方电视记者来访问,他提出的问题是:

"尚未解严的时候,你的写作是不是很不自由?"

我说:

"不,我一向都是自由的,我想写什么就写什么——问题是编辑,看他敢不敢登而已。"

一九六二年,我写了《十月的哭泣》,算是当时威权能忍受的极限吧? 而朱桥在《幼狮》上刊登此文,其实也冒着掼掉总编辑头衔的危险吧? 我当时少不更事,哪里知道自己痛快驰文之际,竟会害别人要赌上自己的前程。当今之世,肯为作者而一掷前程的编者又有几人呢?

朱桥的那封信是这样写的：

晓风小姐：

我愿意向你致最大的敬意，当我读完《十月的哭泣》之后，正和你含着泪写一样，我也含着泪读。今天，我给魏子云先生看，他比我更为激动，他不竟(仅)是热泪盈眶，而且他说要找一座山痛哭一场。

尼采说："余最爱读以血泪写成的作品。"惟有以真诚的情感，才能打动人，特别是在我们今天处于这个惨痛的悲剧时代，本着这份感知，就我一个平凡的人而言，多少年的清晨与长夜，我都是为著一点热血热忱，贡献了我能贡献的。就我编《幼狮文艺》后，虽然不如理想，但也看得出这份努力的心意。对于当前文坛上那些享受虚名与渔利之徒，时常令我齿冷，目前风气所趋，也是徒唤奈何的，因此，我对你抱着"那个题材不感动你的，而不遽尔下笔"是非常对的，希望你保持这份难得的态度。

学艺竞赛收稿已截止，就我观察而言，你的大作"获奖"是绝无问题的了。你信中说，你在情绪激动之下完成此作，有些小地方需要斟酌，我和魏子云先生研究很久，略为改动几处几个字，同时把题目拟改为"十月的阳光"。我们也知道，一字不改最好，因为你已用得很妥切了。为了免得被一些肤浅之辈断章取义，还是略加更改的为好，虽然，我们的刊物政治立场鲜明，但比任何民营报刊更不八股，别人不敢刊登的，我们反而敢刊登，我们敢刊登的别人亦未见得敢刊登，所以，改动数字几乎是必须的，尚让卓裁！

我非常快慰，能获得大作参加学艺竞赛，谢谢您给我们这

篇好文章！敬祝大安

朱桥

一九六七年十月十七日

以今天的标准来看，那篇文章只不过大胆真实，并没有什么忤逆之处。但是事隔几年，当齐邦媛教授和余光中教授两人要把该文选入某文选的时候，两人也彼此作壮语道：

"管他的，杀头就杀头，选是一定要选的。"

我很庆幸，齐、余两人的大好头颅都安全无恙。而我，其实我并没有做什么坏事，我只不过在三十三年前的十月庆典上哭泣，当局一向要的是山呼万岁——而我却哭泣，不料竟引动众人与我一同哭泣……

啊！三十三年前，那曾是一个怎样的时代啊！

我曾于两年前为隐地的书写序，其中有段论述是这样写的：

> 曾经听一位老作家用十分羡慕的口吻说起现代年轻一辈的作者：
>
> "我觉得他们真了不起，他们又聪明又有学问，又有文笔。他们以后的成就一定不得了——不像我们当年，没有科班出身，只好瞎摸！"
>
> 我反驳说：
>
> "也不见得，这一代，他们的确比较精明干练，但要说文学上的成就，那又是另一回事了。"
>
> "怎样说呢？"
>
> "文学这东西，"我说，"太聪明的人根本碰不得，聪明人就会分心，就会旁骛。老一辈的作者，文学对他们而言就好像风雪暗夜荒原行路人手中所拿的那根小火炬，因为风大，你只好

用手护着火苗——而护得急了,连手都差点烧烂。但你不能不好好护着它,因为在群狼当道的原野中,一旦火熄了,你就完了。那火炬成了你的惟一,你忍着手心的疼痛,抵死护好那小小的蹿动的火苗。

"现在的作者不是,写作是他众多本领中的一项,他靠此吃饭,或者不靠此吃饭,他表演,他享受掌声和金钱,他游走,他回来,他在排行榜上。他翻阅这个月的新书,他的心不痛,从来不痛,因为他是个快乐的书写作业员。

"而老一辈的作者,他们手中捧着火苗前行,那火苗便是文学。那烫得人手心灼痛欲焦的文学。你忍受,只因在茫茫荒郊、漫漫长夜,风雪相侵,生死交扣的时刻,舍此之外,你一无所有。

"相较之下,今日的文学是众多消费品中的一项,是琳琅市场上和肥皂和电池和冰箱除臭剂和洋芋片和保险套一起贩售的东西。一旦退货,立刻变成纸浆。

"现代的作者也许更有才华,但文学女神要的祭品却是你的痴狂和忠贞。"

我今天重读三十三年前一个编辑、一个文学人对年轻作者的殷殷期许,内心惶愧交煎。所有的生者对死者其实都欠着一副担子,因为死者谢世之际,无形中等于说了一句:

"担子,该由你们来挑了。"

当年曾经受人祝福,受人包容,受人期许的我,此刻,总该像地心的融雪之泉,为自己流经的土地而喷珠溅玉吧?

我真的肯做一个乐人之乐、苦人之苦、因别人的伤口而流血、因远方的哭声而倾泪的人吗?手中捏着前世的信,我逼问我自己。

我在

记得是小学三年级,偶然生病,不能去上学。于是抱膝坐在床上,望着窗外寂寂青山、迟迟春日,心里竟有一份巨大幽沉至今犹不能忘的凄凉。当时因为小,无法对自己说清楚那番因由,但那份痛,却是记得的。

为什么痛呢?现在才懂,只因你知道,你的好朋友都在那里,而你偏不在,于是你痴痴地想,他们此刻在操场上追追打打吗?他们在教室里挨骂吗?他们到底在干什么啊?不管是好是歹,我想跟他们在一起啊!一起挨骂挨打都是好的啊!

于是,开始喜欢点名,大清早,大家都坐得好好的,小脸还没有开始脏,小手还没有汗湿,老师说:

"×××"

"在!"

正经而清脆,仿佛不是回答老师,而是回答宇宙乾坤,告诉天地,告诉历史,说,有一个孩子"在"这里。

回答"在"字,对我而言总是一种饱满的幸福。

然后,长大了,不必被点名了,却迷上旅行。每到山水胜处,总想举起手来,像那个老是睁着好奇圆眼的孩子,回一声:

"我在。"

"我在"和"某某到此一游"不同,后者张狂跋扈,目无余子,而说"我在"的仍是个清晨去上学的孩子,高高兴兴地回答长者的问题。

其实人与人之间,或为亲情或为友情或为爱情,哪一种亲密的情谊不是基于我在这里,刚好,你也在这里的前提?一切的爱,不就是"同在"的缘分吗?就连神明,其所以为神明,也无非由于"昔在、今在、恒在",以及"无所不在"的特质。而身为一个人,我对自己"只能出现于这个时间和空间的局限"感到另一种可贵,仿佛我是拼图板上扭曲奇特的一块小形状,单独看,毫无意义,及至恰恰嵌在适当的时空,却也是不可少的一块。天神的存在是无始无终浩浩莽莽的无限,而我是此时此际此山此水中的有情和有觉。

有一年,和丈夫带着一团的年轻人到美国和欧洲去表演,我坚持选崔颢的《长干曲》作为开幕曲,在一站复一站的陌生城市里,舞台上碧色绸子抖出来粼粼水波,唐人乐府悠然导出:

君家何处住,妾住在横塘。
停船暂借问,或恐是同乡。

渺渺烟波里,只因错肩而过,只因你在清风我在明月,只因彼此皆在这地球,而地球又在太虚,所以不免停舟问一句话,问一问彼此隶属的籍贯,问一问昔日所生、他年所葬的故里。那年夏天,我们也是这样一路去问海外中国人的隶属所在的啊!

《旧约》里记载了一则三千年前的故事,那时老先知以利因年迈而昏聩无能,坐视宠坏的儿子横行。小先知撒母耳却仍是幼童,懵懵懂懂地穿件小法袍在空旷的大圣殿里走来走去。然而,事情

发生了,有一夜他听见轻声的呼唤:

"撒母耳!"

他虽瞌睡却是个机警的孩子,跳起来,便跑到老以利面前:

"你叫我,我在这里!"

"我没有叫你,"老态龙钟的以利说,"你去睡吧!"

孩子去躺下,他又听到相同的叫唤:

"撒母耳!"

"我在这里,是你叫我吗?"他又跑到以利跟前。

"不是,我没叫你,你去睡吧。"

第三次他又听见那召唤的声音,小小的孩子实在给弄糊涂了,但他仍然尽快跑到以利面前。

老以利蓦然一惊,原来孩子已经长大了,原来他不是小孩子梦里听错了话,不,他已听到第一次天音,他已面对神圣的召唤。虽然他只是一个弱的小孩,虽然他连什么是"天之钟命"也听不懂,可是,旧时代毕竟已结束,少年英雄会受天承运挑起八方风雨。

"小撒母耳,回去吧!有些事,你以前不懂,如果你再听到那声音,你就说:'神啊!请说,我在这里。'"

撒母耳果真第四度听到声音,夜空烁烁,廊柱耸立如历史,声音从风中来,声音从星光中来,声音从心底的潮声中来,来召唤一个孩子。撒母耳自此至死,一直是个威仪赫赫的先知,只因多年前,当他还是稚童的时候,他答应了那声呼唤,并且说:"我,在这里。"

我当然不是先知,从来没有想做"救星"的大志,却喜欢让自己是一个"紧急待命"的人,随时能说"我在,我在这里"。

这辈子从来没喝得那么多,大约是一瓶啤酒吧,那是端午节的晚上,在澎湖的小离岛。为了纪念屈原,渔人那一天不出海,小学校长陪着我们和家长会的朋友吃饭,对于仰着脖子的敬酒者你很难说"不"。他们喝酒的样子和我习见的学院人士大不相同,几杯下肚,忽然红上脸来,原来酒的力量竟是这么大的。起先,那些宽阔黧黑的脸不免不自觉地有一份面对台北人和读书人的卑抑,但一喝了酒,竟人人急着说起话来,说他们没有淡水的日子怎么苦,说淡水管如何修好了又坏了,说他们宁可倾家荡产,也不要天天开船到别的岛上去搬运淡水……

而他们嘴里所说的淡水,在台北人看来,也不过是咸涩难咽的怪味水罢了——只是于他们却是遥不可及的美梦。

我们原来只是想去捐书,只是想为孩子们设置阅览室,没有料到他们红着脸粗着脖子叫嚷的却是水!这个岛有个好听的名字,叫鸟屿,岩岸是美丽的黑得发亮的玄武石组成的。浪大时,水珠会跳过教室直落到操场上来,澄莹的蓝波里有珍贵的丁香鱼,此刻餐桌上则是酥炸的海胆,鲜美的小蟳……然而这样一个岛,却没有淡水……

我能为他们做什么?在同盏共饮的黄昏,也许什么都不能,但至少我在这里,在倾听,在思索我能做的事……

读书,也是一种"在"。

有一年,到图书馆去,翻一本《春在堂笔记》,那是俞樾先生的集子,红绸精装的封面,打开封底一看,竟然从来也没人借阅过,真是"古来圣贤皆寂寞"啊!心念一动,便把书借回家去。书在,春在,但也要读者在才行啊!我的读书生涯竟像某些人玩"碟仙",仿佛面对作者的精魄。对我而言,李贺是随召而至的,悲哀悼亡的时刻,我会说:"我在这里,来给我念那首《苦昼短》吧！念'吾不识青天高,黄地厚,惟见月寒日暖,来煎人寿。'"读那首韦应物的《调笑令》的时候,我会轻轻地念:"胡马胡马,远放燕支山下。跑沙跑雪独嘶,东望西望路迷。迷路迷路,边草无穷日暮。"一面觉得自己就是那从唐朝一直狂驰至今不停的战马,不,也许不是马,只是一股激情,被美所迷,被莽莽黄沙和胭脂红的落日所震慑,因而心绪万千,不知所止的激情。

看书的时候,书上总有绰绰人影,其中有我,我总在那里。

《旧约·创世纪》里,堕落后的亚当在凉风乍至的伊甸园把自己藏匿起来。

上帝说:

"亚当,你在哪里?"

他嗫而不答。

如果是我,我会走出,说:

"上帝,我在,我在这里,请你看着我,我在这里。不比一个凡人好,也不比一个凡人坏,我有我的逊顺祥和,也有我的叛逆凶戾,我在我无限的求真求美的梦里,也在我脆弱不堪一击的人性里。上帝啊,俯察我,我在这里。"

"我在",意思是说我出席了,在生命的大教室里。

几年前,我在山里说过的一句话容许我再说一遍,作为终响:

"树在。山在。大地在。岁月在。我在。你还要怎样更好的世界?"

我知道你是谁

一

在这八月的烈阳下,在这语音聱牙的海口腔地区,我们开着车一路往前走,路上偶然停车,就有人过来点头鞠躬,我站在你身旁,狐假虎威似的,也受了不少礼。

——这时候,我知道你是谁,你的名字叫做"医生"。

到了这种乡下地方,我真是如鱼得水,原因说来也简单可笑,只因我爱瓮。而这里,有取之不尽的破瓦烂罐。老一辈用的咸菜瓮,如今弃置在墙角路旁,细细的口,巨大的腹——像肚子里含蕴了千古神话的老奶奶,随时可以为你把英雄美人、成王败寇的故事娓娓说上一箩筐。

而这样的瓮偶然从蔓草丛里冒出头来,有时蹲在一只老花猫的爪下,有时又被牵牛花的紫毯盖住,沉沉睡去。

"老师,你看上了什么瓮,就告诉我,这里的人我都认识,瓮这种东西,反正他们也不太用了,只要我开口,他们大概总是肯卖肯送的。"

然而这也不是什么"伯乐过处,万马空群"的事业,所谓爱瓮,也不过乞得一两只回家把玩把玩,隐隐然觉得自己拥有一些像"宇宙黑洞"般的神秘空间罢了。

捡了两个瓮,你忽然说:"我得去一位老阿婆家,我估计她这两天差不多了,我得去给她签死亡证明。"

我们走进三合院,是黄昏了,夕阳凄艳,小孩子满院乱跑,红面番鸭走前巡后,一盆纸钱熊熊烧着,老阿婆是过世了。

全家人在等你,等你去签名,等你去宣告,宣告一个生命庄严地落幕。我站在旁边,看安静的中堂里,那些谦卑认命的眼睛。(真的,跟死亡,你有什么可争的呢?)也许是缘分吧?我怎会千里迢迢跑到这四湖乡来参与一个老妇人的终极仪式呢?斜阳依依,照着庭院中新开的"煮饭花"(可叹那煮饭一世的妇人,此刻再也不能起身去煮饭了)。我和这些陌生人一起俯首为生命本身的"成"、"坏"过程而悲伤。

——那时候,我知道你是谁,你这曾经与我一同分享过大一古文课程的孩子,如今,你的名字叫"医生"。

二

借住在蔡家,那家人,我极喜欢,虽然有点受不了海口腔的台语。

喜欢那头牛,喜欢那夜晚多得不可胜数的星星,喜欢一家人脸上纯中国式的淡淡木木的表情。(是当今世上如此稀有的表情啊!)

你说,这一带的农人,他们使用农药,农药令整个台湾受害,但他们自己也是受害人。在撒毒的时候,他们自己也慢性中毒,许多人得了肝病。蔡老先生的肝病其实也不轻了。送我回蔡家,顺便也给蔡老先生看看病。

"自从用药以后,"你暗暗对我说,"出血止住,大便就比较漂亮了。"

对一生追求文学之美的我来说,你的话令我张口错愕,不知如何回答。在这个世界上,像"漂亮"这样的形容词和"大便"这样的主词是无论如何也接不上头的啊!

然而我知道,你说这话是诚心诚意的,这其间自有某种美学。

我对这种美学肃然起敬。

只因我知道持这种美学的人是谁,那是你——医生。

三

人山人海,医院门口老是这样,我和季坐在诊疗室一隅,等你看完最后的病人。

走进诊疗室的是一个小男孩和他的母亲,母亲很紧张,认为小孩可能有疝气。小孩大概才六七岁吧!

你故意和小孩东聊西扯,想缓和一下气氛,而那母亲,那乡下地方的女人,对聊天倒很能进入情况,可以立刻把什么人的什么事娓娓道来,小孩的恐惧也渐渐有点化解的样子。

由于孩子长得矮,你叫他站在诊疗床上。

"脱下裤子来让我看看!"大概你认为时机成熟了。

没想到小男孩比电检处更讲究"三点不露"的原则,他一手护住裤腰,一手用力推了你一把,嘴里大叫一声:

"你三八啦!"

我和季忍俊不禁,大笑起来。

我想起小时候看的一幅漫画,一个小男孩用他暗藏的水枪射了医生一头一脸,然后,他理直气壮地向尴尬的母亲解释道:

"是他,他先用槌子敲我膝盖,我才射他的!"

原来小病人有那么难缠。我想,这种事也只是很小很小的Case罢了,麻烦的事,一定还多着呢!

但我相信你能对付的,因为,我知道你是谁,你的名字叫"医生"。

四

"有时候,我充满无力感。"

下午的诊所里,你的侧影有些忧伤。

"我忽然发现医疗能做的很少,环境才是最重要的,如果水不好了,食物不对了,医疗又能补救什么呢?"

你碰到我此生最痛最痛的问题了,我不敢和你谈下去。全世界的环境都变差了,我们生活的地方也差了。幼小时节那些清澈见底的小河,河里随便一捞就是一把的小鱼小虾哪里去了?那些树、那些鸟、那些蝉、那些萤火虫,都一一到哪里去了?

我知道你的忧伤,你的痛。正如在百年前的习医的孙中山和鲁迅心中,也各有其痛。我认识你,你的忧世的面容。你,一个"医生"。

五

"病人一直拉肚子,一直拉,但是却找不出原因来,"你说,"经过会诊,还是找不出原因来,最后,就送到精神科来。"

那是一场小型的有关精神病学的演讲,但不知为什么,听着听着,令人眼中涨满泪意。

"我慢慢和他谈话,发现他是个只身在台的老兵,想回老家,可是那时候还没解严,不准回去。他原来是该痛哭流涕的,可是这又是个不让男人可以哭的社会,他的身体于是就选择了腹泻来抗议……"

这是精神医学吗?我竟觉得自己在听一首诗的精心的笺注,一首属于这世纪的悲伤史诗的笺注。

那个病人,就如此一直流耗着,一直消减着。我想起这事,就要落泪,为病人,也为那窥及灵魂幽秘处的精神医学……

是的,我知道你是谁,你这因了解太多而悚动不已的人,你,医生。

六

因为要参加一个校际朗诵比赛,你们便选了诗,进行练习。我是指导老师,在台下一遍遍地听,一遍遍地修正。

其中有一句独诵是你的,但每次你用极低沉哀缓的声音念:"当——我——年——老——"同学就吃吃地笑出声来。并不是你念得不好,而是一颗年轻的心实在不知道什么叫"年老"。把"年老"两字交给十八岁的人去念一念,对他们已足以构成一个荒谬古怪的笑话,除了好笑还是好笑,此外再无其他。

但是,事情渐渐居然变得不再好笑了。那句话像什么奇怪的咒语,渐渐逼到眼前来了。老韩院长匆匆去了,一位姓周的职员也去了——我一直记得他絮絮叨叨地跟我说,你知道吗?你知道吗?开始有阳明的时候,那些办公桌是怎么运来的,全是我用我这个背一张张背上来的呀。——然而,他们走了。

曾有一个同学,极长于模仿老韩院长的声音,凡遇什么有趣的场合,总要抓他表演一番。他则老喜欢学那一段老韩院长最爱自卖自夸赞赏阳明人的话:

"We are second to none"

当年他学的时候,大家都开心、都笑,都有大人物遭丑化的无伤大雅的喜悦。而现在,我多想再听一遍那仿制的声音,也许听了以后会哭,但毕竟是久违的故人的声音。就算是仿制的。

"当——我——年——老——"

原来那样的诗不仅是供作朗诵比赛用的句子,它真的蹦到我们的生活里来了。不,不仅是"当我年老",还可以是"当我死去——"

我看着你,你正盛年,但那咒语是谁都逃不过的。于是,我看见你们茂美的青发渐渐凋萎稀少,眼角的鱼纹趑趄游来……

"当我年老——"

当我年老,我知道你们的精神生命里曾有一滴半滴属于我的血,我为此,合十感谢。

当你年老,我知道属于你的一生已经全额付出。

二千年前的英雄恺撒可以这样扬声呼喊:

> 我来了,
> 我看见了,
> 我征服了。

你我却可以轻轻地说:

> 我来了,
> 我看见了,
> 我给予了。

而在你漫长一生的给予之后,我会躲在某个遥远的云端鼓掌、喝彩,说:

"啊,我知道你是谁,你是医生。"

后　记

一、这里所写的人都是跟阳明有关的师生,但不指一个人。

二、"老韩院长"并不老,他去世时才五十多岁,称老韩院长是因为后来来了位"新韩院长"。

月,阙也

"月,阙也。"那是一本二千年前的文学专书的解释。阙,就是"缺"的意思。

那解释使我着迷。

曾国藩把自己的住所题作"求阙斋",求缺?为什么?为什么不求完美?

那斋名也使我着迷。

"阙"有什么好呢?"阙"简直有点像古中国性格中的一部分,我渐渐爱上了阙的境界。

我不再爱花好月圆了吗?不是的,我只是开始了解花开是一种偶然,但我同时学会了爱它们月不圆花不开的"常态"。

在中国的传统里,"天残地缺"或"天聋地哑"的说法几乎是毫无疑问地被一般人所接受。也许由于长期的患难困顿,中国神话中对天地的解释常是令人惊讶的。

在《淮南子》里,我们发现中国的天空和中国的大地都是曾经受伤的。女娲以其柔和的慈手补缀抚平了一切残破。当时,天穿了,女娲炼五色石补了天。地摇了,女娲折断了神鳌的脚爪垫稳了四极(多像老祖母叠起报纸垫桌子腿)。她又像一个能干的主妇,扫了一堆芦灰,止住了洪水。

中国人一直相信天地也有其残缺。

我非常喜欢中国西南部某些族的神话,他们说,天地是男神女神合造的。当时男神负责造天,女神负责造地。等他们各自分头完成了天地而打算合在一起的时候,可怕的事发生了;女神太勤快,她们把地造得太大,以至于跟天没办法合得起来了。但是,她们终于想到了一个好办法,她们把地折叠了起来,形成高山低谷,然后,天地才虚合起来了。

是不是西南的崇山峻岭给他们灵感,使他们想起这则神话呢?天地是有缺陷的,但缺陷造成了皱褶,皱褶造成了奇峰幽谷之美。月亮是不能常圆的,人生不如意事十常八九;当我们心平气和地承认这一切缺陷的时候,我们忽然发觉没有什么是不可以接受的。

在另一则汉民族的神话里,说到大地曾被共工氏撞不周山时撞歪了——从此"地陷东南",长江黄河便一路浩浩淼淼地向东流去,流出几千里地惊心动魄的风景。而天空也在当时被一起撞歪了,不过歪的方向相反,是歪向西北,据说日月星辰因此哗啦一声大部分都倒到那个方向去了。如果某个夏夜我们抬头而看,忽然发现群星灼灼然的方向,就让我们相信,属于中国的天空是"天倾西北"的吧!

五千年来,汉民族便在这歪倒倾斜的天地之间挺直脊骨生活下去,只因我们相信残缺不但是可以接受的,而且是美丽的。

而月亮,到底曾经真正圆过吗?人生世上其实也没有看过真正圆的东西。一张哐油饼不够圆,一块镍币也不够圆。即使是圆规画的圆,如果用高度显微镜来看也不可能圆得很完美。

真正的圆存在于理念之中,而在现实的世界里,我们只能做圆的"复制品"。就现实的操作而言,一截圆规上的铅笔芯在画圆的起点和终点时,已经粗细不一样了。

所有的天体远看都呈现球形,但并不是绝对的圆,地球是约略近于椭圆形。

就算我们承认月亮约略的圆光也算圆,它也是"方其圆时,即其缺时"。有如十二点整的钟声。当你听到钟响时,已经不是十二点了。

此外,我们更可以换个角度看。我们说月圆月阙其实是受我们有限的视觉所欺骗。有盈虚变化的是月光,而不是月球本身。月何尝圆,又何尝缺,它只不过像地球一样不增不减的兀自圆着——以它那不十分圆的圆。

花朝月夕,固然是好的,只是真正的看花人哪一刻不能赏花?在初生的绿芽嫩嫩怯怯地探头出土时,花已暗藏在那里。当柔软的枝条试探地在大气中舒手舒脚时,花隐在那里。当蓓蕾悄然结胎时,花在那里。当花瓣怒张时,花在那里。当香销红黤委地成泥的时候,花仍在那里,当一场雨后只见满叶绿肥的时候,花还在那里。当果实成熟时,花恒在那里,甚至当果核深埋地下时,花依然在那里……

或见或不见,花总在那里。或盈或缺,月总在那里。不要做一朝的看花人吧!不要做一夕的赏月人吧!人生在世哪一刻不美好完满?哪一刻不该顶礼膜拜感激欢欣呢?

因为我们爱过圆月,让我们也爱缺月吧——它们原是同一个月亮啊!

玉想

一 只是美丽起来的石头

一向不喜欢宝石——最近却悄悄地喜欢了玉。

宝石是西方的产物,一块钻石,割成几千几百个"割切面",光线就从那里面激射而出,挟势凌厉,美得几乎具有侵略性,使我不由得不提防起来。我知道自己无法跟它的凶悍逼人相埒,不过至少可以决定"我不喜欢它"。让它在英女王的皇冠上闪烁,让它在展览会上伴以投射灯和响尾蛇(防盗用)展出,我不喜欢,总可以吧!

玉不同,玉是温柔的,早期的字书解释玉,也只是说:"玉,石之美者。"原来玉也只是石头,是许多混沌的生命中忽然脱颖而出的那一点灵光。正如许多孩子在夏夜的庭院里听老人讲古,忽有一个因洪秀全的故事而兴天下之想,遂有了孙中山。所谓伟人,其实只是在游戏场中忽有所悟的那个孩子。所谓玉,只是在时间的广场上因自在玩耍竟而得道的石头。

二 克拉之外

钻石是有价的,一克拉一克拉地算,像超级市场的猪肉,一块块皆有其中规中矩称出来的标价。

玉是无价的,根本就没有可以计值的单位。钻石像谋职,把学历经历乃至成绩单上的分数一一开列出来,以便叙位核薪。玉则像爱情,一个女子能赢得多少爱情完全视对方为她着迷的程度,其间并没有太多法则可循。以撒辛格(诺贝尔奖得主)说:"文学像女人,别人为什么喜欢她以及为什么不喜欢她的原因,她自己也不知道。"其实,玉当然也有其客观标准,它的硬度,它的晶莹、柔润、缜密、纯全和刻工都可以讨论,只是论玉论到最后关头,竟只剩"喜欢"两字,而"喜欢"是无价的,你买的不是克拉的计价而是自己珍重的心情。

三　不须镶嵌

钻石不能佩戴,除非经过镶嵌,镶嵌当然也是一种艺术。而玉呢?玉也可以镶嵌,不过却不免显得"多此一举",玉是可以直接做成戒指、镯子和簪笄的。至于玉坠、玉佩所需要的也只是一根丝绳的编结,用一段千回百绕的纠缠盘结来系住胸前或腰间的那一点沉实,要比金属般冷冷硬硬的镶嵌好吧?

不佩戴的玉也是好的,玉可以把玩,可以作小器具,可以作既可卑微地去搔痒、亦可用以象征宝贵吉祥的"如意",可作用以祀天的璧,亦可作示绝的玦。我想做个玉匠大概比钻石割切人兴奋快乐,玉的世界要大得多繁富得多。玉是既入于生活也出于生活的,玉是名士美人,可以相与出尘,玉亦是柴米夫妻,可以居家过日。

四　生死以之

一个人活着的时候,全世界跟他一起活——但一个人死的时候,谁来陪他一起死呢?

中古世纪有出质朴简直的古剧叫《人人》(*Every man*),死神找到那位名叫人人的主角,告诉他死期已至,不能宽贷,却准他结伴同行。人人找"美貌","美貌"不肯跟他去,人人找"知识","知识"也无意到墓穴里去相陪,人人找"亲情","亲情"也顾他不得⋯⋯

世间万物,只有人类在死亡的时候需要陪葬品吧?其原因也无非由于怕孤寂,活人殉葬太残忍,连土俑殉葬也有些居心不仁,但死亡又是如此幽阒陌生的一条路。如果待嫁的女子需要"陪嫁"来肯定来系连她前半生的娘家岁月,则等待远行的黄泉客何尝不需要"陪葬"来凭借来思忆世上的年华呢?

陪葬物里最缠绵的东西或许便是玉琀蝉了,蝉色半透明,比真实的蝉为薄,向例是含在死者的口中,成为最后的、一句没有声音的语言。那句话在说:

"今天,我入土,像蝉的幼虫一样,不要悲伤,这不叫死,有一天,生命会复活,会展翅,会如夏日出土的鸣蝉⋯⋯"

那究竟是生者安慰死者而塞入的一句话?抑是死者安慰生者而含着的一句话?如果那是愿心,算不算狂妄的侈愿?如果那是谎言,算不算美丽的谎言?我不知道,只知道玉琀蝉那半透明的豆青或土褐色仿佛是由生入死的薄膜,又恍惚是由死返生的符信,但生生死死的事岂是我这样的凡间女子所能参破的?且在这落雨的下午俯首凝视这枚佩在自己胸前的被烈焰般的红丝线所穿结的玉琀蝉吧!

五　玉肆

我在玉肆中走,忽然看到一块像蛀木又像土块的东西,仿佛一张枯涩凝止的悲容,我驻足良久,问道:

"这是一种什么玉?多少钱?"

"你懂不懂玉?"老板的神色间颇有一种抑制过的傲慢。

"不懂。"

"不懂就不要问！我的玉只卖懂的人。"

我应该生气应该跟他激辩一场的，但不知为什么，近年来碰到类似的场面倒宁可笑笑走开。我虽然不喜欢他的态度，但相较而言，我更不喜欢争辩，尤其痛恨学校里"奥瑞根式"的辩论比赛，一句一句逼着人追问，简直不像人类的对话，嚣张狂肆到极点。

不懂玉就不该买不该问吗？世间识货的又有几人？孔子一生也没把自己这块美玉成功地推销出去。《水浒传》里的阮小七说："一腔热血，只要卖与识货的！"但谁又是热血的识货买主？连圣贤的光焰，好汉的热血也都难以倾销，几块玉又算什么？不懂玉就不准买玉，不懂人生的人岂不没有权利活下去了？

当然，玉肆老板大约也不是什么坏人，只是一个除了玉的知识找不出其他可以自豪之处的人吧？

然而，这件事真的很遗憾吗？也不尽然，如果那天我碰到的是个善良的老板，他可能会为我详细解说，我可能心念一动便买下那块玉，只是，果真如此又如何呢？它会成为我的小古玩。但此刻，它是我的一点憾意，一段未圆的梦，一份既未开始当然也就不致结束的情缘。

隔着这许多年，如果今天那玉肆的老板再问我一次是否识玉，我想我仍会回答不懂，懂太难，能疼惜宝重也就够了。何况能懂就能爱吗？在竞选中互相中伤的政敌其实不是彼此十分了解吗？当然，如果情绪高昂，我也许会塞给他一张《说文解字》抄下来的纸条：

玉，石之美者，有五德，
润泽以温，仁之方也；
鳃理自外，可以知中，义之方也；

其声舒扬,专以远闻,智之方也;

不桡而折,勇之方也;

锐廉而不技,絜之方也。

然而,对爱玉的人而言,连那一番大声镗鞳的理由也是多余的。爱玉这件事几乎可以单纯到不知不识而只是一团简简单单的欢喜,像婴儿喜欢清风拂面的感觉,是不必先研究气流风向的。

六 瑕

付钱的时候,小贩又重复了一次:

"我卖你这玛瑙,再便宜不过了。"

我笑笑,没说话,他以为我不信,又加上一句:

"真的——不过这么便宜也有个缘故。你猜为什么?"

"我知道,它有斑点。"本来不想提的,被他一逼,只好说了,免得他一直啰嗦。

"哎呀,原来你看出来了,玉石这种东西有斑点就差了,这串项链如果没有瑕疵,哇,那价钱就不得了啦!"

我取了项链,尽快走开。有些话,我只愿意在无人处小心地,断断续续地,有一搭没一搭地说给自己听。

对于这串有斑点的玛瑙,我怎么可能看不出来呢?它的斑痕如此清清楚楚。

然而买这样一串项链是出于一个女子小小的侠气吧,凭什么要说有斑点的东西不好?水晶里不是就有一种叫"发晶"的种类吗?虎有纹,豹有斑,有谁嫌弃过它的皮毛不够纯色?

就算退一步说,把这斑纹算瑕疵,世间能把瑕疵如此坦然相呈的人也不多吧?凡是可以坦然相见的缺点都不该算缺点的。纯全完美的东西是神器,可供膜拜。但站在一个女人的观点来看,男人和孩子之所以可爱,正是由于他们那些一清二楚的无所掩饰的小缺点吧?就连一个人对自己本身的接纳和纵容,不也是看准了自己的种种小毛病而一笑置之吗?

所有的无瑕是一样的——因为全是百分之百的纯洁透明,但瑕疵斑点却面目各自不同。有的斑痕像苔藓数点,有的是砂岸透迤,有的是孤云独去,更有的是铁索横江,玩味起来,反而令人欣然心喜。想起平生好友,也是如此,如果不能知道一两件对方的糗事,不能有一两件可笑可嘲可詈可骂之事彼此打趣,友谊恐怕也会变得空洞吧?

有时独坐细味"瑕"字,也觉悠然意远,瑕字左边是玉旁,是先有玉才有瑕的啊!正如先有美人,而后才有"美人痣",先有英雄,而后才有悲剧英雄的缺陷性格。缺憾必须依附于完美,独存的缺憾岂有美丽可言,天残地缺,是因为天地都如此美好,才容得修地补天的改造的涂痕。一个"坏孩子"之所以可爱,不也正因为他在撒娇撒赖蛮不讲理之外,有属于一个孩童近乎神明的纯洁了吗?

瑕的右边是叚,叚有赤红色的意思,瑕的解释是"玉小赤",我也喜欢瑕字的声音,自有一种坦然的不遮不掩的亮烈。

完美是难以冀求的,那么,在现实的人生里,请给我有瑕的真玉,而不是无瑕的伪玉。

七 惟一

据说,世间没有两块相同的玉——我相信,雕玉的人岂肯去重复别人的创制。

所以,属于我的这一块,无论贵贱精粗都是天地间独一无二的。我因而疼爱它,珍惜这一场缘分,世上好玉万千,我却恰好遇见这块，世上爱玉人亦有万千，它却偏偏遇见我，但我们之间的聚会，也只是五十年吧？上一个佩玉的人是谁呢？有些事是既不能去想更不能嫉妒的，只能安安分分珍惜这匆匆的相属相连的岁月。

八 活

佩玉的人总相信玉是活的，他们说：
"玉要戴，戴戴就活起来了哩！"
这样的话是真的吗？抑或只是传说臆想？
我不知道自己能不能把一块玉戴活，这是需要时间才能证明的事，也许几十年的肌肤相亲，真可以使玉重新有血脉和呼吸。但如果奇迹是可祈求的，我愿意首先活过来的是我，我的清洁质地，我的致密坚实，我的莹秀温润，我的斐然纹理，我的清声远扬。如果玉可以因人的佩戴而复活，也让人因佩玉而复活吧，让每一时每一刻的我莹彩暖暖，如冬日清晨的半窗阳光。

九 石器时代的怀古

把人和玉，玉和人交织成一的神话是《红楼梦》，它也叫《石头记》，在补天的石头群里，主角是那三万六千五百零一块外多出的一块，天长日久，竟成了通灵宝玉，注定要来人间历经一场情劫。

他的对方则是那似曾相识的绛珠仙草。

那玉，是男子的象征，是对于整个石器时代的怀古。那草，是女子的表记，是对榛榛莽莽洪荒森林的思忆。

静安先生释《红楼梦》中的"玉"，说"玉"即"欲"，大约也不算错吧？《红楼梦》中含"玉"字的名字总有其不凡的主人，像宝玉、黛玉、妙玉、红玉，都各自有他们不同的人生欲求。只是那"欲"似乎可以解作英文里的 want，是一种不安，一种需索，是不知所从的缠绵,是最快乐之时的凄凉、最完满之际的缺憾,是自己也不明白所以的惴惴,是想挽住整个春光留下所有桃花的贪心,是大彻大悟与大栈恋之间的摆荡。

神话世界每每是既富丽而又高寒的,所以神话人物总要找一件道具或伴当相从,设若龙不吐珠,嫦娥没有玉兔,李聃失了青牛,果老走了肯让人倒骑的驴或是麻姑少了仙桃,孙悟空缴回金箍棒,那神话人物真不知如何施展身手了——贾宝玉如果没有那块玉,也只能做美国童话《绿野仙踪》里的"无心人"奥迪斯。

"人非木石,孰能无情。"说这话的人只看到事情的表象,木石世界的深情大义又岂是我们凡人所能尽知的。

十　玉楼

如果你想知道钻石,世上有宝石学校可读,有证书可以证明你的鉴定力。但如果你想知道玉,且安安静静地做你自己,并且从肤发的温润、关节的玲珑、眼目的清澈、意志的凝聚、言笑的清朗中去认知玉吧!玉即是我,所谓文明其实亦即由石入玉的历程,亦即由血肉之躯成为"人"的史页。

道家以目为银海,以肩为玉楼,想来仙家玉楼连云也不及人间一肩可担道义的肩胛骨为贵吧?爱玉之极,恐怕也只是返身自重吧?

只因为年轻啊

一　爱——恨

小说课上,正讲着小说,我停下来发问:
"爱的反面是什么?"
"恨!"

大约因为对答案很有把握,他们回答得很快而且大声,神情明亮愉悦。此刻如果教室外面走过一个不懂中国话的老外,随他猜一百次也猜不出他们唱歌般快乐的声音竟在说一个"恨"字。

我环顾教室,心里浩叹,只因为年轻啊,只因为太年轻啊,我放下书,说:

"这样说吧,譬如说你现在正谈恋爱,然后呢? 就分手了,过了五十年,你七十岁了,有一天,黄昏散步,冤家路窄,你们又碰到一起了,这时候,对方定定地看着你,说:

'某某某,我恨你!'

如果情节是这样的,那么,你应该庆幸,居然被别人痛恨了半个世纪,恨也是一种很容易疲倦的情感,要有人恨你五十年也不简单,怕就怕在当时你走过去说:

'某某某,还认得我吗?'

对方愣愣地呆望着你说:

'啊,有点面熟,你贵姓?'"

全班学生都笑起来,大概想象中那场面太滑稽太尴尬吧?

"所以说,爱的反面不是恨,是漠然。"

笑罢的学生能听得进结论吗?——只因太年轻啊,爱和恨是那么容易说得清楚的一个字吗?

二 受创

来采访的学生在客厅沙发上坐成一排,其中一个发问道:

"读你的作品,发现你的情感很细致,并且总是在关怀,但是关怀就容易受伤,对不对?那怎么办呢?"

我看了她一眼,多年轻的额,多年轻的颊啊,有些问题,如果要问,就该去问岁月,问我,我能回答什么呢?但她的明眸定定地望着我,我忽然笑了起来,几乎有点促狭的口气:

"受伤,这种事是有的——但是你要保持一个完完整整不受伤的自己做什么用呢?你非要把你自己保护得好好的不可吗?"

她惊讶地望着我,一时也答不上话。

人生世上,一颗心从擦伤、灼伤、冻伤、撞伤、压伤、扭伤,乃至到内伤,哪能一点伤害都不受呢?如果关怀和爱就必须包括受伤,那么就不要完整,只要撕裂。基督不同于世人的,岂不正在那双钉痕宛在的受伤手掌吗?

小女孩啊,只因年轻,只因一身光灿晶润的肌肤太完整,你就舍不得碰撞就害怕受创吗!

三 经济学的旁听生

"什么是经济学呢?"他站在台下,戴眼镜,灰西装,声音平静,典型的中年学者。

台下坐的是大学一年级的学生,而我,是置身在这二百人大教室里偷偷旁听的一个。

从一开学我就昂奋起来,因为在课表上看见要开一门"社会科学概论"的课程,包括四位教授来设"政治""法律""经济""人类学"四个讲座。想起可以重新做学生,去听一门门对我而言崭新的知识,那份喜悦真是掩不住藏不严,一个人坐在研究室里都忍不住要轻轻地笑起来。

"经济学就是把'有限资源'做'最适当的安排',以得到'最好的效果'。"

台下的学生沙沙地抄着笔记。

"经济学为什么发生呢?因为资源'稀少',不单物质'稀少',时间也'稀少',——而'稀少'又是为什么?因为,相对于'欲望',一切就显得'稀少'了……"

原来是想在四门课里跳过经济学不听的,因为觉得讨论物质的东西大概无甚可观,没想到一走进教室来竟听到这一番解释。

"你以为什么是经济学呢?一个学生要考试,时间不够了,书该怎么念,这就叫经济学啊!"

我愣在那里反复想着他那句"为什么有经济学——因为稀少——为什么稀少,因为欲望"而麻颤惊动,如同山间顽崖愚壁偶闻大师说法,不免震动到石骨土髓格格作响的程度。原来整场生命也可作经济学来看,生命也是如此短小稀少啊!而人的不幸却在于那颗永远渴切不止的有所索求、有所跃动、有所未足的心,为什么是这样的呢?为什么竟是这样的呢?我痴坐着,任泪下如麻不敢去动它,不敢让身旁年轻的助教看到,不敢让大一年轻的孩子看到。奇怪,为什么他们都不流泪呢?只因为年轻吗?因年轻就看不出生命如果像戏,也只能像一场短短的独幕剧吗?"朝如青丝暮成雪",乍起乍落的一朝一暮间又何尝真有少年与壮年之分?

"急罚盏,夜阑灯灭。"匆匆如赴一场喧哗夜宴的人生,又岂有早到晚到早走晚走的分别?然而他们不悲伤,他们在低头记笔记。听经济学听到哭起来,这话如果是别人讲给我听的,我大概会大笑,笑人家的滥情,可是……

"所以,"经济学教授又说话了,"有位文学家卡莱亚这样形容:经济学是门'忧郁的科学'……"

我疑惑起来,这教授到底是因有心而前来说法的长者,还是以无心来渡脱的异人?至于满堂的学生正襟危坐是因岁月尚早,早如揭衣初涉水的浅溪,所以才凝然无动吗?为什么五月山栀子的香馥里,独独旁听经济学的我为这被一语道破的短促而多欲的一生而又惊又痛泪如雨下呢?

四 如果作者是花

"年年岁岁花相似,岁岁年年人不同。"

诗选的课上,我把句子写在黑板上,问学生:

"这句子写得好不好?"

"好!"

他们的声音听起来像真心的,大概在强说愁的年龄,很容易被这样工整、俏皮而又怅惘的句子所感动吧?

"这是诗句,写得比较文雅,其实有一首新疆民谣,意思也跟它差不多,却比较通俗,你们知道那歌词是怎么说的?"

他们反应灵敏,立刻争先恐后地叫出来:

> 太阳下山明早依旧爬上来,
> 花儿谢了明年还是一样地开,
> 美丽小鸟飞去不回头。

我的青春小鸟一样不回来,
　　我的青春小鸟一样不回来。

　　那性格活泼的干脆就唱起来了。
　　"这两种句子从感性上来说,都是好句子,但从逻辑上来看,却有不合理的地方——当然,文学表现不一定要合逻辑,但是我还是希望你们看得出来问题在哪里?"
　　他们面面相觑,又认真地反复念诵句子,却没有一个人答得上来。我等着他们,等满堂红润而聪明的脸,却终于放弃了,只因太年轻啊,有些悲凉是不容易觉察的。
　　"你知道为什么说'花相似'吗?是因为陌生,因为我们不懂花,正好像一百年前,我们中国是很少看到外国人,所以在我们看起来,他们全是一个样子,而现在呢,我们看多了,才知道洋人和洋人大有差别,就算都是美国人,有的人也有本领一眼看出住纽约、旧金山和南方小城的不同。我们看去年的花和今年的花一样,是因为我们不是花,不曾去认识花,体察花,如果我们不是人,是花,我们会说:
　　'看啊,校园里每一年都有全新的新鲜人的面孔,可是我们花却一年老似一年了。'
　　同样的,新疆歌谣里的小鸟虽一去不回,太阳和花其实也是一去不回的,太阳有知,太阳也要说:
　　'我们今天早晨升起来的时候,已经比昨天疲软苍老了,奇怪,人类却一代一代永远有年轻的面孔……'
　　我们是人,所以感觉到人事的沧桑变化,其实,人世间何物没有生老病死,只因我们是人,说起话来就只能看到人的痛,你们猜,那句诗的作者如果是花,花会怎么写呢?"

"年年岁岁人相似,岁岁年年花不同。"他们齐声回答。

他们其实并不笨,不,他们甚至可以说很聪明,可是,刚才他们为什么全不懂呢?只因为年轻,只因为对宇宙间生命共有的枯荣代谢的悲伤有所不知啊!

五　高倍数显微镜

他是一个生物系的老教授,外国人,我认识他的时候他已经退休了。

"小时候,父亲是医生,他看病,我就站在他旁边,他说:'孩子,你过来,这是哪一块骨头?'我就立刻说出名字来……"

我喜欢听老年人说自己幼小时候的事,人到老年还不能忘的记忆,大约有点像太湖底下捞起的石头,是洗净尘泥后的硬瘦剔透,上面附着一生岁月所冲积洗刷出的浪痕。

这人大概注定要当生物学家的。

"少年时候,喜欢看显微镜,因为那里面有一片神奇隐秘的世界,但是看到最细微的地方就看不清楚了,心里不免想,赶快做出高倍数的新式显微镜吧,让我看得更清楚,让我对细枝末节了解得更透彻,这样,我就会对生命的原质明白得更多,我的疑难就会消失……"

"后来呢?"

"后来,果然显微镜愈做愈好,我们能看清楚的东西,愈来愈多,可是……"

"可是什么?"

"可是我并没有成为我自己所预期的'更明白生命真相的人',糟糕的是比以前更不明白了,以前的显微倍数不够,有些东西根本没发现,所以不知道那里隐藏了另一段秘密,但现在,我看得愈细,知道的愈多,愈不明白了,原来在奥秘的后面还连着另一串奥秘……"

我看着他清癯渐消的颊和清灼明亮的眼睛,知道他是终于"认了",半世纪以前,那意气风发的少年以为只要一架高倍数的显微镜,生命的秘密便迎刃可解,什么使他敢生出那番狂想呢?只因为年轻吧?只因为年轻吧?而退休后,在校园的行道树下看花开花谢的他终于低眉而笑,以近乎撒赖的口气说:

"没有办法啊,高倍数的显微镜也没有办法啊,在你想尽办法以为可以看到更多东西的时候,生命总还留下一段奥秘,是你想不通猜不透的……"

六　浪掷

开学的时候,我要他们把自己形容一下,因为我是他们的导师,想多知道他们一点。

大一的孩子,新从成功岭下来,从某一点上看来,也只像高四罢了,他们倒是很合作,一个一个把自己尽其所能地描述了一番。

等他们说完了,我忽然觉得惊讶不可置信,他们中间照我来看分成两类,有一类说"我从前爱玩,不太用功,从现在起,我想要好好读点书",另一类说"我从前就只知道读书,从现在起我要好好参加些社团,或者去郊游"。

奇怪的是,两者都有轻微的追悔和遗憾。

我于是想起一段三十多年前的旧事,那时流行一首电影插曲(大约是叫《渔光曲》吧),阿姨舅舅都热心播唱,我虽小,听到"月儿弯弯照九州"觉得是可以同意的,却对其中另一句大为疑惑。

"舅舅,为什么要唱'小妹妹青春水里流(或"丢"?不记得了)'呢?"

"因为她是渔家女嘛,渔家女打鱼不能去上学,当然就浪费青春啦!"

我当时只知道自己心里立刻不服气起来,但因年纪太小,不会说理由,不知怎么吵,只好不说话,但心中那股不服倒也可怕,可以埋藏三十多年。

等读中学听到"春色恼人",又不死心地去问,春天这么好,为什么反而好到令人生恼,别人也答不上来,那讨厌的甚至眨眨狎邪的眼光,暗示春天给人的恼和"性"有关。但事情一定不是这样的,一定另有一个道理,那道理我隐约知道,却说不出来。

更大以后,读浮士德,那些埋藏许久的问句都汇拢过来,我隐隐知道那里有一番解释了。

年老的浮士德,坐对满屋子自己做了一生的学问,在典籍册页的阴影中他乍乍瞥见窗外的四月,歌声传来,是庆祝复活节的喧哗队伍。那一霎间,他懊悔了,他觉得自己的一生都抛掷了,他以为只要再让他年轻一次,一切都会改观。中国元杂剧里老旦上场照例都要说一句"花有重开日,人无再少年"(说得淡然而确定,也不知看戏的人惊不惊动),而浮士德却以灵魂押注,换来第二度的少年以及因少年才"可能拥有的种种可能"。可怜的浮士德,学究天人,却不知道生命是一桩太好的东西,好到你无论选择什么方式度过,都像是一种浪费。

生命有如一枚神话世界里的珍珠,出于砂砾,归于砂砾,晶光莹润的只是中间这一段短短的幻象啊!然而,使我们颠之倒之甘之苦之的不正是这短短的一段吗?珍珠和生命还有另一个类同之处,那就是你倾家荡产去买一粒珍珠是可以的,但反过来你要拿珍珠换衣换食却是荒谬的,就连镶成珠坠挂在美人胸前也是无奈的,无非使两者合作一场"慢动作的人老珠黄"罢了。珍珠只是它圆灿含彩的自己,你只能束手无策地看着它,你只能欢喜或喟然——因为你及时赶上了它出于砂砾且必然还原为砂砾之间的这一段灿然。

而浮士德不知道——或者执意不知道,他要的是另一次"可能",像一个不知是由于技术不好或是运气不好的赌徒,总以为只要再让他玩一盘,他准能翻本。三十多年前想跟舅舅辩的一句话我现在终于懂得该怎么说了,打鱼的女子如果算是浪掷青春的话,挑柴的女子岂不也是吗?读书的名义虽好听,而令人眼目为之昏眊,脊骨为之佝偻,还不该算是青春的虚掷吗?此外,一场刻骨的爱情就不算烟云过眼吗?一番功名利禄就不算滚滚尘埃吗?不是啊,青春太好,好到你无论怎么过都觉浪掷,回头一看,都要生悔。

"春色恼人"那句话现在也懂了,世上的事最不怕的应该就是"兵来有将可挡,水来以土能掩",只要有对策就不怕对方出招。怕就怕在一个人正小小心心地和现实生活斗阵,打成平手之际,忽然阵外冒出一个叫宇宙大化的对手,他斜里杀出一记叫"春天"的绝招,身为人类的我们真是措手不及。对着排天倒海而来的桃红柳绿,对着蚀骨的花香,夺魂的阳光,生命的豪奢绝艳怎能不令我们张皇无措,当此之际,真是不做什么既要懊悔——做了什么也要懊悔。春色之叫人气恼跺脚,就是气在我们无招以对啊!

回头来想我导师班上的学生,聪明颖悟,却不免一半为自己的用功后悔,一半为自己的爱玩后悔——只因年轻啊,只因太年轻啊,以为只要换一个方式,一切就扭转过来而无憾了。孩子们,不是啊,真的不是这样的!生命太完美,青春太完美,甚至连一场匆匆的春天都太完美,完美到像喜庆节日里一个孩子手上的气球,飞了会哭,破了会哭,就连一日日空瘪下去也是要令人哀哭的啊!

所以,年轻的孩子,连这么简单的道理你难道也看不出来吗?

生命是一个大债主,我们怎么混都是他的积欠户。既然如此,干脆宽下心来,来个"债多不愁"吧!既然青春是一场"无论做什么都觉是浪掷"的憾意,何不反过来想想,那么,也几乎等于"无论诚恳地做了什么都不必言悔",因为你或读书或玩,或作战,或打鱼,恰恰好就是另一个人叹气说他遗憾没做成的。

然而,是这样的吗?不是这样的吗?在生命的面前我可以大发职业病做一个把别人都看作孩子的教师吗?抑或我仍然只是一个太年轻的蒙童,一个不信不服欲有所辩而又语焉不详的蒙童呢?

错误

——中国故事常见的开端

在中国,错误不见得是一件坏事,诗人愁予有首诗,题目就叫《错误》,末段那句"我达达的马蹄是美丽的错误"四十年来像一支名笛,不知被多少嘴唇呜然吹响。

《三国志》里记载周瑜雅擅音律,即使酒后也仍然轻易可以辨出乐工的错误。当时民间有首歌谣唱道:"曲有误,周郎顾。"后世诗人多事,故意翻写了两句:"欲使周郎顾,时时误拂弦。"真是无限机趣,描述弹琴的女孩贪看周郎的眉目,故意多弹错几个音,害他频频回首。风流俊赏的周郎哪里料到自己竟中了弹琴素手甜蜜的机关。

在中国,故事里的错误也仿佛是那弹琴女子在略施巧计,是善意而美丽的——想想如果不错它几个音,又焉能赚得你的回眸呢?错误,对中国故事而言有时几乎成为必须了。如果你看到《花田错》《风筝误》或《误入桃源》这样的戏目不要觉得古怪,如果不错他一错,哪来的故事呢!

有位德国戏剧家布莱希特写过一出《高加索灰阑记》,不但取了中国故事做蓝本,学了中国京剧表演方式,到最后,连那判案的法官也十分中国化了。他故意把两起案子误判,反而救了两桩婚姻,真是彻底中式的误打误撞,而自成佳境。

身为一个中国读者或观众,虽然不免训练有素,但在说书人的梨花筒嗒然一声敲响或书页已尽正准备掩卷叹息的时候,不免悠悠想起,咦?怎么又来了,怎么一切的情节,都分明从一点点小错误开始?

我们先来说《红楼梦》吧,女娲炼石补天,偏偏炼了三万六千五百零一块。本来三万六千五百是个完整的数目,非常精准正确,可以刚刚补好残天。女娲既是神明,她心里其实是雪亮的,但她存心要让一向正确的自己错他一次,要把一向精明的手段错他一点。"正确",只应是对工作的要求,"错误",才是她乐于留给自己的一道难题,她要看看那块多余的石头,究竟会怎么样往返人世,出入虚实,并且历经情劫。

就是这一点点的谬错,于是大荒山无稽崖青埂峰下,便有了一块顽石,而由于有了这块顽石,又牵出了日后的通灵宝玉。

整一部《红楼梦》,原来恰恰只是数学上三万六千五百分之一的差误而滑移出来的轨迹,并且逐步演化出一串荒唐幽渺的情节。世上的错误往往不美丽,而美丽又每每不错误,惟独运气好碰上"美丽的错误"才可以生发出歌哭交感的故事。

《水浒传》楔子里的铸错则和希腊神话《潘朵拉的盒子》有些类似,都是禁不住好奇,去窥探人类不该追究的奥秘。

但相较之下,洪太尉"揭封"又比潘朵拉"开盒子"复杂得多。他走完了三清堂的右廊尽头,发现了一座奇特神秘的建筑:门缝上交叉贴着十几道封纸,上面高悬着"伏魔之殿"四个字,据说从唐朝以来八九代天师每一代都亲自再贴一层封条,锁孔里还灌了铜汁。洪太尉禁不住引诱,竟打烂了锁,撕了封条,踢倒大门,撞进去掘起石碣,搬走石龟,最后又扛起一丈见方的大青石板,这才看到下面原来是万丈深渊。刹那间,黑烟上腾,散成金光,激射而出。仅此一念之差,他放走了三十二座天罡星和七十二座地煞星,合共一百零八个魔王……

《水浒传》里一百零八个好汉便是这样来的。

那一番莽撞,不意冥冥中竟也暗合天道,早在天师的掐指计算中——中国故事至终总会在混乱无秩里找到秩序。这一百零八个好汉毕竟曾使荒凉的年代有一腔热血,给邪曲的世道一副直心肠。中国的历史当然不该少了尧舜孔孟,但如果不是洪太尉伏魔殿那一搅和,我们就要失掉夜奔的林冲或醉打出山门的鲁智深,想来那也是怪可惜的呢!

洪太尉的胡闹恰似顽童推倒供桌,把袅袅烟雾中的时鲜瓜果散落一地,遂令天界的清供化成人间童子的零食。两相比照,我倒宁可看到洪太尉触犯天机,因为没有错误就没有故事——而没有故事的人生可怎么忍受呢?

一部《镜花缘》又是怎么样的来由?说来也是因为百花仙子犯了一点小小的行政上的错误,因此便有了众位花仙贬入凡尘的情节。犯了错,并且以长长的一生去截补,这其实也正是大部分的人间故事吧!

也许由于是农业社会,我们的故事里充满了对四时以及对风霜雨露的时序的尊重。《西游记》里的那条老龙王为了跟人打赌,故意把下雨的时间延后两小时,把雨量减少三寸零八点,其结果竟是惨遭斩头。不过,龙王是男性,追究起责任来动用的是刑法,未免无情。说起来女性仙子的命运好多了,中国仙界的女权向来相当高涨,除了王母娘娘是仙界的铁娘子以外,众女仙也各司要职。像"百花仙子",担任的便是最美丽的任务。后来因为访友下棋未归,下达命令的系统弄乱了,众花在雪夜奉人间女皇帝之命提前齐开。这一番"美丽的错误"引致一种中国仙界颇为流行的惩罚方式——贬入凡尘。这种做了人的仙即所谓"谪仙"(李白就曾被人怀疑是这种身份)。好在她们的刑罚与龙王大不相同,否则如果也杀砍百花之头,一片红紫狼藉,岂不伤心!

百花既入凡尘,一个个身世当然不同,她们佻达美丽,不苟流俗,各自跨步走向属于她们自己的那一番人世历程。

这一段美丽的错误和美丽的罚法都好得令人艳羡称奇!

从比较文学的观点看来,有人以为中国故事里往往缺少叛逆英雄。像宙斯,那样弑父自立的神明,像雅典娜,必须拿斧头砍开父亲脑袋自己才跳得出来的女神,在中国是不作兴有的。就算捣蛋精的哪吒太子,一旦与父亲冲突,也万不敢"叛逆",他只能"剔骨剜肉"以还父母罢了。中国的故事总是从一件小小的错误开端,诸如多炼了一块石头,失手打了一件琉璃盏,太早揭开坛子上有法力的封口(关公因此早产,并且终生有一张胎儿似的红脸)。不是叛逆,是可以谅解的小过小犯,是失手,是大意,是一时兴起或一时失察。"叛逆"太强烈,那不是中国方式。中国故事只有"错",而"错"这个字既是"错误"之错也是"交错"之错,交错不是什么严重的事,只是两人或两事交互的作用——在人与人的盘根错节间就算是错也不怎么样。像百花之仙,待历经尘劫回来,依旧是仙,仍旧冰清玉洁馥馥郁郁,仍然像掌理军机令一样准确地依时开花。就算在受刑期间,那也是一场美丽的受罚,她们是人间女儿,兰心蕙质,生当大唐盛世,个个"纵其才而横其艳",直令千古以下,回首乍望的我忍不住意飞神驰。

年轻,有许多好处,其中最足以傲视人者莫过于"有本钱去错"。年轻人犯错,你总得担待他三分——

有一次,我给学生订了作业,要他们每人念几十首诗,录在录音带上缴来。有的学生念得极好,有的又念又唱,极为精彩,有的却有口无心。苏东坡的"一年好景君须记,正是橙黄橘绿时",不知怎么回事,有好几个学生念成"一年好景须君记",我听了,一面摇头莞尔,一面觉得也罢,苏东坡大约也不会太生气。本来的句子是"请你要记得这些好景致",现在变成了"好景致得要你这种人来记",这种错法反而更见朋友之间相知相重之情了。好景年年有,但是,得要有好人物来记才行呀!你,就是那可以去记住天地岁华美好面的我的朋友啊!

有时候念错的诗也自有天机欲泄,也自有密码可索,只要你有一颗肯接纳的心。

在中国,那些小小的差误,那些无心的过失,都有如偏离大道以后的岔路。岔路亦自有其可观的风景,"曲径"似乎反而理直气壮地可以"通幽"。错有错着,生命和人世在其严厉的大制约和惨烈的大叛逆之外也何妨采中国式的小差错小谬误或小小的不精确。让岔路可以是另一条大路的起点,容错误是中国式故事里急转直下的美丽情节。

生活赋

生活赋
描容
衣衣不舍
种种有情
谁敢
专宠
我有一个梦
"你的侧影好美!"
音乐教室
我交给你们一个孩子
雨天的书
酿酒的理由
一抹绿
一半儿春愁,一半儿水

生活赋

——生活是一篇赋,萧索的由绚丽而下跌的令人悯然的《长门赋》——

巷 底

巷底住着一个还没有上学的小女孩,因为脸特别红,让人还来不及辨识她的五官之前就先喜欢她了——当然,其实她的五官也挺周正美丽,但让人记得住的,却只有那一张红扑扑的小脸。

不知道她有没有父母,只知道她是跟祖母住在一起的,使人吃惊的是那祖母出奇的丑,而且显然可以看出来,并不是由于老才丑的。她几乎没有鼻子,嘴是歪的,两只眼如果只是老眼昏花倒也罢了,她却还偏透着邪气的凶光。

她人矮,显得叉着脚走路的两条腿分外碍眼,我也不知道她怎么受的,她已经走了快一辈子路了,却是永远分明是一只脚向东,一只脚朝西。

她当日做些什么,我不知道,印象里好像她总在生火,用一只老式的炉子,摆在门口当风处,噼里啪啦地扇着,嘴里不干不净地咒着。她的一张丑皱的脸模糊地隔在烟幕之后,一双火眼金睛却暴露得可以直破烟雾的迷阵,在冷湿的落雨的黄昏,行人会在猛然间以为自己已走入邪恶的黄雾——在某个毒瘴四腾的沼泽旁。

她们就那样日复一日地住在巷底的违章建筑里,小女孩的红颓日复一日地盛开,老太婆的脸像经冬的风鸡日复一日地干缩,炉子日复一日地像口魔缸似的冒着张牙舞爪的浓烟。

——这不就是生活吗?一些稚拙的美,一些惊人的丑,以一种牢不可分的天长地久的姿态栖居在某个深深的巷底。

麻糬车

不知在什么时候,由什么人,补造了"麻""糬"两个字。(武则天也不过造了十九个字啊!)

曾有一个古代的诗人,吃了重阳节登高必吃的"糕",却不敢把"糕"字放进诗篇。《诗经》里没用过'糕'字啊,"他分辩道,"我怎么能贸然把'糕'字放在诗里去呢?"

正统的文人有一种可笑而又可敬的执着。

但老百姓全然不管这一回事,他们高兴的时候就造字,而且显然也很懂得"形声"跟"会意"的造字原则。

我喜欢"麻糬"这两个字,看来有一种原始的毛氄氄的感觉。

我喜欢"麻糬",虽然它的可口是一种没有性格的可口。

我喜欢麻糬车,我形容不来那种载满了柔软、甜蜜、香腻的小车怎样在孩子群中贩卖欢乐。麻糬似乎只卖给小孩,当然有时也卖给老人——只是最后不免仍然到了孩子手上。

我真正最喜欢的还是麻糬车的节奏,不知为什么,所有的麻糬车都用他们这一行自己的音乐,正像修伞的敲铁片,卖馄饨的敲碗,卖番薯的摇竹筒,都各有一种单调而粗糙的美感。

麻糬车用的"乐器"是一个转轮,轮子转动处带起一上一下的两根铁杆,碰得此起彼落的"空""空"地响,不知是不是用来象征一种古老的舂米的音乐。讲究的小贩在两根铁杆上顶着布袋娃娃,故事中的英雄和美人,便一起一落地随着转轮而轮回起来了。

铁杆轮流下撞的速度不太相同,但大致是一秒钟响二次,或者四次。这根起来,那根就下去;那根起来,这根就下去。并且也说不上大起大落,永远在巴掌大的天地里沉浮。沉下去的不过沉一个巴掌,升上去的亦然。

跟着䴢䴢车走,最后会感到自己走入一种寒栗的悸怖。陈旧的生锈的铁杆上悬着某些知名的和不知名的帝王将相,某些存在的或不存在的后妃美女,以一种绝情的速度彼此消长,在广漠的人海中重复着一代与一代之间毫无分别的乍起乍落的命运。难道这不就是生活吗?以最简单的节奏叠映着占卜者口中的"凶"、"吉"、"悔"、"咎"。滴答之间,跃起落下,许多生死祸福便已告完成。

无论什么时候,看到䴢䴢车,我总忍不住地尾随而怅望。

食 橘 者

冬天的下午,太阳以漠然的神气遥遥地笼罩着大地,像某些曾经蔓烧过一夏的眼睛,现在却混然遗忘了。

有一个老人背着人行道而坐,仿佛已跳出了杂沓的脚步的轮回,他淡淡地坐在一片淡淡的阳光里。

那老人低着头,很专心地用一只小刀在割橘子皮。那是"椪柑"种的橘子,皮很松,可以轻易地用手剥开,他却不知为什么拿着一把刀工工整整地划着,像个石匠。

每个橘子他照例要划四刀,然后依着刀痕撕开,橘子皮在他手上盛美如一朵十字科的花。他把橘肉一瓣瓣取下,仔细地摘掉筋络,慢慢地一瓣瓣地吃,吃完了,便不急不徐地拿出另一个来,耐心地把所有的手续再重复一遍。

那天下午,他就那样认真地吃着一瓣一瓣的橘子,参禅似的凝止在一种不可思议的安静里。

描容

一

有一次,和朋友约好了搭早晨七点的车去太鲁阁公园管理处。不料闹钟失灵,醒来时已经七点了。

我跳起来,改去搭飞机,及时赶到。管理处派人来接,但来人并不认识我,于是先到的朋友便七嘴八舌把我形容一番:

"她信基督教。"

"她是写散文的。"

"她看起来好像不紧张,其实,才紧张呢!"

形容完了,几个朋友自己也相顾失笑,这么一堆抽象的说词,叫那年轻人如何在人堆里把要接的人辨认出来?

事后,他们说给我听,我也笑了,一面佯怒,说:

"哼,朋友一场,你们竟连我是什么样子也说不出来,太可恶了。"

转念一想,却也有几分惆怅——其实,不怪他们,叫我自己来形容我自己,我也一样不知从何说起。

二

有一年,带着稚龄的小儿小女全家去日本,天气正由盛夏转秋,人到富士山腰,租了匹漂亮的栗色大马去行山径。低枝拂额,山鸟上下,"随身听"里播着新买来的"三弦"古乐。抿一口山村自酿的葡萄酒,淡淡的红,淡淡的芬芳……蹄声嘚嘚,旅途比预期的还要完美……

然而,我在一座山寺前停了下来,那里贴着一张大大的告示,由不得人不看。告示上有一幅男子的照片,奇怪的是那日文告示,我竟也大致看明白了。它的内容是说,两个月前有个六十岁的男子登山失踪了,他身上靠腹部地方因为动过手术,有条十五厘米长的疤口,如果有人发现这位男子,请通知警方。

叫人用腹部的疤来辨认失踪的人,当然是假定他已是尸体了。否则凭名字相认不就可以了吗?

寺前痴立,我忽觉大恸,这座外形安详的富士山于我是闲来的行脚处,于这男子却是残酷的埋骨之地啊!时乎,命乎,叫人怎么说呢?

而真正令我悲伤的是,人生至此,在特征栏里竟只剩下那么简单赤裸的几个字:"腹上有十五厘米长的疤痕!"原来人一旦撒手了,所有人间的形容词都顿然失效,所有的学历、经验、头衔、土地、股票持份或功勋伟绩全都不相干了,真正属于此身的特点竟可能只是一记疤痕或半枚蛀牙。

山上的阳光淡寂,火山地带特有的黑土踏上去松软柔和,而我意识到山的险巇。每一转折都自成祸福,每一岔路皆隐含杀机。如我一旦失足,则寻人告示上对我的形容词便没有一句会和我平生努力以博得的成就有关了。

我站在寺前,站在我从不认识的山难者的寻人告示前,黯然落泪。

三

所有的"我",其实不都是一个名词吗?可是我们是复杂而又啰嗦的人类,我们发明了形容词——只是我们在形容自己的时候却又忽然辞穷。一个完完整整的人,岂是能用三言两语胡乱描绘的?

对我而言,做小人物并没什么不甘,却有一项悲哀,就是要不断地填表格,不断把自己纳入一张奇怪的方方正正的小纸片。你必须不厌其烦地告诉人家你是哪年生的?生在哪里?生日是哪一天?(奇怪,我为什么要告诉他我的生日呢?他又不送我生日礼物。)家住哪里?学历是什么?身份证号码几号?护照号码几号?几月几日在哪里签发的?公保证号码几号?好在我颇有先见之明,从第一天起就把身份证和护照号码等一概背得烂熟,以便有人要我填表时可以不经思索熟极而流。

然而,我一面填表,一面不免想"我"在哪里啊?我怎会在那张小小的表格里呢?我填的全是些不相干的资料啊!资料加起来的总和并不是我啊!

尤其离奇的是那些大张的表格,它居然要求你写自己的特长,写自己的语文能力,自己的缺点……奇怪,这种表格有什么用呢?你把它发给梁实秋,搞不好,他谦虚起来,硬是只肯承认自己"粗通"英文,你又如何?你把它发给甲级流氓,难道他就承认自己的缺点是"爱杀人"吗?

我填这些形容自己的资料也总觉不放心。记得有一次填完"缺点"以后,我干脆又慎重地加上一段:"我填的这些缺点其实只是我自己知道的缺点,但既然是知道的缺点,其实就不算是严重的缺点。我真正的缺点一定是我不知道或不肯承认的。所以,严格地说,我其实并没有能力写出我的缺点来。"

对我来说,最美丽的理想社会大概就是不必填表的社会吧!那样的社会,你一个人在街上走,对面来了一位路人,他拦住

你,说:

"咦?你不是王家老三吗?你前天才过完三十九岁生日是吧?我当然记得你生日,那是元宵节前一天嘛!你爸爸还好吗?他小时顽皮,跌过一次腿,后来接好了,现在阴天犯不犯痛?不疼?啊,那就好。你妹妹嫁得还好吧?她那丈夫从小就不爱说话,你妹妹叽叽呱呱的,配他也是老天爷安排好的。她耳朵上那个耳洞没什么吧?她生出来才一个月,有一天哭个不停,你嫌烦,找了根针就去给她扎耳洞,大人发现了,吓死了,要打你,你说因为听说女人扎了耳洞挂了耳环就可以出嫁了,她哭得人烦,你想把她快快扎了耳洞嫁掉算了!你说我怎么知道这些事,怎么不知道?这村子上谁家的事我不知道啊?……"

那样的社会,人人都知道别家墙角有几株海棠,人人都熟悉对方院子里有几只母鸡,表格里的那一堆资料要它何用?

其实小人物填表固然可悲,大人物恐怕也不免此悲吧?一个刘彻,他的一生写上十部奇情小说也绰绰有余。但人一死,依照谥法,也只落一个汉武帝的"武"字,听起来,像是这人只会打仗似的。谥法用字历代虽不太同,但都是好字眼,像那个会说出"何不食肉糜?"的皇帝,死后也混到个"惠帝"的谥号。反正只要做了皇帝,便非"仁"即"圣",非"文"即"武",非"睿"即"神"……做皇帝做到这样,又有什么意思呢?长长的一生,最后只剩下一个字,冥冥中仿佛有一排小小的资料夹,把汉武帝跟梁武帝放在一个夹子里,把唐高宗和清高宗做成编类相同的资料卡。

悲伤啊,所有的"我"本来都是"我",而别人却急着把你编号归类——就算是皇帝,也无非放进镂金刻玉的资料夹里去归类吧!

相较之下,那惹人訾议的武则天女皇就佻达多了。她临死之时嘱人留下"无字碑"。以她当时身为母后的身份而言,还会没有当朝文人来诔墓吗？但她放弃了。年轻时，她用过一个名字来形容自己，那是"曌"（读作"照"），是太阳、月亮和晴空。但年老时，她不再需要任何名词，更不需要形容词。她只要简简单单地死去，像秋来喑哑萎落的一只夏蝉，不需要半句赘词来送终。她赢了，因为不在乎。

四

而茫茫大荒，漠漠今古，众生平凡的面目里，谁是我，我又复是谁呢？我们却是在乎的。

明传奇《牡丹亭》里有个杜丽娘，在她自知不久于人世之际，一意挣扎而起，对着镜子把自己描绘下来，这才安心去死。死不足惧，只要能留下一副真容，也就扳回一点胜利。故事演到后面，她复活了，从画里也从坟墓里走了出来，作者似乎相信，真切地自我描容，是令逝者能永存的惟一手法。

米开朗基罗走了，但我们从圣母垂眉的悲悯中重见五百年前大师的哀伤。而整套完整的儒家思想，若不是以仲尼站在大川上的那一声"逝者如斯夫！不舍昼夜"的长叹作底调，就显得太平板僵直，如道德教条了。一声轻轻的叹息，使我们惊识圣者的华颜。那企图把人间万事都说得头头是道的仲尼，一旦面对巨大而模糊的"时间"对手，也有他不知所措的悸动！那声叹息于我有如两千五百年前的录音带，至今音纹清晰，声声入耳。

艺术和文学，从某一个角度看，也正是一个人对自己的描容吧？而描容者是既喜悦又悲伤的，他像一个孩子，有点"人来疯"，他急着说：

"你看，你看，这就是我，万古宇宙，就只有这么一个我啊！"

然而诗人常是寂寞的——因为人世太忙，谁会停下来听你说

"我"呢?

马来西亚有个古旧的小城叫"马六甲",我在那城里转来转去,为五百年来中国人走过的脚步惊喜叹服。正午的时候,我来到一座小庙。

然而我不见神明。

"这里供奉什么神?"

"你自己看。"带我去的人笑而不答。

小巧明亮的正堂里,四面都是明镜,我瞻顾,却只见我自己。

"这庙不设神明——你想来找神,你只能找到自身。"

只有一个自身,只有一个一空依傍的自我,没有莲花座,没有祥云,只有一双踏遍红尘的鞋子,载着一个长途役役的旅人走来,继续向大地叩问人间的路径。

好的文学艺术也恰如这古城小庙吧?香客在环顾时,赫然于镜鉴中发现自己,见到自己的青青眉峰,盈盈水眸,见到如周天运行生生不已的小宇宙——那个"我"。

某甲在画肆中购得一幅大大的弥天盖地的"泼墨山水",某乙则买到一张小小的意态自足的"梅竹双清",问者问某甲说:"你买了一幅山水吗?"某甲说:"不是,我买的是我胸中的丘壑。"问者转问某乙:"你买了一幅梅竹吗?"某乙回答说:"不然,我买的是我胸中的逸气。"描容者可以描摹自我的眉目,肯买货的人却只因看见自家的容颜。

衣衣不舍

一

据说有人用写日记来记录个人历史,有人用照片,而我,用衣服。

如果人生如戏的话,我最感兴趣的既不是情节,也不是人物,反而是服装、道具和灯光舞台。

看张爱玲的《对照记》,不知怎的,只觉一个女人的一生好像最后只留下几件衣服的回忆,当然不只是衣服,而是那件衣服里的自己,自己的身体。像余光中的诗里说的,拥抱你的,是大衣。

二

我很怀念古代(所谓"古",是指五十年前),那时候据说有一种小偷,专偷衣服,他们有一种特技,就是用长竹竿绑个钩子,从人家的窗子里伸进去钩衣服。

"他们偷衣服能干吗呢?"新新人类一定大惑不解。

啊,新新人类哪里会懂,衣服,甚至旧衣服,在那个时代都算是一笔资产,值得偷,有资格进当铺,还可以当遗产分赠。

早年,在我屏东的老家,也常有原住民站在矮墙外,用腔调奇特的普通话叫道:

"太太,有没有旧衣服,我拿小米跟你换啦!"

弟弟妹妹的衣服裤子后来就都去了三地门了。那时代的衣服像日本天皇,万世一系,代代相传,其间当然可能从大衣变短袄,但却常相左右,永不灭绝——我这样说,你大概有点明白我跟衣服之间的感情了。

三

三十年前的一个夏天,我到台南去赴一个写作营,和孙康宜住在同一间寝室(她那时还是文艺少女,读东海,现在都已是耶鲁大学的东亚系主任了),我当时正怀胎三月,人萎萎蔫蔫的,她当然看出来了,不久以后,知道的人就更多了。于是周围一时布满关爱的眼神。

"下了课你到我家来,我有东西给你。"说这话的是谭天钧大夫,她是当时旅美华人中有名的医生,专攻小儿癌症,但那段时间她因陪夫婿而回台湾小住。

我不知道这个名满天下的女医师有什么东西要给我?我们两人所学的东西相差太远,不料她居然抱出一堆衣服,说:

"这是我从前怀孕时穿的衣服,现在用不着了,想送给你。"

啊,原来是最原始的女人和女人之间的事,我欣然拿回了那包衣服,只是心里有些纳闷,她的女儿已经五六岁了,她这些衣服为什么迟迟没有送出去呢?是本来打算再生一个后来却又放弃了呢?还是"宝剑赠英雄"不看到顺眼的人就不轻易相赠呢?她回台虽也去荣总,但是短期客卿身份,东西带的当然愈少愈好,为什么偏又带着这些衣服呢?是为了温暖的回忆吗?不知道,我把玩着那些衣服,觉得衣服像是活的,还可以听到上一个孩子的胎音。

我当时因为身材尚未膨胀,一时还用不着,所以衣服便只能挂在那里提供想象了。那些衣服设计精良,基本上都是一套两件式的。裙子在肚子部分挖一个洞，上衣则作金钟形，可以罩住那件有洞的裙子。

其中有一套是高领窄裙，穿来简直像旗袍，它的花色又以黄菊为主，那年头好像只有西方人才会设计出那么东方味道的衣服。

到了十一月，肚子真的大起来了，我去领中山文艺散文奖，穿的便是其中一套蓝绿色的孕妇装。这些衣服，我至今留着，在寸土寸金的台北，留一柜子不穿的衣服实在不可思议，但我把它定位为"家史馆"，并且至今并没有打算取消这项编制。

四

"家史馆"里当然还有其他成员的东西，例如父亲年轻时穿的长筒马靴，以及他年老时家居穿的黑色布鞋。丈夫在婚礼中穿的上衣是铁灰色的，微有光泽。还有孩子上幼稚园时穿的小围兜，上面分明还绣着"卫理幼稚园"的字样，然而一瞬间，柜中已加挂了他的博士袍，加州理工学院的化学博士，我多么不习惯听旁人叫他Dr. 林啊！仿佛昨天他还是穿围兜的小孩，在幼稚园里玩跷跷板，啊，不要告诉我他已是三十岁的"博士后研究员"，我只能相信他仍是一个小孩，只不过此刻他不在玩跷跷板，而在玩实验室中的试管。也许我更记得的是，孕妇衣上挖开一个好玩洞，洞里冒出圆圆的肚子，而他曾躲在那肚子里如一个待猜的深奥的谜底……

女儿的衣服就更复杂了，粉红色用毛线钩出的洋装，是阿姨的手泽。酪梨绿的那一件是她五岁时的第一件小礼服，穿上那件衣服你忽然发觉有个小淑女在隐隐成形。蜡染布的那一件很有南洋风，是她小学六年级的时候自己大胆剪裁并且车成的……啊，不要忘记角落里那把小洋伞，故事要拉到一九四八年，当时我的六阿姨和一位飞行员结婚，去西湖度蜜月，回来买了一把丝绸伞来相赠，伞面上画的是断桥残雪,绸子作绯红色,轻轻地撑开啊,轻轻地撑,五十三年前的蚕和它们的丝茧,五十三年前的雪景,五十三年前的湖光,五十三年前一个美丽女子的新婚旅行……

咦,衣橱下面怎么会有一个椭圆形的塑胶小红盆呢,啊,想起来了,那是儿子女儿小时候洗澡用的。啊!那时候他们的身体是多么多么小啊!

五

"家史馆"中不是家人衣服的也有一件,那是朋友的。

韩伟院长走的时候是一九八五年,那一年,他才五十六岁,我去找韩大嫂,说:"可不可以把韩大哥那件红色苏格兰格子上衣送我,我一直记得他穿这件衣服的时候,那种温暖的感觉。"韩大嫂便在出外前把这件衣服找出来分给了我。一九九九年年尾,我的丈夫还穿着这件衣服去参加圣诞子夜崇拜,十六年了,重见故人的衣服,竟仿佛看到捐赠移植因而继续活着的器官,令人疑幻疑真,一时泪如雨下。

六

家人不太轻易去靠近那衣橱,动人的东西总不宜常碰。偶然一窥,仿佛打开时光隧道,令人衣衣不舍,因为衣衣各有其故事。

你信不信?每件衣服里都曾住过一个"我",都值得回顾回恋。蝉蜕里住过蝉,贝壳里住过柔软的贝肉,霓裳羽衣里住过肤如凝脂的杨玉环,纤纤的绣花鞋里住着受苦的三寸金莲。某些贴身的毛衣甚至留下主人弯肘的角度,看了不免要牵动最脆弱的柔情。

身体消失了,留下的是衣服,一件一件,半丝半缕,令人依依不舍。

种种有情

有时候,我到水饺店去,饺子端上来的时候,我总是怔怔地望着那一个个透明饱满的形体,北方人叫它"冒气的元宝",其实它比冷硬的元宝好多了,饺子自身是一个完美的世界,一张薄茧,包覆着简单而又丰盈的美味。

我特别喜欢看的是捏合饺子边皮留下的指纹,世界如此冷漠,天地和文明可能在一刹那之间化为炭劫,但无论如何,当我坐在桌前,上面摆着的某个人亲手捏合的饺子,热雾腾腾中,指纹美如古陶器上的雕痕,吃饺子简直可以因而神圣起来。

"手泽"为什么一定要拿来形容书法呢?一切完美的留痕,甚至饺皮上的指纹不都是美丽的手泽吗?我忽然感到万物的有情。

巷口一家饺子馆的招牌是正宗川味山东饺子馆,也许是一个四川人和一个山东人合开的,我喜欢那招牌,觉得简直可以画入清明上河图,那上面还有电话号码,前面注着 TEL,算是有了三个英文字母,至于号码本身,写的当然是阿拉伯文,一个小招牌,能涵容了四川、山东、中文、阿拉伯(数)字、英文,不能不说是一种可爱。

校车反正是每天都要坐的,而坐车看书也是每天例有的习惯,有一天,车过中山北路,劈头栽下一片叶子竟把手里的宋诗打得有了声音,多么令人惊异的断句法。

原来是通风窗里掉下来的,也不知是刚刚新落的叶子,还是某棵树上的叶子在某时候某地方,偶然憩在偶过的车顶上,此刻又偶然掉下来的,我把叶子揉碎,它是早死了,在此刻,它的芳香在我的两掌复活,我揸开微绿的指尖,竟恍惚自觉是一棵初生的树,并且刚抽出两片新芽,碧绿而芬芳,温暖而多血,镂饰着奇异的脉络和纹路,一叶在左,一叶在右,我是庄严地合着掌的一截新芽。

两年前的夏天,我们到堪萨斯去看朱和他的全家——标准的神仙眷属,博士的先生,硕士的妻子,数目"恰恰好"的孩子,可靠的年薪,高尚住宅区里的房子,房子前的草坪,草坪外的绿树,绿树外的蓝天……

临行,打算合照一张,我四下浏览,无心地说:

"啊,就在你们这棵柳树下面照好不好?"

"我们的柳树?"朱忽然回过头来,正色地说,"什么叫我们的柳树?我们反正是随时可以走的!我随时可以让它不是'我们的柳树'。"

一年以后,他和全家都回来了,不知堪萨斯城的那棵树如今属于谁——但朱属于这块土地,他的门前不再有柳树了,他只能把自己栽成这块土地上的一片绿意。

春天,中山北路的红砖道上有人手拿着用粗绒线做的长腿怪鸟在兜卖,风吹着鸟的瘦胫,飘飘然好像真会走路的样子。

有些西方人忍不住停下来买一只。

忽然,有个台湾女人停了下来,她不顶年轻,大概三十左右,一看就知是由于精明干练日子过得很忙碌的女人。

"这东西很好,"她抓住小贩,"一定要外销,一定赚钱,你到某某路某某巷某号二楼上去,一进门有个×小姐,你去找她,她一定会想办法给你弄外销!"

然后她又回头重复了一次地址,才放心走开。

台湾怎能不富,连路上不相干的路人也会指点别人怎么做外销，其实，那种东西厂商也许早就做外销了，但那女人的热心，真是可爱得紧。

暑假里到中部乡下去，弯入一个岔道，在一棵大榕树底下看到一个身架特别小的孩子，把几根绳索吊在大树上，他自己站在一张小板凳上，结着简单的结，要把那几根绳索编成一个网花盆的吊篮。

他的母亲对着他坐的大门口，一边照顾着杂货店，一边也编着美丽的结，蝉声满树，我停下来搭讪着和那妇人说话，问她卖不卖，她告诉我不能卖，因为厂方签好契约是要外销的。带路的当地朋友说他们全是不露声色的财主。

我想起那年在美国逛梅西公司，问柜台小姐那架录音机是不是台湾做的，她回了一句：

"当然，反正什么都是日本跟台湾来的。"

我一直怀念那条乡下无名的小路，路旁那一对富足的母子，以及他们怎样在满地绿阴里相对坐编那织满了蝉声的吊篮。

我习惯请一位姓赖的油漆工人，他是客家人，哥哥做木工，一家人彼此生意都有照顾。有一年我打电话找他们，居然不在，因为到关岛去做工程了。

过了一年才回来。

"你们也是要三年出师吧。"有一次我没话找话跟他们闲聊。

"不用，现在两年就行。"

"怎么短了？"

"当然，现代人比较聪明！"

听他说得一本正经，顿时对人类前途都觉得乐观了起来，现代的学徒不用生炉子，不用倒马桶，不用替老板娘抱孩子，当然两年就行了。

我一直记得他们一口咬定现代人比较聪明时脸上那份尊严的笑容。

老王是一个包工工头,圆滚滚的身材加上圆头圆脸圆眼睛——甚至还有个圆鼻子。

可是我一直觉得他简直诗意得厉害。

一张估价单,他也要用毛笔写,还喜欢盯着人问:"怎么?这笔字不顶难看吧?"

碰到承包大工程,他就要一个人躲到乌来去,在青山绿水之间仔细推敲工和料的盈亏。

有一次,偶然闲谈,他兴高采烈地提到他在某某地方做过工程。那是一个军事单位。

"有人说那里有核子弹,你看到没有?"

"当然有!"

"有,又怎么会让你看见?"我笑了起来。

"老实说,我也没看见,"他也笑起来,不过仍是理直气壮的,"不过,有,我也说有,没有,我也说有,反正我就是硬要说它有。我们做老百姓的就是这样。"

有没有核子弹忽然变得不重要,有老王这样的人才是件可爱的事。

学校下面是一所大医院,黄昏的时候,病人出来散步,有些探病的人也三三两两地散步。

那天,我在山径上便遇见了几个这样的人。

习惯上,我喜欢走慢些去偷听别人说话。

其中有一个人,抱怨钱不经用,抱怨着抱怨着,像所有的中老年人一样,话题忽然就回到四十年前一块钱能买几百个鸡蛋的老故事上去了。

忽然,有一个人憋不住地叫了起来:

"你知道吗,抗战前,我念初中,有一次在街上捡到一张钱,哎呀,后来我等了一个礼拜天,拿着那张钱进城去,又吃了馆子,又吃了冰淇淋,又买了球鞋,又买了字典,又看了电影,哎呀,钱居然还没有花完呐……"

山径渐高,黄昏渐冷。

我驻下脚,看他们渐渐走远,不知为什么,心中涌满了对黄昏时分霜鬓的陌生客的关爱,四十年前的一个小男孩,曾被突来的好运弄得多么愉快,四十年后山径上薄凉的黄昏,他仍然不能忘记……不知为什么,我忽然觉得那人只是一个小男孩,如果可能,我愿意自己是那掉钱的人,让人世中平白多出一段传奇故事……

无论如何,能去细味另一个人的惆怅也是一件好事。

元旦的清晨,天气异样的好,不是风和日丽的那种好,是清朗见底毫无渣滓的一种澄澈。我坐在计程车上赶赴一个会,路遇红灯时,车龙全停了下来,我无聊地探头窗外,只见两个年轻人骑着机车,其中一个说了几句话忽然兴奋地大叫起来:"真是个好主意啊!"我不知他们想出了什么好主意,但看他们阳光下无邪的笑脸,也忍不住跟着高兴起来,不知道他们的主意是什么主意,但能在偶然的红灯前遇见一个以前没见过以后也不会见到的人真是一个奇异的机缘。他们的脸我是记不住的,但那不重要,重要的是我记得他们石破天惊的欢呼,他们或许去郊游,或许去野餐,或许去访问一个美丽的笑面如花的女孩,他们有没有得到他们预期的喜悦,我不知道,但我至少得到了,我惊喜于我能分享一个陌路的未曾成形的喜悦。

有一次,路过香港,有事要和乔宏的太太联络,习惯上我喜欢凌晨或午夜打电话——因为那时候忙碌的人才可能在家。

"你是早起的还是晚睡的?"

她愣了一下。

"我是既早起又晚睡的,孩子要上学,所以要早起,丈夫要拍戏,所以要晚睡——随你多早多晚打来都行。"

这次轮到我愣了,她真厉害,可是厉害的不止她一个人。其实,所有为人妻为人母的大概都有这份本事——只是她们看起来又那样平凡,平凡得自己都弄不懂自己竟有那么大的本领。

女人,真是一种奇怪的人,她可以没有籍贯、没有职业,甚至没有名字地跟着丈夫活着,她什么都给了人,她年老的时候拿不到一文退休金,但她却活得那么劲头,她可以早起可以晚睡,可以吃得极少可以永无休假地做下去。她一辈子并不清楚自己是在付出还是在拥有。

资深主妇真是一种既可爱又可敬的角色。

文艺会谈结束的那天中午,我因为要赶回宿舍找东西,午餐会上迟到了三分钟,慌慌张张地钻进餐厅,席次都坐好了,大家已经开始吃了,忽然有人招呼我过去坐,那里刚好空着一个座位,我不加考虑地就走过去了。

等走到面前,我才呆了,那是谢东闵主席右首的位子,刚才显然是由于大家谦虚而变成了空位,此刻却变成了我这个冒失鬼的位子,我浑身不自在起来,跟"大官"一起总是件令人手足无措的事。

忽然,谢主席转过头来向我道歉:

"我该给你夹菜的,可是,你看,我的右手不方便,真对不起,不能替你服务了。你自己要多吃点。"

我一时傻眼望着他,以及他的手,不知该说什么。那只伤痕犹在的手忽然美丽起来,炸得掉的是手指,炸不掉的是一个人的风格和气度。我拼命忍住眼泪,我知道,此刻,我不是坐在一个"大官"旁边,而是一个温煦的"人"的旁边。

经过火车站的时候,我总忍不住要去看留言牌。

那些粉笔字不知道铁路局允许它保留半天或一天,它们不是宣纸上的书法,不是金石上的篆刻,不是小笺上的墨痕,它们注定立刻便要消逝——但它们存在的时候,它是多好的一根丝缘,就那样绾住了人间种种的牵牵绊绊。

我竟把那些句子抄了下来:

锻:久候未遇,已返,请来龙泉见。

春花:等你不见,我走了(我二点再来)。荣。

展:我与姨妈往内埔姐家,晚上九时不来等你。

每次看到那样的字总觉得好,觉得那些不遇、焦灼、愚痴中也自有一份可爱。一份人间的必要的温度。

还有一个人,也不署名,也没称谓,只扎手扎脚地写了"吾走矣"三个大字,板黑字白,气势好像要突破挂板飞去的样子。也不知道究竟是写给某一个人看的,还是写给过往来客的一句诗偈,总之,令人看得心头一震!

《红楼梦》里麻鞋鹑衣的疯道人可以一路唱着《好了歌》,告诉世人万般"好"都是因为"了断"尘缘,但为什么要了断呢?每次我望着大小驿站中的留言牌,总觉万般的好都是因为不了不断,不能割舍而来的。

天地也无非是风雨中的一座驿亭,人生也无非是种种羁心绊意的事和情,能题诗在壁总是好的!

谁敢

那句话,我是在别人的帽徽上读到的,一时找不出好的翻译,就照英文写出来,用图钉按在研究室的绒布板上,那句话是:

Who dares wins. (勉强翻,也许可以说:"谁敢,就赢!")

读别人帽徽上的话,好像有点奇怪,我却觉得很好,我喜欢读白纸黑字的书,但更喜欢写在其他素材上的话。像铸在洗濯大铜盘上的"苟日新、日日新、又日新"。像清风过处,翻起文天祥的囚衣襟带上一行"孔曰成仁,孟曰取义……读圣贤书,所学何事……"像古埃及的墓石上刻的"我的心,还没有安睡"。喜欢它们,是因为那里面有呼之欲出的故事。而这帽徽上的字亦自有其来历,它是英国第二十二特种空勤部队(简称 S. A. S)的"队标"(如果不叫"队训"的话)。这个兵团很奇怪,专门负责不可能达到的任务,一九八〇年,他们在伦敦太子门营救被囚于伊朗大使馆里的人质。不到十五分钟,便制伏了恐怖分子,救出十九名人质,至今没有人看到这些英雄的面目,他们行动时一向戴着面套,他们的名字也不公布,他们是既没有名字也没有面目的人,世人只能知道他们所做的事情。

"Who dares wins."

这样的句子绣在帽徽上真是沸扬如法螺,响亮如号钹。而绣有这样一句话的帽子里面,其实藏有一颗头颅,一颗随时准备放弃的头颅。看来,那帽徽和那句话恐怕常是以鲜血为插图为附注的吧!

我说这些干什么?

我要说的是任何行业里都可以有英雄。没有名字,没有面目,但却是英雄。那几个字钉在研究室的绒布板上,好些年了,当时用双钩钩出来的字迹早模糊了,但我偶然驻笔凝视之际,仍然气血涌动,胸臆间鼓荡起五岳风雷。

医者是以众生的肉身为志业的,而"肉身"在故事里则每是几生几世修炼的因缘,是福慧之所凝聚,是悲智之所交集,一个人既以众生的肉身为务,多少也该是大英雄大豪杰吧?

我所以答应去四湖领队,无非是想和英雄同行啊!"谁敢,就赢!"医学院里的行者应该是勇敢的,无惧于课业上最大的难关,无惧于漫漫长途间的困顿颠踬,勇于在砾土上生根,敢于把自己豁向茫茫大荒。在英雄式微的时代,我渴望一见以长剑劈开榛莽,一骑遍走天下的人。四湖归来,我知道昔日山中的一小注流泉已壮为今日的波澜,但观潮的人总希望看到一波复一波的浪头,腾空扑下,在别人或见或不见之处,为岩岬开出雪白的花阵。但后面的浪头呢,会及时开拔到疆场上来吗?

谁敢,就赢。

敢于构思,敢于投身,敢于自期自许,并且敢于无闻。

敢于投掷生命的,如 S.A.S. 会赢得一番漂亮的战果。敢于深植生命如一粒麦种的阳明人,会发芽蹿进,赢得更丰盈饱满的生命。有人敢吗?

专宠

那天早晨,天无端地晴了,使人几乎觉得有点不该,昨天才刚晴过,难道今天还有如此运气再晴一天?那阵子被早春的风风雨雨折磨怕了,竟然连阳光也不敢信任起来。

从研究室的窗子望出去,相思林里已经有一两棵开了黄花,仿佛春天出了题目,那才思敏捷的便先交了卷。

到了九点钟,阳光的这份情看起来是认真而负责的,不像会随时溜走的样子。山路经过昨天和今天,想来应该干爽了,我于是打电话叫朋友来分享后山相思林里的花香,结果一个说:"妈妈病了。"

另一个说:"要赶着送东西给明天去美国的一位太太,让她到美国的时候顺道带给姐组。"

唉,真复杂。

还有一个更可恶,居然说:

"如果你昨天通知我或许还可以,今天临时不行,我的车子出去跑业务了,一时回不来。"

"活见鬼咧,"我心里想,"昨天,昨天我怎么通知你,昨天连我自己也不知道我今天会想爬山啊,别说我,连太阳老兄也没决定他要不要出来执勤呢。"

小小的旅行团组不成,我于是决定自己一个人出发。星期六的中午,一切都可以了断的一刹那,我离开书桌,循着花香的暗记一路行去。此刻只觉自己是"天下第一闲人",又觉得自己是古代强霸的独擅专宠的嫔妃,在大化的纵容里据定一座春山做我的昭阳官或者长生殿。

多好的事情!

每到春天,漫说大化宠我,连我自己也宠惜起自己来。纵容自己疏懒,纵容自己不务正业,纵容自己疯疯癫癫。

前几天,和阿伦阿机疯到高速公路上去了,车近台中忽见一行羊蹄甲,一棵一棵全专心致意地开着,三个人忍不住尖声鬼叫起来,阿伦起先还忍着,终于忍不住,把车子往路旁停了下来。

"高速公路不准停车的呀!警察来了怎么办?"

"怎么办?我就说你们两个病了!"阿伦向来蛮悍。

"病了?什么病?"

"想看花的病!"

我们就那样又疯狂又安静地坐着,看风中一阵阵飘下花来,羊蹄甲的美像北地胭脂,非常凶霸,眼看它一批批往下落,树上的阵容却老也不减,这样的场面要连演一个月,它才肯换上绿叶的新戏码。

那天正坐着,一朵花蓦然叩到扫雨器上来了,另一朵更过分,竟然穿窗而入,直直地嵌入我的发茨。

看花,要趁时机啊,被花所看亦然。

所以在有花可看,有树可看的日子,疯一点,也不算过分,未来的人生成功立业是可以努力以致的,看花的权利却不是努力就拼得到手的。

走出研究室,由于天好,粉紫色的酢浆草和嫩黄色的小金英便开了一地。如果春天是一个美丽的、多层的大蛋糕,这些野花我想便应该看作"蛋糕的底层"——可是,不对,还有更低的底层,前些日子在植物园里,看见新荷乍浮,圆圆青青小小,像婴儿最无心机的凝视,却又因毫无心机而无不洞悉。那些水生的蘋藻与荷叶,与马蹄莲,与布袋莲,都可看作最基层的春天干部。

校园真是好地方,从小学入学的第一天,已经过了三分之一个世纪了,我从来没有离开校门一步,校园总有些花有些树有些草有孩子的歌声笛声吉他声,一年四季,看不完的时序,涌溢不尽的青春。想起前些日子在东海和一位朋友走过一大列盛开着细小白花的灌木丛,他悠然停步微笑,说:

"你知道,有时在这样春天的校园里走着走着,忽然间,我就羡慕起自己来了!"

我一时愕然。这句话他不说,我亦不知,他一说,我才觉得这正该是我要说的话啊,怎么倒被他先说了!世间若真有可羡之身,岂不正是我自己吗?而此"可羡之身"不是昨日之我,不是来日之我,正是此时此刻此风此雨此花此月之间的我啊!

学校附近的这座山叫鸟尖连峰,标高不过五百公尺,却已经足以看遍半个台北。山头是一块整个的大岩石,号称军舰岩,我每走到此处总想起那死于肺癌的卢光舜副院长,想他火化之后,曾将一半的骨灰洒在此处,只因这里可以守望他生前深爱的医院,这里曾有他壮年岁月最轻飏的登山脚踪,及至骨灰飘飘也无非等于最后一次最痛快的远足。

山河之美,宫室之胜应该与岁月与血脉与故事与人物相结合,这一点我是游罢伦敦西敏寺才知道的。随着逶迤的观光队伍看遍寺中的名人之墓,明明知道这一座一座华美的墓雕下,都有一段显赫的历史,但不管走过"血腥玛丽"或"但尼生",心中竟硬是丝毫感动不来,盛暑中我悄然伫足在阴凉的冢穴间,终于忍不住问自己一个问题:

"如果现在看的不是西敏寺,而是王嫱的昭君墓,杜甫的浣花草堂,或吴季札生死无违的挂剑台,我会不会也如此反应木然呢?"

不料只此一念,竟已心血沸扬,不能自抑,当下才明白原来有些"不亲"的东西即使面面相觑,也自不亲,必须有亲有分的东西才足以惊心动魄。

军岩舰如巨艨,在纷碧攘绿的山林巨浪中独航,本来已是一番美景,现在却因前人的风范和遗爱而益发有情有意起来。

有一种小花,白色的,匍伏在地上毫无章法地乱开一气,它长得那么矮,恍如刚断奶的孩子,独自依恋着大地的母怀,暂时不肯长高,而每一朵素色的花都是它烂漫的一笑。

初春的嫩叶照例不是浅碧而是嫩红。状如星雨的芒萁蕨如此。尖苞如纺锤的雀榕如此。柔枝纷披的菩提如此。想来植物年年也要育出一批"赤子",红彤彤的,血色充沛的元胎。

几乎每到春天,我就要嫉妒画家一次,像阿伦背着画架四处跑,仿佛看起风景来硬是比我们多了一重理由,使我差不多要自卑了。当然,我倒也不是终年羡慕他们,我只是说春天,在花事最盛的时候,一切都来不及的在演出在谢幕的时候,只有他们有权利将美一把拦截住,并且"标价出售"。

好在春天很快就过去了,我的妒意也在不知不觉间忘记了,直到翌年春天才会再犯。

不能画春天就吃一点春天也是好的。前些日子回娘家去看父母,早上,执意要自己上菜场买菜。说穿了哪里是什么孝心,只不过想去看看屏东小城的春蔬。一路走,一路看绿茎红根的菠菜,看憨憨白白的胖萝卜,看紫得痴愚的茄子,以及仿佛由千百粒碧玉坠子组成的苦瓜,而终于,我选了一把叫"过猫"的春蕨,兴冲冲拿回家炒了。想想那就是伯夷所食的薇,不觉兴奋起来,我把那份兴奋保密,直到上了饭桌才宣布。

"爸爸,你吃过蕨类没有?"

"吃过,那时在云南山里逃难,云南人是吃蕨的。"

当然,想来如此,云南如此多山多涧多烟岚,理当有鲜嫩可食的蕨。

"可是,在台湾没吃过。"

"喏,你看,这盘便是,叫'过猫',很好吃呢!"

"奇怪,怎么叫'过猫'?"爸爸小声嘀咕。

可是,我就是喜欢它叫过猫呢,我心里反驳道,它是一只顽皮的小野猫,不听话,不安分,却有一身用不完的精力,宜于在每一条山沟上跳来蹿去,处处留下它顽皮的足迹。

吃新上市的春蔬,总让我感到一种类似草食动物的咀嚼的喜悦。对不会描画春天的我而言,吃下春天似乎是惟一的补偿吧!

爬着山,不免微喘,喘息仿佛是肺纳的饥饿。由于饿,呼吸便甜美起来,何况这里是山间的空气,浮动着草香花香土香的小路。这个春天,我认真地背诵野花的名字"紫花藿香蓟"、"南国蓟"、"昭和草"、"桃金娘"、"鼠麴草"、"兰花参"、"通泉草"、"龙葵"、"睫穗蓼"……可恨的山野永远比书本丰富,我仍然说不出鼻孔里吸进去的芬芳有些什么名字。

最近几乎天天想到前人笔记里的"二十四番花信风",中国人真是好客,冬末春初我们惜花如待上宾,如对韵友。四个月里,一百二十天,每五日是一番花信,我们翘首以盼,原来花也是可以纳入一种秩序规矩的。喜欢《镜花缘》里的百花仙,喜欢有品有秩有纪律的美丽,一丝也错不得的——万一错了,还得领受惩罚贬入凡尘呢!

其实四个月里当然不止开了二十四种花,这满山的花也自不止二十四种,但能说出"二十四番花信风"的民族是聪明到懂得和花订好约会的民族——并且非常笃定地相信,群花自会一一前来践约。

不需要真的看遍梅花、水仙、桃花、杏花……麦花、桐花、柳花、荼蘼花、楝花,只消一想"二十四番花信风"这句话说得有多么好,已觉深意千重。一春花事,是说不尽的繁盛和殷勤啊!

唉,春天走路总是走不快,一路上有好多要看要听要闻要摸要思要想以及要兴奋要惆怅的东西。

终于,我独坐下来,不肯再走了,反正"百草千花寒食路",春天的山是走不完的。

整个山,只专宠一个像我这样平凡的女子,我开始有点感谢我的朋友不曾来,所有的天光,所有的鸟语,所有新抽的松蕊,所有石上的水痕,所有俯视和仰视的角度,所有已开和未开的花,都归我一个人独享——而且绝然不是由于我的努力认真才获得的报偿。相反的,正是由于我的疏狂懒散,我的无所图为,我的赖皮无状,才使我能走到这山上来,领略此刻的专宠。

在径旁坐久了,忽然从石头上蹦来一只土色的小蚱蜢,停在我的袖子上。我穿的衫子恰好也是自己喜欢的土褐色,想必这只今春才孵化的糊里糊涂的小蚱蜢误以为我也是一块岩石吧?想到这里,我忽然端肃起来,一动也不敢动,并且非常努力地扮演一块岩石,一时心里只觉好笑好玩,竟不断地告诉自己:"不要动,不要动,这只小蚱蜢刚出道,它以为你是岩石,你就当岩石好了——免得打击它的自信心。"

相持了几分钟,小蚱蜢还是跳走了,不知它临走时知不知道真相,它究竟是因停久了,觉得没趣才走的?还是因为这岩石居然有温度,有捶鼓式的音节自中心部分传来而恐惧不安才走的?不管怎么说,至少它一度视我为岩石,倒也令人自慰。如果我是智者,如果我来向石头说法,倒不须他们点头称是,只希望群石接耳道:

"喂,你们看说话的那一位,我敢打赌,他自己也是石头。"

从登山到出山,前后不到一个时辰,但世上却是几多年呢?我走下山来,自觉是千年后的自己,一身披着时间的斗篷,斧老柯烂,我已观罢一局春声与春色对弈的步步好棋。

怀着独擅专宠的窃喜,我一面步下山径,一面把整座山的丰富密密实实地塞在背袋里。

有一件事,我不知道该怎么说,才能讲清楚,我曾手植一株自己,在山的岩缝里。而另一方面我也盗得一座山,挟在我的臂弯里(挟泰山以超北海,其实,也不难呢!)。如果你听人说今年春天,我在山中走失了,至今未归,那句话并不算错。但如果你听说有一座山,忽然化作"飞去峰",杳然无踪,请相信,那也是丝毫不假的。

我有一个梦

四月的植物园,一头走进去,但见群树汹涌而来,各绿其绿,我站在旧的图书馆前,心情有些迟疑。新荷已"破水而出",这些童年期的小荷令人忽然懂得什么叫疼怜珍惜。

我迟疑,只因为我要去找刘白如先生谈自己的痴梦,有求于人,令我自觉羞惭不安,可是,现在是春天,一切的好事都应该可以有权利发生。

似乎是仗了好风好日的胆子,我于是走了进去,找到刘先生,把我的不平和愿望一五一十地说了。我说,我希望有人来盖一间古文教室——在这自认是华夏的土地上——盖一间合乎美育原则的,像中国旧式书斋的教室。

我把话说得简单明了,所以只消几句就全说完了。

"构想很好,"刘先生说,"我来给你联络台中明道中学的汪校长。"

"明道是私立中学,"我有点担心,"这教室费财费力,明道未必承担得下来,我看还是去找教育部或教育厅来出面比较好。"

"这你就不懂了,还是私立学校单纯——汪校长自己就做得了主。如果案子交给公家,不知道要左开会右开会,开到什么时候!"

我同意了,当下又聊了些别的事,我即开车回家,从植物园到我家,大约十分钟车程。

走进家门,尚未坐下,电话铃已响,是汪校长打来的,刘先生已把我的想法都告诉他了。

"张教授,我们原则上就决定做了,过两天,我上台北,我们商量一下细节。"

我被这个电话吓了一跳,世上之人,有谁幸运似我,就算是暴君,也不能强迫别人十分钟以后立刻决定承担这么大一件事。

我心里涨满谢意。

两年以后,房子盖好了,题名为"国学讲坛"。

一开始,刘先生曾命我把口头的愿望写成具体的文字,可以方便宣传,我谨慎从命,于是写了这篇《我有一个梦》。

我有一个梦。

我不太敢轻易地把这梦说给人听,怕遭人耻笑——毕竟,在这个世界上敢于去梦想的人并不多。

让我把故事从许多年前说起:南台湾的小城,一个女中的校园。六月,成串的黄花沉甸甸地垂自阿勃拉花树。风过处,花雨成阵,松鼠在老树上飞奔如急箭,音乐教室里传来三角大钢琴的玲琮流泉……

啊!我要说的正是那间音乐教室!

我不是一个敏于音律的人,平生也不会唱几首歌,但我仍深爱音乐。这,应该说和那间音乐教室有关吧!

我仿佛仍记得那间教室:大幅的明亮的窗,古旧却完好的地板,好像是日据时期留下的大钢琴,黄昏时略显昏暗的幽微光线……我们在那里唱"苏连多岸美丽海洋",我们在那里唱《阳关三叠》。

所谓学习音乐,应该不止是一本音乐课本、一个音乐老师。它岂不也包括那个阵雨初霁的午后,那熏人欲醉的南风,那树悄悄的风声,那典雅的光可鉴人的大钢琴,那开向群树的格子窗……

近年来,我有机会参观一些耗资数百万或上千万的自然科学实验室。明亮的灯光下,不锈钢的颜色闪烁着冷然且绝对的知性光芒。令人想起伽利略,想起牛顿,想起历史回廊上那些伟大耸动的名字。实验室已取代古人的孔庙,成为现代人知识的殿堂,人行至此都要低声下气,都要"文武百官,至此下马"。

人文方面的教学也有这样伟大的空间吗?有的。英文教室里,每人一副耳机,清楚的录音带会要你把每一节发音都校正清楚,电视画面上更有生动活泼的镜头,诱导你可以做个"字正腔圆"的"英语人"。

每逢这种时候,我就暗自叹息,在我们这号称为中国的土地上,有没有哪一个教育行政人员,肯把为物理教室、化学教室或英语教室所花的钱匀出一部分用在中国语文教室里的?换句话说,我们可以来盖一间国学讲坛吗?

当然,你会问:"国学讲坛?什么叫国学讲坛?国文哪需要什么讲坛?国学讲坛难道需要望远镜或显微镜吗?国文会需要光谱仪吗?国文教学不就只是一位戴老花眼镜的老先生凭一把沙喉老嗓就可以廉价解决的事吗?"

是的,我承认,曾经有位母亲,蹲在地上,凭一根树枝、一堆沙子。就这样,她教出了一位欧阳修来。只要有一公尺见方的地方,只要有一位热诚的教师和学生,就能完成一场成功的教学。

但是,现在是九十年代了,我们在一夕之间已成暴富,手上捧着钱茫茫然不知该做什么……为什么在这种时候,我们仍然要坚持阳春式的国文教学呢?

我有一个梦。(但称它为梦,我心里其实是委屈的啊!)

我梦想在这号称为华夏的土地上,除了能为英文为生物为化学为太空科学设置实验室之外,也有人肯为国文设置一间讲坛。

我梦想一位国文老师在教授"好鸟枝头亦朋友,落花水面皆文章"的时候,窗外有粉色羊蹄甲正落入春水的波面,苦楝树上也刚好传来鸟鸣,周围的环境恰如一片舞台布景板,处处笺注着白纸黑字的诗。

晚明吴从先有一段文字令人读之目醉神驰,他说:"斋欲深,槛欲曲,树欲疏,萝薜欲青垂;几席、阑干、窗窦,欲净滑如秋水;榻上欲有云烟气;墨池、笔床,欲时泛花香。读书得此护持,万卷尽生欢喜。琅嬛仙洞,不足羡矣。"

吴从先又谓:"读史宜映雪,以莹玄鉴。读子宜伴月,以寄远神……读《山海经》《水经》、丛书小史,宜倚疏花瘦竹,冷石寒苔,以收无垠之游,而约缥缈之论。读忠烈传,宜吹笙鼓瑟以扬芳。读奸佞传,宜击剑捉酒以销愤。读'骚'宜空山悲号,可以惊壑。读赋宜纵水狂呼,可以旋风……"

——啊,不,这种梦太奢侈了!要一间平房,要房外的亭台楼阁花草树木,要春风穿户,夏雨叩窗的野趣,还要空山幽壑,笙瑟溢耳。这种事,说出来——谁肯原谅你呢?

那么,退而求其次吧!只要一间书斋式的国学讲坛吧!要一间安静雅洁的书斋,有中国式的门和窗,有木质感觉良好的桌椅,你可以坐在其间,你可以第一次觉得做一个中国人也是件不错的事,也有其不错的感觉。

那些线装书——就是七十多年前差点遭一批激进分子丢到茅厕坑里去的那批——现在拿几本来放在桌上吧!让年轻人看看宋刻本的书有多么典雅娟秀,字字耐读。

教室的前方,不妨有"杏坛"两字,如果制成匾,则悬挂高墙,如果制成碑,则立在地上。根据《金石索》的记录,在山东曲阜的圣庙前,有金代党怀英所书"杏坛"两字,碑高六尺(指汉制的六尺),宽三尺,字大一尺八寸。我没有去过曲阜,不知那碑如今尚在否？如果断碑尚存,则不妨拓回来重制,如果连断碑也不在了,则仍可根据金石索上的图样重刻回来。

唐人钱起的诗谓:"更怜童子宜春服,花里寻师到杏坛。"百年来我们的先辈或肝脑涂地或胼手胝足,或躲在防空洞里读其破本残卷,或就着油灯饿着肚子皓首穷经——但这一切是为了什么？岂不是为了让我们的下一代活得幸福光彩,让他们可以穿过美丽的花径,走到杏坛前去接受教化,去享受一个中国少年的对中国文化理所当然的继承权。

教室里,沿着墙,有一排矮柜,柜子上,不妨放些下课时可以把玩的东西。一副竹子搁臂,凉凉的,上面刻着诗。一个仿制的古瓮,上面刻着元曲,让人惊讶古代平民喝酒之际也不忘诗趣。一把仿同治时代的茶壶,肚子上面刻着一圈二十个字:"落雪飞芳树,幽红雨淡霞。薄月迷香雾,流风舞艳花。"学生正玩着的时候,你可以告诉孩子们这是一首回文诗,全世界只有中国语言可以做的回文诗。而所谓回文诗,你可以从任何一个字念起,意思都通,而且都押韵。当然,如果教师有点语言学的知识,他可以告诉孩子汉语是孤立语(Isolating Language)跟英文所属的屈折语(Inflec-tional Language)不同。至于仿长沙马王堆的双耳漆器酒杯,由于是纱胎,摇起来里面还会响呢！这比电动玩具可好玩多了吧？酒杯上还有篆文,"君幸酒"三个字,可堪细细看去。如果找到好手,也可以用牛肩胛骨做一块仿古甲骨文,所谓学问,有时固然自苦读中得来,有时也不妨从玩耍中得来。

墙上也有一大片可利用的地方,拓一方汉墓石,如何？跟台北画价动辄十万相比,这些古物实在太便宜了,那些画像砖之浑朴大方,令人悠然神往。

如果今天该讲岳飞的《满江红》，何不托人到杭州岳王坟上拓一张岳飞真迹来呢！今天要介绍"月落乌啼霜满天"吗？寒山寺里还有俞樾那块诗碑啊！如果把康南海的那一幅比照来看，就更有意思，一则"古钟沦日史"的故事已呼之欲出。杜甫成都浣花溪的千古风情，或诸葛武侯祠的高风亮节，都可以在一幅幅挂轴上留下来。

你喜欢有一把古琴或古筝吗？有，也可以，没有，也可以。这种事不妨即兴。

你喜欢有一点檀香加茶香吗？有，也可以，没有，也可以。这种事只消随缘。

如果学生兴致好，他们可以在素净的钵子里养一盆素心兰，这样，他们会了解什么叫中国式的芬芳。

教室里不妨有点音响设备，让听惯麦当娜的耳朵，听一听什么叫笛？什么叫箫？什么叫"把乌"？什么叫笙簧……

你听过"鱼洗"吗？一只铜盆，里面刻镂着细致的鱼纹，你在盆里注上大半盆水，然后把手微微打湿，放在铜盆的双耳上摩擦，水就像细致如丝的喷柱，激射而出——啊，世上竟有这么优雅的玩具。当然，如果你要用物理上的"共振"来解释它，也很好。如果你不解释，仅只让下了课的孩子去"好奇一下"，也就算够本。

如果有好端砚，就放一方在那里。你当然不必迷信这样做就能变化气质。但砚台也是可以玩可以摸的，总比玩超人好吧？那细致的石头肌理具有大地的性格，那微凹的地方是时间自己的雕痕。

你要让年少的孩子去吃麦当劳，好吧，由你。你要让他们吃肯德基？好，请便。但，能不能，在他年少的时候，在小学，在中学，或者在大学，让他有机会坐在一间中国式的房子里，让他眼睛看到的是中国式的家具和摆设,让他手摸到的是中国式的器皿,让他——我这样祈祷应该不算过分吧——让他忽然对自己说:"啊!我是一个中国人!"

音乐有教室,因为它需要一个地方放钢琴。理化有教室,因为它需要一个空间放仪器。其他各有教室,体育则花钱更多。那么,容不容许辟一间国学讲坛呢?这样的梦算不算妄想呢?如果我说,教国文也需要一间讲坛——那是因为我有一整个中国想放在里面啊!

我有一个梦!这是一个不忍告诉别人,又不忍不告诉别人的梦啊!

"你的侧影好美!"

中午在餐厅吃完饭,我慢慢地喝下那杯茶,茶并不怎么好,难得的是那天下午并没有什么赶着做的事,因此就慢慢地一口一口地啜着。

柜台那里有个女孩在打电话,这餐厅的外墙整个是一面玻璃,阳光流泻一室。有趣的是那女孩的侧影便整个印在墙上,她人长得平常,侧影却极美。侧影定在墙上,像一幅画。

我坐着,欣赏这幅画,奇怪,为什么别人都不看这幅美人图呢?连那女孩自己也忙着说个不停,她也没空看一下自己美丽的侧影。而侧影这玩意其实也很诡异,它非常不容易被本人看到。你一转头去看它,它便不是完整的侧影了,你只能斜眼去偷瞄自己的侧影。

我又坐了一会儿,餐厅里的客人或吃或喝——他们显然都在做他们身在餐厅该做的事。女孩继续说个不停,我则急我的事,我的事是什么事呢?我在犹豫要不要跑去告诉那女孩关于她侧影的事。

她有一个极美的侧影,她自己到底知道不知道呢?也许她长到这么大都没人告诉过她,如果我不告诉她,会不会她一生都不知道这件事?

但如果我跑去告诉她,她会不会认为我神经兮兮,多管闲事?我被自己的假设苦恼着,而女孩的电话看样子是快打完了。

我必须趁她挂上电话却犹站在原来位置的时候告诉她。如果她走回自己座位我再拉她站回原地去表演侧影,一切就不再那么自然了。

我有点气自己,小小一件事,我也思前想后,拿捏不出个主意来。啊!干脆老实承认吧!我就是怕羞,怕去和陌生人说话,有这毛病的也不只我一个人吧!好,管他的,我且站起来,走到那女孩背后,破釜沉舟,我就专等她挂电话。

她果真不久就挂了电话。

"小姐!"我急急叫住她,"我有一件事要告诉你⋯⋯"

"喔⋯⋯"她有点惊讶,不过旋即打算听我的说词。

"你知道吗?你的侧影好美,我建议你下次带一张纸,一支笔,把你自己在墙上的侧影描下来⋯⋯"

"啊!谢谢你告诉我。"她显然是惊喜的,但她并没有大叫大跳。她和我一样,是那种含蓄不善表达的人。

我走回座位,吁了一口气。我终于把我要说的说了,我很满意我自己。

"对!其实我这辈子该做的事就是去告诉别人他所不知道的自己的美丽侧影。"

音乐教室

诗诗:

　　雨或者仍在下,或者已不下,厚丝绒的帷幕升起,大厅里簇拥着盛装的人群。这是你的第一次演奏会,我和晴晴坐在迢远的角落上遥望你。

　　音乐是风,在观众席的千峰万壑间回荡。音乐是雨,在我们心的檐沿繁密地垂下。音乐是奇异的阳光,蜿蜒向天涯每一条曲径。

　　我们从来没有期望你成为一个音乐家,只希望给你一个快乐的童年。因此三年前,我们带你去学音乐。教室里贴着美丽的壁纸,地毯是绿茵茵的。我们愉快地发现每一个小孩都是可爱的。你们唱歌,你们辨认拍子,你们兴奋地做着韵律游戏,你们学着识谱,试着作曲,尝试跟别人合奏,你们享受着彼此的快乐。

　　后来,我们又买了一架古老的、雕镂着花纹的钢琴,客厅成了另一间音乐教室,我们常常可以倾听你的充满生命的弹奏。

　　诗诗,我常在这一切的美好之上,感到一些更巨大的、更神圣的美丽。你还小,我因而从来没有告诉你。但今天,你和你的朋友们站在台上,你是多么大啊!你就是那个我每夜醒来为你哺乳的小婴孩吗?我在泪光中遥望你们,有如一排青青翠翠的小树,我忍不住要将一些话告诉你。

　　许多年前,妈妈还是一个小女孩,有时她经过琴行,驻足看那些庄严得几乎不可触及的乐器,感到一种绝望。但少年时期总是美好的,有时,把双手放在桌子下面,也尽可在一排想象的琴键上来回抚弄。不需要才学和胸襟,少年时期人人都自然能了解陶渊明"无弦琴"的意境。

终于,有一天,有一个音乐老师答应教她弹琴。那是在南台湾的一个小城,学校又大又空旷,音乐教室因为面对着一带遮天蔽日的大树,整个绿郁郁地古典了起来。那女孩踩着密匝匝的树影朝圣似地走向音乐教室。夏日的骤雨过后,树上的黄花凄凄然地悬着饱胀的令人不知所措的美感,那女孩小心翼翼地捧着琴谱走着。

我常常忍不住要感谢许多人,例如我的音乐老师。他多么好,回忆中已想不起他的坏脾气,想不起他的不修边幅,只记得他站在琴前教我弹那简单的练习曲。诗诗,记得那天,你在钢琴上重弹那些曲子的时候,我忍不住地从书房跑出来。诗诗,你不能了解我在那一刹那间的激动,我已经十几年不弹琴了,乍听你弹那些熟悉的曲子,只觉恍如隔世,几乎怀疑曲子是自我的腕下流出的——诗诗,我的音乐老师已经谢世了!伟大的音乐家里永远不会有他的名字,可是我仍然感谢他,尊敬他,他曾教导我更多地拥抱我所爱的音乐。他也不是成功的声乐家,但是,当他告诉我们他怎样去从戎当青年军,怎样在青春的激情里为祖国而唱的时候,那是怎样一种声音——诗诗,我再也不能看见我的老师了。我回家的时候他已化为一钵劫灰,我惟一能安慰自己的是,我曾让他了解,虽然已经十几年了,我仍在敬爱他。

诗诗,我不弹琴,竟已经十几年了,但恒在的是心中的琴韵。我的老师不曾把我教成一个钢琴家,但他使我了解怎样聆听这充满爱充满温情的世界。今天,当你的小手在琴键上往返欢呼,你可知道我所移植给你的音乐之苗是承自何处吗?诗诗,我每一思及人间的爱之链锁,那些牵牵绊绊彼此相萦的真情,总忍不住心如激湍。

有时候,诗诗,我们需要的是一点良知,一点感恩,以及一份严肃的对他人的歉疚之心,一种自觉欠负了什么的谦虚。

我仍然记得,那些年,音乐事实上是一个奢侈的名词。而今天,你我能安然地坐在美丽祥和的音乐教室里,你会感到那些琴,那些鼓仿佛理所当然地从开天辟地就存在着了。不是的,诗诗,这些美,这些权利,是许多不知名的手所共同建筑起来的。诗诗,我们或迟或早,总应该学会合理的感恩。

行年渐长,我越来越觉得生活在"人"之中的喜悦,生活在属于自己的土地上的喜悦,拥有一种历史的喜悦,以及一切小小的"与人共有"的喜悦。诗诗,这是一个有情的世界,我们每一个人都是在许多别人的善意里活着的——而那每一份善意都值得我们虔诚地谢天。

有一天,我偶然仔细地看了一下薪水袋!在安静的凝思里竟也能体会出一份美感。许多年来,我一直不认为钱是高尚的东西,但那天,我在谦卑中却体会出某种诗意来。我知道政府能给公教人员的薪酬有限,但我仿佛能感到这份薪水里包括某个荒山野岭的纳税人的玉米,某个渔人所捞的鱼,某个农人的稻子,某个女孩的甘蔗,以及某些工厂中许许多多人的劳力,或者是一个煤矿工人的汗,或者是一个手工业工人的巧心。诗诗,你能走入音乐教室,学你所喜欢的音乐课程,和那些人每一个都有或多或少的关系。社会的富足建立在广大人群的共同效命上。诗诗,我今天能安然地坐在灯下写,站在讲坛上说,我能欢悦地向年轻的孩子们叙述那个极大的古中国故事中的一部分,我能侃侃而谈《说文解字叙》,或者王绩、王梵志,我能从容地讲唐人的传奇,宋人的平话,诗诗,我没有一丝可以傲人的,我从心底感到我对上天以及对整个社会的铭而难忘的谢意。

我有时真想对他们说一声"谢谢",我们在他们的忧劳中享受安谧,在他们的瘁殚中享受丰富。世界上的人能活在一个自由的、宁静的、确知自己的头颅有权利长在自己的头颈上的人并不多。诗诗,有时早晨起来,面对宇宙间新生的一天,面对李白和莎士比亚也无权经历的这一天,我忍不住对上苍说:"我感谢你,我感谢这个世界,我多么想去告诉每一个人我感谢他们。我多么想让别人知道我在他们的贡献里一直怀着一份歉疚的情感,一颗希望有所图报的心。"

诗诗,音乐在四壁之间,音乐在四壁之外,有如无所不在的花香。音乐渐渐地将空气过滤得坚实而甜美。你站在台上,置身于一座大电子琴后,每个孩子都认真地奏着自己的乐器,多么美好的下午!但是,诗诗,我愿意你知道,这世界并不全是这样美好的。我们所生活的制度,我们所生活的环境不是全世界处处都有的。加州的越南难民营里不会有音乐教室。诗诗,我们能有你,能相守在一间有爱有食物有音乐的屋子里,而如果仍然不知感恩的话,我们就是可耻的。

有一天,偶然和我们学校的教务主任谈起,他说:"你知道吗?就为我们学校这一百二十个学生,政府已经花掉一亿多了!平均是一个学生一百万,这还是只指他们一入学,要是把七年医学教育的费用全算上,一个人大概是二百万!"

我当时深为震撼,一个人才是多少苦心的期待栽成的!转而一想,诗诗,我和你不也或多或少地接受过公费的培育吗?少年时期常向往的是冲风冒雨独来独往的豪情,成长以后才憬悟到人与人之间手足相依的那份亲切。少年时期是无挂无碍志得意满的自矜,成长以后才了解面对天地之化育、人类万物的深情,心头应该常存几分感恩、几分歉疚——没有什么是理所当然的,我们的每一分获得都该是足以令人惊喜的意外。

音乐扬起,再扬起,诗诗,也许将来你会有更多的演奏会——也许这是你惟一的一次,但无论如何,愿你记得音乐教室中美好的时光,记得那些穿花色长裙的小女孩,记得美丽的长发的音乐老师,记得那些琴、那些鼓、那些欢乐的歌。诗诗,不管世路是否艰难,记得我们曾在欢乐中走完美丽的初程。愿新生的一代常走在琴韵之中,真正有大担当的人是体会过幸福,而且确信人世间人人有权利幸福的人。真正敢投入风浪的大英雄是那些享受过内心深处真正宁静的人。诗诗,我愿你在音乐教室之内,我也愿你在音乐教室之外。

诗诗,雨或者在下,或者已不下,而我们已饱饫今日下午的音乐。音乐中有许多动人的冥思,有许多温热的联想。诗诗,愿天地是一间大音乐教室,愿萧萧的万木是琴柱,愿温柔的千涧是长弦,诗诗,让我们能说,我们已歌过,我们曾是我们这一代的声音。

我交给你们一个孩子

我交给你们一个孩子

小男孩走出大门,返身向四楼阳台上的我招手,说:"再见!"

那是好多年前的事了,那个早晨是他开始上小学的第二天。

我其实仍然可以像昨天一样,再陪他一次,但我却狠下心来,看他自己单独去了。他有属于他的一生,是我不能相陪的,母子一场,只能看作一把借来的琴弦,能弹多久,便弹多久,但借来的岁月毕竟是有其归还期限的。

他欢然的走出长巷,很听话的既不跑也不跳,一副循规蹈矩的模样。我一人怔怔地望着油加利下细细的朝阳而落泪。

想大声地告诉全城市,今天早晨,我交给你们一个小男孩,他还不知恐惧为何物,我却是知道的,我开始恐惧自己有没有交错?

我把他交给马路,我要他遵守规矩沿着人行道而行,但是,匆匆的路人啊,你们能够小心一点吗?不要撞到我的孩子,我把我至爱的交给了纵横的道路,容许我看见他平平安安地回来。

我不曾搬迁户口,我们不要越区就读,我们让孩子读本区内的普通小学而不是某些私立明星小学,我努力去信任自己的教育当局,而且,是以自己的儿女为赌注来信任——但是,学校啊,当我把我的孩子交给你,你保证给他怎样的教育?今天清晨,我交给你一个欢欣诚实又颖悟的小男孩,多年以后,你将还我一个怎样的青年?

他开始识字,开始读书,当然,他也要读报纸、听音乐或看电视、电影,古往今来的撰述者啊!各种方式的知识传递者啊!我的孩子会因你们得到什么呢?你们将饮之以琼浆,灌之以醍醐,还是哺之以糟粕?他会因而变得正直忠信,还是学会奸猾诡诈?当我把我的孩子交出来,当他向这世界求知若渴,世界啊,你给他的会是什么呢?

世界啊,今天早晨,我,一个母亲,向你交出她可爱的小男孩,而你们将还我一个怎样的呢!

小蜥蜴如何藏身在草丛里的奇观

我给小男孩请了一位家庭教师,在他七岁那年。

听到的人不免吓一跳:

"什么,那么小就开始补习了?"

不是的,我为他请一位老师是因为小男孩被蝴蝶的三部曲弄得神魂颠倒,又一心想知道蚂蚁怎么回家;看到世上有那么多种蛇,也使他欢喜得着了慌,我自己对自然的万物只有感性的欢欣赞叹,没有条析缕陈的解释能力,所以,我为他请了老师。

有一张征求老师的文字是我想用而不曾用过的,多年来,它像一坛忘了喝的酒,一直堆栈在某个不显眼的角落。春天里,偶然男孩又不自觉地转头去听鸟声的时候,我就会想起自己心底的那篇文字:

我们要为我们的小男孩寻找一位生物老师。

他七岁,对万物的神奇兴奋到发昏的程度,他一直想知道,这一切"为什么是这样的"?

我们想为他找的不单是一位授课的老师,也是一位启示他生命的奇奥和繁富的人。

  他不是天才,他只是一个好奇而且喜欢早点知道答案的孩子。我们尊重他的好奇,珍惜他兴奋易感的心,我们不是富有的家庭,但我们愿意好好为他请一位老师,告诉他花如何开?果如何结?蜜蜂如何住在六角形的屋子里?蚯蚓如何在泥土中走路吃饭……他只有一度童年,我们急于让他早点享受到"知道"的权利。

  有的时候,也请带他到山上到树下去上课,他喜欢知道蕨类怎样成长,杜鹃花怎样红遍山头,以及小蜥蜴如何藏身在草丛里的奇观……

  有谁愿意做我们小男孩的生物老师?

小男孩后来读了两年生物,获益无穷,而这篇在心底重复无数遍的"征求老师"的腹稿却只供我自己回忆。

寻 人 启 事

我坐在餐桌上修改自己的一篇儿童诗稿,夜渐渐深了。
男孩房里的灯仍亮着,他在准备那些考不完的试。
我说:
"喂,你来,我有一篇诗要给你看!"
他走过来,把诗拿起来,慢慢看完,那首诗是这样写的:

    寻人启事
  妈妈在客厅贴起一张大红纸
  上面写着黑黑的几行字:
  兹有小男孩一名不知何时走失
  谁把他拾去了啊,仁人君子

他身穿小小的蓝色水手服
　　他睡觉以前一定要念故事
　　他重得像铅球又快活得像天使
　　满街去指认金龟车是他的专职
　　当电扇修理匠是他的大志
　　他把刚出生的妹妹看了又看露出诡笑：
　　"妈妈呀，如果你要亲她就只准亲她的牙齿。"
　　那个小男孩到哪里去了，谁肯给我明示？
　　听说有位名叫时间的老人把他带了去
　　却换给我一个初中的少年比妈妈还高
　　正坐在那里愁眉苦脸地背历史
　　那昔日的小男孩啊不知何时走失
　　谁把他带还给我啊，仁人君子。

　　看完了，他放下，一言不发地回房去了。第二天，我问他：
　　"你读那首诗怎么不发表一点高见？"
　　"我读了很难过，所以不想说话……"
　　我茫然走出他的房间，心中怅怅，小男孩已成大男孩，他必须有所忍受，有所承载，我所熟知的一度握在我手里的那一双小手有如飞鸟，在翩飞中消失了。
　　仅仅只在不久以前，他不是还牵着妹妹的手，两人诡秘地站在我的书房门口吗？他们同声用排练好的做作的广告腔说：

　　　　好立克大王
　　　　张晓风女士
　　　　请你出来

为你的儿子女儿冲一杯好立克

这样的把戏玩了又玩,一杯杯香浓的饮料喝了又喝,童年,繁华喧天的岁月,就如此跫音渐远。

有一次,在朋友的墙上看到一幅英文格言:

"今天,是你生命余年中的第一日。"

我看了,立即不服气。

"不是的,"我说,"对我来讲,今天,是我有生之年的最后一天。"

最后一天,来不及的爱,来不及的飞扬,来不及的期许,来不及的珍惜和低回。

容我好好爱宠我的孩子,在今天,毕竟,在永世永劫的无穷岁月里,今天,仍是他们今后一生一世里最最幼小的一天啊!

雨天的书

一

　　我不知道,天为什么无端落起雨来了。薄薄的水雾把山和树隔到更远的地方去,我的窗外遂只剩下一片辽阔的空茫了。

　　想你那里必是很冷了吧?另芳。青色的屋顶上滚动着水珠子,滴沥的声音单调而沉闷,你会不会觉得很寂寥呢?

　　你的信仍放在我的梳妆台上,折得方方正正的,依然是当日的手痕。我以前没见过你,以后也找不着你,我所能持有的,也不过就是这一片模模糊糊的痕迹罢了。另芳,而你呢?你没有我的只字片语,等到我提起笔,却又没有人能为我传递了。

　　冬天里,南馨拿着你的信来。细细斜斜的笔迹,优雅温婉的话语。我很高兴看你的信,我把它和另外一些信件并放着。它们总是给我鼓励和自信,让我知道,当我在灯下执笔的时候,实际并不孤独。

　　另芳,我没有即时回你的信,人大了,忙的事也就多了。后悔有什么用呢?早知道你是在病榻上写那封信,我就去和你谈谈,陪你出去散散步,一同看看黄昏时候的落霞。但我又怎么想象得到呢?十七岁,怎么能和死亡联想在一起呢?死亡,那样冰冷阴森的字眼,无论如何也不该和你发生关系的。这出戏结束得太早,迟到的观众只好望着合拢的黑绒幕黯然了。

雨仍在落着,频频叩打我的玻璃窗。雨水把世界布置得幽冥昏暗,我不由幻想你打着一把小伞,从芳草没胫的小路上走来,走过生,走过死,走过永恒。

那时候,放了寒假。另芳,我心里其实一直是惦着你的。只是找不着南馨,没有可以传信的人。等开了学,找着了南馨,一问及你,她就哭了。另芳,我从来没有这样恨自己。另芳,如今我向哪一条街寄信给你呢?有谁知道你的新地址呢?

南馨寄来你留给她的最后字条,捧着它使我泫然。另芳,我算什么呢?我和你一样,是被送来这世界观光的客人。我带着惊奇和喜悦看青山和绿水,看生命和知识。另芳,我有什么特别值得一顾的呢?只是我看这些东西的时候比别人多了一份冲动,便不由得把它记录下来了。我究竟有什么值得结识的呢?那些美得叫人疯狂的东西没有一样是我创造的,也没有一件是我经营的,而我那些仅有的记录,也是破碎支离,几乎完全走样的,另芳,聪慧如你,为什么念念要得到我的信呢?

"她死的时候没有遗憾,"南馨说,"除了想你的信。你能写一封信给她吗?我要烧给她——我是信耶稣的,我想耶稣一定会拿给她的。"

她是那样天真,我是要写给你的,我一直想着要写的,我把我的信交给她,但是,我想你已经不需要它了。你此刻在做什么呢?正在和鼓翼的小天使嬉戏吧?或是拿软软的白云捏人像吧?(你可曾塑过我?)再不然就一定是在茂美的林园里倾听金琴的轻拨了。

另芳,想象中,你是一个纤柔多愁的影子,皮肤是细致的浅黄,眉很浓,眼很深,嘴唇很薄(但不爱说话),是吗?常常穿着淡蓝色的衣裙,喜欢望着帘外的落雨而出神,是吗?另芳,或许我们真是不该见面的,好让我想象中的你更为真切。

另芳,雨仍下着,淡淡的哀愁在雨里飘零。遥想你墓地上的草早该绿透了,但今年春天你却没有看见。想象中有一朵白色的小花开在你的坟头,透明而苍白,在雨中幽幽地抽泣。

而在天上,在那灿烂的灵境上,是不是也正落着阳光的雨,落花的雨和音乐的雨呢?另芳,请俯下你的脸来,看我们,以及你生长过的地方。或许你会觉得好笑,便立刻把头转开了。你会惊讶地自语:"那些年,我怎么那么痴呢?其实,那些事不是都显得很滑稽吗?"

另芳,你看,我写了这么多。是的,其实写这些信也很滑稽,在永恒里你已不需要这些了。但我还是要写,我许诺过要写的。

或者,明天早晨,小天使会在你的窗前放一朵白色的小花,上面滚动着无数银亮的小雨珠。

"这是什么?"

"这是我们在地上发现的,有一个人,写了一封信给你,我们不愿把那样拙劣的文字带进来,只好把它化成一朵小白花了——你去念吧,她写的都在里面了。"

那细碎质朴的小白花遂在你的手里轻颤着。另芳,那时候,你怎样想呢?它把什么都说了,而同时,它什么也没有说。那一片白,乱簌簌地摇着,模模糊糊地摇着你生前曾喜爱过的颜色。

那时候,我愿看到你的微笑,隐约而又浅淡,映在花丛的水珠里——那是我从来没有看见,并且也没有想象过的。

二

细致的湘帘外响起潺潺的声音,雨丝和帘子垂直地交织着,遂织出这样一个朦胧黯淡而又多愁绪的下午。

山径上两个顶着书包的孩子在跑着、跳着、互相追逐着。她们不像是雨中的行人,倒像是在过泼水节了。一会儿,她们消逝在树丛后面,我的面前重新现出湿湿的绿野,低低的天空。

手里握着笔,满纸画的都是人头。上次念心理系的王说,人所画的,多半是自己的写照。而我的人像都是沉思的,嘴角有一些悲悯的笑意。那么,难道这些都是我吗?难道这些身上穿着曳地长裙,右手握着檀香折扇,左手擎着小花阳伞的都是我吗?咦,我竟是那个样子吗?

一张信笺摊在玻璃板上,白而又薄。信债欠得太多了,究竟今天先还谁的呢?黄昏的雨落得这样忧愁,那千万只柔柔的纤指抚弄着一束看不见的弦索,轻挑慢捻,触着的总是一片凄凉悲怆。

那么,今日的信寄给谁呢?谁愿意看一带灰白的烟雨呢?但是,我的眼前又没有万里晴岚,这封信却怎么写呢?

这样吧,寄给自己,那个逝去的自己。寄给那个听小舅讲"灰姑娘"的女孩子,寄给那个跟父亲念"新丰折臂翁"的中学生。寄给那个在水边静坐的织梦者,寄给那个在窗前扶头的沉思者。

但是,她在那里呢?就像刚才那两个在山径上嬉玩的孩童,倏忽之间,便无法追寻了。而那个"我"呢?你隐藏到哪一处树丛后面去了呢?

你听,雨落得这样温柔,这不是你所盼的雨吗?记得那一次,你站在后庭里,抬起头,让雨水落在你张开的口里,那真是很好笑的。你又喜欢一大早爬起来,到小树叶下去找雨珠儿。很小心地放在写算术用的化学垫板上,高兴得像是得了一满盘珠宝。你真是很富有的孩子,真的。

什么时候你又走进中学的校园了。在遮天的古木下听隆隆的雷声,看松鼠在枝间乱跳,你忽然欢悦起来。你的欣喜有一种原始的单纯和热烈，使你生起一种欲舞的意念。但当天空陡然变黑。暴风夹雨而至的时候，你就突然静穆下来，带着一种虔诚的敬畏。你是喜欢雨的，你一向如此。

那年夏天，教室后面那棵花树开得特别灿美，你和芷同时都发现了。那些嫩枝被成串的黄花压得低垂下来，一直垂到小楼的窗口。每当落雨时分，那些花串儿就变得透明起来，美得让人简直不敢喘气。

那天下课的时候，你和芷站在窗前。花在雨里，雨在花里，你们遂被那些声音，那些颜色颠倒了。但渐渐地，那些声音和颜色也悄然退去，你们遂迷失在生命早年的梦里。猛回头，教室竟空了。才想起那一节是音乐课，同学们都走光了。那天老师没骂你们，真是很幸运的——不过他本来就不该骂你们，你们在听夏日花雨的组曲呢！

渐渐地，你会忧愁了。当夜间，你不自禁地去听竹叶滴雨的微响；当初秋，你勉强念着"留得残荷听雨声"，你就模模糊糊地为自己拼凑起一些哀愁了。你愁着什么呢？你不能回答——你至今都不能回答。你不能抑制自己去喜欢那些苍凉的景物，又不能保护自己不受那种愁绪的感染。其实，你是不必那么善感的，你看，别人家都忙自己的事，偏是你要愁那不相干的愁。

年齿渐长，慢慢也会遭逢一点人事了，只是很少看到你心平气和过，并且总是带着鄙夷，看那些血气衰败到不得不心平气和的人。在你，爱是火炽的，恨是死冰的，同情是渊深的，哀愁是层叠的。但是，谁知道呢？人们总说你是文静的，只当你是温柔的。他们永远不了解，你所以爱阳光，是钦慕那种光明；你所以爱雨水，是向往那份淋漓。但是，谁知道呢？

当你读到《论语》上那句"知其不可而为之"时，忽然血如潮涌，几天之久不能安坐。你从来没有经过这样大的暴雨——在你的思想和心灵之中。你仿佛看见那位圣人的终生颠沛,因而预感到自己的一部分命运。但你不能不同时感到欣慰,因为许久以来,你所想要表达的一个意念,竟在两千年前的一部典籍上出现了。直到现在,一想起这句话,我心里总激动得不能自已。你真是傻得可笑,你。

凭窗望去,雨已看不分明,黄昏竟也过去了。只是那清晰的声音仍然持续,像乐谱上一个延长符号。那么,今夜又是一个凄零的雨夜了。你在哪里呢?你愿意今宵来入梦吗?带我到某个旧游之处去走走吧!南京的古老城墙是否已经苔滑?柳州的峻拔山水是否也已剥落?

下一次写信是什么时候呢?我不知道。当有一天我老的时候,或许会写一封很长的信给你呢!我不希望你接到一封有谴责意味的信,我是多么期望能写一封感谢和赞美的信啊!只是,那时候的你配得到它吗?

雨声滴答,寥落而美丽。在不经意的一瞥中,忽然发现小室里的灯光竟是这般温柔;同时,在不经意的回顾里,你童稚的光辉竟也在遥远的地方闪烁。而我呢?我的光芒呢?真的,我的光芒呢?在许多年之后,当我桌上这盏灯燃尽了,世人还有没有其他的光呢?哦,我的朋友,我不知道那么多,只愿那时候你我仍发着光,在每个黑暗凄冷的雨夜里。

酿酒的理由

春天,柠檬还没有上市,我就赶不及地做了两坛柠檬酒。

封坛的那天,心情极其郑重,我把那未酿成的汁液谛视良久,终于模糊地搞清楚自己为什么那么急,那么疯。

理由之一是自己刚从外地回来,很想重新拥有一份本土的芳醇。记得有一天,起得极早,只为去小店里喝一碗豆浆,并且吃那种厚实的菱形烧饼,或者在深夜到和式的露店里吃一份烤味噌鱼的宵夜。每走在街上,两侧是复杂而"多元化"的食物的馨香。多么喜欢看见蒙古烤肉在素食店的隔壁,多么喜欢意大利饼和饺子店隔街对望,多么喜欢汉堡和四神汤各有其食客。对我而言,这种尊重各种胃纳的世界几乎已经就是大同世界的初阶了。爱一个地方的方法极多,其中最简单而直接的方法之一是"吃那个地方的食物"。对我而言,每一种食物都有如南洋的榴梿——那里的华人相信,只有爱上那种异味的人,才会真正甘心在那里徘徊流连。

如果一个人不爱上万峦猪脚、新竹贡丸、埔里米粉以及牛肉面、芒果、莲雾、百香果,我总不相信他真能踏实地爱台湾。

酿一坛酒就是把本土的糖、红标米酒和芳香噢人的柠檬搅和在一起,等待时间把它凝定成自己本土的气味。

理由之二是由于酿一坛酒的时候几乎觉得自己就是一个雏型的上帝——因为手中有一项神迹正在进行。古人以酒礼天,以酒奠亡灵,以酒祝婚姻,想必即是因为每一坛酒都是一项奥秘一度神迹一种介乎可成与可败之间、介乎可掌握与不可掌握之间的万般可能。凡人如我,怎么可能"参天地之化育"、"缔造化之神功"?但亲手酿一坛酒却庶几近之。那时候你会回到太古,创世纪才刚刚写下第一行,整个故事呼之欲出,一支笔蓄势待发,整张羊皮因等待被书写一段情节而无限地舒伸着……

理由之三是由于酒是一种"时间的艺术",家中有了一坛初酿的酒,岁月都因期等而变得滉漾不安乃至美丽起来。人虽站在厨房的油烟里,眼睛却望着那坛酒,如同望着一个约会,我终于断定自己是一个饮与不饮都不重要的半吊子饮者。对我而言重要的反而是那份"期待的权利",在微微的焦灼、不耐和甜蜜感中我日复一日隔着玻璃凝视封口之内的酒的世界。

仅仅只需着手酿一坛酒,居然就能取得一个国籍——在名为"希望"的那个国度里,世间还有比这种投资更划得来的事吗?

想当年那些绍兴人,在女儿一出世的时候便做下许多坛米酒埋在地窖里,好等女儿出嫁时用来待客,那其间有多么深婉的情意啊!那酒因而叫"女儿红",真是好得不能再好的名字,令人想起桃花之坞,想起新荷之塘,想起水上琴弦以及故意俯身探到窗前来的月光,一样的使人再多一丝触想便要成泪。

想那些酿酒的母亲,心情不知是如何的?当酒色初艳,母亲的心究竟是乍喜抑是乍悲?当女儿的头发愈来愈乌黑浓密,发下的脸愈来愈灿若流霞,大自然中一场大酝酿已经完成。酒已待倾,女儿正待嫁,待倾之酒明丽如女子的情泪,待嫁之女亦芳醇如乍启的激滟,当此之时,做母亲的心情又是怎样的?

而我的柠檬酒并没有这等"严重性",它仅仅只是六个礼拜后便可一试的浅浅的芳香。没有那种大喜大悲的沧桑,也不含那种亦快亦痛的宕跌——但也许这样更好一点,让它只是一桩小小的机密,一团悠悠的期待,恰如一叠介于在乎与不在乎之间可发表亦可不发表的个人手稿。

酿一坛酒使我和"时间"处得更好,每一个黄昏,当我穿过市馨与市尘回到这一小方宁馨的所在,我会和那亲爱的酒坛子打一声招呼说:"嗨,你今天看起来比昨天更漂亮了!"

拥有一坛酒的人把时间残酷的减法演算成了仁慈的加法。这样看来一坛酒不止是一坛饮料,而且也是一件法器,一旦有了它,便可以玩出一套奇异的法术:让一切的消失返身重现,让一切的飞逝反成增加。拥有一坛酒的人是古代的史官,站在日日进行的情节前,等待记录一段历史的完成。

酿酒的理由之四是可以凭此想起以前的乃至以后的和此酒有关的友人,这样淡薄的饮料虽不值识者一笑,却也是许多欢聚中的一抹颜色,朋友的幽默,朋友的歌哭,朋友的睿智,乃至于他们的雄辩和缄默,他们的激扬和沉潜,他们的洒脱和朴质,都在松子色的酒光里一一重现。酒在未饮之前是神奇的预言书,在既饮之后则又是耐读的历史书。沿着酒杯的矿苗挖下去,你或者掘到朋友的长歌,或者触到朋友的泪痕,至少,你也会碰到朋友的恬淡——但无论如何你总不会碰到"空白"。

如此就来,还不该酿一坛酒吗?

酿酒的理由之五非常简单——我在酒里看到我自己,如果孔子是待沽的玉,则我便是那待斟的酒,以一生的时间去酝酿自己的浓度,所等待的只是那一刹的倾注。

安静的夜里,我有时把玻璃坛搬到桌上,像看一缸热带鱼一般盯着它看,心里想,这奇怪的生命,它每一秒钟的味道都和上一秒钟不同呢!一旦身为一坛酒,就注定是不安的,变化的,酝酿的。

如果酒也有知,它是否也会打量皮囊内的我而出神呢？它或者会想:"那皮囊倒是一具不错的酒坛呢！只是不知道坛里的血肉能不能酝酿出什么来？"

那时候我多想大声地告诉它:

"是啊,你猜对了,我也是酒,酝酿中,并且等待一番致命的倾注！"

也许酿一坛酒,在四月,是一件好得根本可以不需要理由的事,可是,我恰好拣到一堆理由,特别记述如上,提供作为下次想酿酒时的借口。

一抹绿

照说,喝盖碗茶只该小小揭一道缝,把嘴凑上去吸啜,仿佛小儿女偷看情书,看一行掩一行,深恐为别人窥去似的。喝盖碗茶的人也是如此喝一口,盖起,再揭缝,再喝一口……好东西是不该一下消受尽的。

但茶一端上来我便忍不住,竟把杯盖全揭了,我等不及要先看看今年春茶长成什么样子,小小的叶子,沉沉的绿,茶绿不同于嫩绿,但也不是老绿,老绿太肥厚凝重,茶的绿却是一笔始于新绿的未定稿,是遇到水就能重新漾荡出秘密来的宝藏图,是古代翠玉的深浅有致,而现在它们——站在杯子里……

都说"喝"茶,其实,嗅茶和观茶也是了不起的享受。而一个人坐在茶盏前要喝的,哪里是茶?岂不是忙里挪出的一雾空白,是由今春细叶收拢来的记忆(由青山白雾共同酿成的),面对翠烟袅升的杯子,杯内盛放的是一九八五年的春天啊!怎能不战栗珍惜呢?

"这茶有名字吗?"

"有,叫文山包种。"

真是老老实实的名字,记得在香港时,有位女友巴巴地跑到四川去买一种叫"文君绿茶"的茶给我喝,我却嫌它烟煳气重,那么难喝的茶都有个好名字,这么好的怎能没有?

"叫'一抹绿'好吗?"我说。

抬眼望去,窗外翠色的山凝定如案上常设的经典,而山脚下鲜碧的涧水却活泼变化如白话翻译,我一时也搞不清楚自己是在为山描容、为水写真,抑或为茶命名,乃至于为自己的心情题款了。

一半儿春愁，一半儿水

——溪城忆旧

那年，她十七岁，我也是。夏天放榜，她考取了东吴，我也是。她读会计，我读中文，我们都很快乐。

我们相约去看新校区，南部乡下来的同班同学——真的很南部，比高雄还南，我们是屏东来的小孩。

同学叫她"狮子"，倒不是因为她凶恶，而是因为她名叫师瑾，"师""狮"同音，大家就叫她"狮子"。

"狮子"长得美，一双大眼睛，慧黠灵动，莹澈渊深，仿佛一串说不完的谜面，令人沉吟费猜。狮子且清瘦，腰肢一把，轻盈若无，穿起那时代流行的蓬裙，直如云中仙子。

我们终于找到外双溪，那时是一九五八年，住在台北的人一时还没有学会污染的本领。我们站在溪边，我惊异于碧涧濑石之美——啊，教我怎么说呢，我只能说，那时候的水，真是水。没有杂质的水。

我当时忍不住跟狮子胡扯：

"我们去弄件游泳衣，下去游泳吧！"

其实，我只是说说，因为，第一，我根本不会游泳。第二，水也太浅，不可能施展身手。

但狮子这个人一向认真，她立刻很淑女地骂了一句：

"你神经啦！"

我懂她的意思，她是指光天化日，众目睽睽，一个女孩子只穿一件游泳衣便去戏水,岂不有伤风化?

　　而我当时那么说,无非想表达,此水清清,清到值得我们跳进去嬉戏!

　　四十年后的今天,我每周去东吴上小说课,经过溪边,总不免扼腕叹息。溪水啊!你昔日的美丽呢?虽然也有胆大的钓者继续钓鱼,虽然也有一两只白鹭穿梭其间。但那曾经澄澈如玉的溪水却早已不见了。

　　狮子,继续着她在人世间循规蹈矩的步伐,继续流盼她的美目,但乳癌却攫住她。她抗拒,她去开刀,她去复健,她认真地前往大陆寻求医疗,然而,三年前她终于走了。灵堂布满白色的姬百合,她连葬礼都规划得一丝不苟。

　　我该向谁去讨回我误撞异域的朋友呢?

　　一九五八年,东吴在外双溪的第一栋校舍落成,中文系一年级在"第一教室"上课(那位置,现在是注册组在使用)。班上同学只有十人,如果用成本会计的眼光来看,真是浪费。但小班上课实在是令人难忘的好经验,认真的教授甚至可以记得我们作品中的某些句子,像张清徽(张敬)老师,三十年后她偶然还能当面背诵我大四"曲选习作"的句子:

　　"沟里波澜拥又推,乱成堆,一半儿春愁一半儿水。"

　　令我又喜又愧。

　　然而,清徽师也走了,祭吊时播放的不是哀乐而是她生前最喜欢的昆曲。啊!真是奇异的告别式啊!

　　"袅晴丝,吹来闲庭院……"

　　幽缓的"水磨调",人生却是如此匆匆啊!

　　老师是旧式才女,有才华,又用功,连她的字我也是极喜欢的(虽然,不太有人知道她的书法)。她的古诗更写得好,浑茂质朴,情深意切,当今之日,华文世界,能写出这种水准的人,想来也不超过十个吧!

忆起清徽师,常忍不住恻恻而痛,因为同为女性,也因为疼惜,疼惜她这样的才女,却生不逢辰。她对自己的婚姻啧有烦言。但据我看,师丈并不坏。我有次在老师家中看到一帧佩剑少年的旧照片,那美少年英姿爽飒,足以令任何女子怦然心动,我问师丈:

"咦!这人是谁呀?"

"就是我呀!"

我当时大吃一惊!原来这不修边幅,说起话来颠三倒四的师丈,曾是早期清华的高材生,他英挺俊俏,眼神如电,令人形惭。他又因抗战投身空军,可谓是才子又是英雄。老师当年倾心此人,本来应该可成一段佳话,但才子往往不容易与人相处,至于逢迎阿谀,当然更为不屑。在事业饱受挫折之余,他变得成天谈玄说命,不事生产。老师于是自怨自艾起来,词曲于她不失为一种及时的救赎。

啊!如果老师晚生五十年或者六十年,命运会不会好些?女性主义的大纛是不是让她可以活得更理直气壮一点?但反过来说如果她晚生六十年,那些来自书香世家的良好旧学根底也就没了——唉,人生实难啊!

何况,多年后,老师告诉我,她原为家计困窘,才在台大之外寻求兼课东吴的。那么,倒是我捡到便宜了,让我有一年之久领略她风趣隽永的授课。世事的凶吉休咎原是如此难卜,她的不幸,不料反而成就了我的幸运。

当这世上你可以称之为老师的人越来越少,学生却愈来愈多,真是件可悲的事。你眼看老成凋谢,却阻止不了他们的消失。于是你渐渐了解,原来,学者也不是永恒的,如果你不趁可请益的时候请益,将来,总有一天,你再也无法向他们请益了。

汪薇史(汪经昌)老师是我另一位恩师,不料在香港教书时发生车祸谢世。命运真是很奇怪的东西,汪老师和大多数外省老辈一样,对台湾的政治定位没什么把握。刚好,香港有意延聘他教书,他是希望能终老香港的,却不意为一辆不负责任的车子断了命。那司机何曾知道这一撞,撞碎了多少宝贵的曲学传承啊!

汪老师是曲学大师吴瞿安(吴梅)先生的弟子,在台湾曲学界可算得一代宗师。但奇怪的是他当初受聘中文系,所授的课程竟是"社会学"。

有一次,我请教汪老师要学词曲应该如何入手,他说应从《花间词》读起,我再问从《花间词》读起如何读,他说,你来我家,我讲给你听。我从此每周两次去老师家听《花间词》,他讲给我一个人听,免费,而且供应晚餐。甚至我后来结了婚,仍赖皮如故。有时在老师家谈得兴起,不觉已至午夜。忽听得日式房子的矮墙外,有人用压低的清亮男高音的嗓子在叫:

"晓风!"

我一惊而起,推开抑扬清激的工尺谱,完了完了,一定又过了十二点了。于是乖乖出门,跟来"捉"我的丈夫一起回家。从龙泉街到永康街,坐在脚踏车后座上,一路犹想着老师婉转的笛声。这种情节一路上演到我生了孩子,实在脱不了身,才算罢休。而那时候,老师也正打算赴香港上任去了。

我如今每次打开《花间词》都不敢久读,因为一想起往事,就要流泪。

溪声千回,前尘如烟。连当年那可爱的会写情诗的学弟林炯阳也走了(至于他曾取得博士学位,当过中文系系主任,算来都属"末节",他的诗人履历还是最可敬的)。我想,如今我只能珍惜活着的师友,并期待下一世纪的江山代出的人才。钟灵毓秀的溪城当能回应我的祈愿吧?

咏物篇

咏物篇
林木篇
雨之调
常常,我想起那座山
地篇
丁香方盛处

咏物篇

柳

所有的树都是用"点"画成的,只有柳,是用"线"画成的。

别的树总有花,或者果实,只有柳,茫然地散出些没有用处的白絮。

别的树是密码紧排的电文,只有柳,是疏落的结绳记事。

别的树适于插花或装饰,只有柳,适于灞陵的折柳送别。

柳差不多已经落伍了,柳差不多已经老朽了,柳什么实用价值都没有——除了美。柳树不是匠人的树,它是诗人的树,情人的树。柳是愈来愈少了,我每次看到一棵柳都会神经紧张地屏息凝视——我怕我有一天会忘记柳。我怕我有一天读到白居易的"何处未春先有思,柳条无力魏王堤",或是韦庄的"晴烟漠漠柳毵毵"竟必须去翻字典。

柳树从来不能造成森林,它注定是堤岸上的植物,而有些事,翻字典也是没用的,怎么的注释才使我们了解苏堤的柳,在江南的二月天梳理着春风,隋堤的柳怎样茂美如堆烟砌玉的重重帘幕。

柳丝条子惯于伸入水中,去纠缠水中安静的云影和月光。它常常巧妙地逮着一枚完整的水月,手法比李白要高妙多了。

春柳的柔条上暗藏着无数叫做"青眼"的叶蕾,那些眼随兴一张,便喷出几脉绿叶,不几天,所有谷粒般的青眼都拆开了。有人怀疑彩虹的根脚下有宝石,我却总怀疑柳树根下有翡翠——不然,叫柳树去哪里吸收那么多纯净的碧绿呢?

木棉花

所有开花的树看来都该是女性的,只有木棉花是男性的。

木棉树又干又皱,不知为什么,它竟结出那么雪白柔软的木棉,并且以一种不可思议的优美风度,缓缓地自枝头飘落。

木棉花大得骇人,是一种耀眼的橘红色,开的时候连一片叶子的衬托都不要,像一碗红曲酒,斟在粗陶碗里,火烈烈的,有一种不讲理的架势,却很美。

树枝也许是干得狠了,根根都麻皱着,像一只曲张的手——肱是干的、臂是干的,连手肘、手腕、手指头和手指甲都是干的——向天空讨求着什么,撕抓些什么。而干到极点时,树枝爆开了,木棉花几乎就像是从干裂的伤口里吐出来的火焰。

木棉花常常长得极高,那年在广州初见木棉树,不知是不是因为自己年纪特别小,总觉得那是全世界最高的一种树了,广东人叫它英雄树。初夏的公园里,我们疲于奔命地去接拾那些新落的木棉,也许几丈高的树对我们是太高了些,竟觉得每团木棉都是晴空上折翼的云。

木棉落后,木棉树的叶子便逐日浓密起来,木棉树终于变得平凡了,大家也都安下一颗心,至少在明春以前,在绿叶的掩覆下,它不会再暴露那种让人焦灼的奇异的美了。

流苏与诗经

三月里的一个早晨,我到台大去听演讲,讲的是"词与画"。

听完演讲,我穿过满屋子的"权威",匆匆走出,惊讶于十一点的阳光柔美得那样无缺无憾——但也许完美也是一种缺憾,竟至让人忧愁起来。

而方才幻灯片上的山水忽然之间都遥远了,那些绢,那些画纸的颜色都黯淡如一盒久置的香。只有眼前的景致那样真切地逼来,直把我逼到一棵开满小白花的树前,一个植物系的女孩子走过,对我说:"这花,叫流苏。"

那花极纤细,连香气也是纤细的,风一过,地上就添了一层纤纤细细的白,但不知怎的,树上的花却也不见少。对一切单薄柔弱的美我都心疼着。总担心他们在下一秒钟就不存在了,匆忙的校园里,谁肯为那些粉簌簌的小花驻足呢?

不太喜欢"流苏"这个名字,听来仿佛那些花都是垂挂着的,其实那些花全都向上开着,每一朵都开成轻扬上举的十字形——我喜欢十字花科的花,那样简单地交叉的四个瓣,每一瓣之间都是最规矩的九十度,有一种古朴诚恳的美——像一部四言的诗经。

如果要我给那棵花树取一个名字,我就要叫它诗经,它有一树美丽的四言。

栀 子 花

有一天中午,坐在公路局的车上,忽然听到假警报,车子立刻调转方向,往一条不知名的路上疏散去了。

一霎间,仿佛真有一种战争的幻影在蓝得离奇的天空下涌现——当然,大家都确知自己是安全的,因而也就更有心情幻想自己的灾难之旅。

由于是春天,好像不知不觉间就有一种流浪的意味。季节正如大多数的文学家一样,第一季照例总是华美的浪漫主义,这突起的防空演习简直有点郊游趣味,不经任何人同意就自作主张而安排下的一次郊游。

车子走到一个奇异的角落,忽然停了下来,大家下了车,没有野餐的纸盒,大家只好咀嚼山水,天光仍蓝着,蓝得每一种东西都分外透明起来。车停处有一家低檐的人家,在篱边种了好几棵复瓣的栀子花,那种柔和的白色是大桶的牛奶里勾上那么一点子蜜。在阳光的烤炙中凿出一条香味的河。

如果花香也有颜色,玫瑰花香所掘成的河川该是红色的,栀子花的花香所掘的河川该是白色的,但白色有时候比红色更强烈、更震人。

也许由于这世界上有单瓣的栀子花,复瓣的栀子花就显得比一般的复瓣花更复瓣。像是许多叠的浪花,扑在一起,纠住了,扯不开,结成一攒花——这就是栀子花的神话吧!

假的解除警报不久就拉响了,大家都上了车,车子循着该走的正路把各人送入该过的正常生活中去了。而那一树栀子花复瓣的白和复瓣的香都留在不知名的篱落间,径自白着香着。

花　拆

花蕾是蛹,是一种未经展示未经破茧的浓缩的美。花蕾是正月的灯谜,未猜中前可以有一千个谜底。花蕾是胎儿,似乎混沌无知,却有时喜欢用强烈的胎动来证实自己。

花的美在于它的无中生有,在于它的穷通变化。有时,一夜之间,花拆了,有时,半个上午,花胖了,花的美不全在色、香,在于那份不可思议。我喜欢郑重其事地坐着看昙花开放,其实昙花并不是太好看的一种花,它的美在于它的仙人掌的身世所给人的沙漠联想,以及它猝然而逝所带给人的悼念。但昙花的拆放却是一种扎实的美,像一则爱情故事,美在过程,而不在结局。有一种月黄色的大昙花,叫"一夜皇后"的,每颤开一分,便震出噗然一声,像绣花绷子拉紧后绣针刺入的声音,所有细致的蕊丝,登时也就跟着一震,那景象常令人不敢久视——看久了不由得要相信花精花魄的说法。

我常在花开满前离去,花拆一停止,死亡就开始。

有一天,当我年老,无法看花拆,则我愿以一堆小小的春桑枕为收报机,听百草千花所打的电讯,知道每一夜花拆的音乐。

春 之 针 缕

春天的衫子有许多美丽的花为锦绣,有许多奇异的香气为熏炉,但真正缝纫春天的,仍是那一针一缕最质朴的棉线——

初生的禾田,经冬的麦子,无处不生的草,无时不吹的风,风中偶起的鹭鸶,鹭鸶足下恣意黄着的菜花,菜花丛中扑朔迷离的黄蝶……

跟人一样,有的花是有名的,有价的,有谱可查的,但有的没有,那些没有品秩的花却纺织了真正的春天。赏春的人常去看盛名的花,但真正的行家却宁可细察春衫的针缕。

炸酱草常是以一种倾销的姿态推出那些小小的紫晶酒盅,但从来不粗制滥造。有一种菲薄的小黄花凛凛然地开着,到晚春时也加入抛散白絮的行列,很负责地制造暮春时节该有的凄迷。还有一种小草莓的花,白得几乎像梨花——让人不由得心里矛盾起来,因为不知道该祈祷留它为一朵小白花,或化它为一盏红草莓。小草莓包括多少神迹啊。如何棕黑色的泥土竟长出灰褐色的枝子,如何灰褐色的枝子会溢出深绿色的叶子,如何深绿色的叶间会沁出珠白的花朵,又如何珠白的花朵已锤炼为一块碧涩的祖母绿,而那颗祖母绿又如何终于兑换成浑圆甜蜜的红宝石。

春天拥有许多不知名的树,不知名的花草,春天在不知名的针缕中完成无以名之的美丽。

林木篇

行道树

　　每天,每天,我都看见他们,他们是已经生了根的——在一片不适于生根的土地上。

　　有一天,一个炎热而忧郁的下午,我沿着人行道走着,在穿梭的人群中,听自己寂寞的足音,我又看到他们,忽然,我发现,在树的世界里,也有那样完整的语言。

　　我安静地站住,试着去了解他们所说的一则故事:

　　我们是一列树,立在城市的飞尘里。

　　许多朋友都说我们是不该站在这里的,其实这一点,我们知道得比谁都清楚。我们的家在山上,在不见天日的原始森林里。而我们居然站在这儿,站在这双线道的马路边,这无疑是一种堕落。我们的同伴都在吸露,都在玩凉凉的云。而我们呢?我们惟一的装饰,正如你所见的,是一身抖不落的煤烟。

　　是的,我们的命运被安排定了,在这个充满车辆与烟囱的工业城里,我们的存在只有一种悲凉的点缀。但你们尽可以节省下你们的同情心,因为,这种命运事实上也是我们自己选择的——否则我们不必在春天勤生绿叶,不必在夏日献出浓荫。神圣的事业总是痛苦的,但是,也惟有这种痛苦能把深度给予我们。

　　当夜来的时候,整个城市里都是繁弦急管,都是红灯绿酒。而我们在寂静里,我们在黑暗里,我们在不被了解的孤独里。但我们苦熬着把牙龈咬得酸疼,直等到朝霞的旗冉冉升起,我们就站成一列致敬——无论如何,我们这城市总得有一些人迎接太阳!如果别人都不迎接,我们就负责把光明迎来。

这时,或许有一个早起的孩子走了过来,贪婪地呼吸着鲜洁的空气,这就是我们最自豪的时刻了。是的,或许所有的人都早已习惯于污浊了,但我们仍然固执地制造着不被珍视的清新。

落雨的时分也许是我们最快乐的,雨水为我们带来故人的消息,在想象中又将我们带回那无忧的故林。我们就在雨里哭泣着,我们一直深爱着那里的生活——虽然我们放弃了它。

立在城市的飞尘里,我们是一列忧愁而又快乐的树。

故事说完了,四下寂然。一则既没有情节也没有穿插的故事,可是,我听到他们深深的叹息。我知道,那故事至少感动了他们自己。然后,我又听到另一声更深的叹息——我知道,那是我自己的。

枫

秋天,茜从日本来信说:"能想象吗?满山满谷都是红叶,都是鲜丽欲燃的红叶。"

放下信,我摹想着,那是怎样的一座山呢?远看起来像一块剔透的鸡血石呢?还是像一抹醉眠的晚霞呢?

从来没有偏爱过红色,只是在清清冷冷的落叶季里,心中不免渴切地向往那一片有着热度的红。当满山红叶诗意地悬挂着,是多少美丽的忧愁啊!

那种脆薄的,锯齿形的叶子也许并不是最漂亮的,但那憔悴中仍然殷红的脉络总使我想起殉道者的血,在苍凉的世纪里独自红着。

有一天,当我不得不离开我曾经热爱过的世界,我愿有一双手,为我栽两株枫树。春天来时,青绿的叶影里仍然蕴藏着使我痴迷过的诗意。秋天,在霜滑的晚上,干干的红色堆积得很厚,像是故人亲切的问候,从群山之外捎来的。那时,我必定是很欣慰的。

我愿意如那一树枫叶,在晨风中舒开我纯洁的浅碧,在夕照中燃烧我殷切的灿红。

白 千 层

在匆忙的校园里走着,忽然,我的脚步停了下来。

"白千层",那个小木牌上这样写着。小木牌后面是一株很粗壮很高大的树。它奇异的名字吸引着我,使我感动不已。

它必定已经生长很多年了,那种漠然的神色、孤高的气象,竟有些像白发斑斓的哲人了。

它有一种很特殊的树干,棉软的、细韧的、一层比一层更洁白动人。

必定有许多坏孩子已经剥过它的干子了,那些伤痕很清楚地挂着。只是整个树干仍然挺立得笔直,在表皮被撕裂的地方显出第二层的白色,恍惚在向人说明一种深奥的意义。

一千层白色,一千层纯洁的心迹,这是一种怎样的哲学啊!冷酷的摧残从没有给它带来什么,所有的,只是让世人看到更深一层的坦诚罢了。

在我们人类的森林里,是否也有这样一株树呢?

相 思 树

很小的时候就开始喜欢那一片细细碎碎的浓绿。每次坐在树下望天，那些刀形的小叶忽然在微风里活跃起来，像一些熙熙攘攘的船，航在青天的大海里，不用桨也不用楫，只是那样无所谓地漂浮着。

有时走到密密的相思林里，太阳的光屑细细地筛了下来，在看不见的枝桠间，有一只淘气的鸟儿在叫着。那时候就只想找一段粗粗的树根为枕，静静地藉草而眠，并且猜测醒来的时候，阳光会堆积得多厚。

有一次，一位从乡间来的朋友提起相思树，他说：

"那是一种很致密的木材，烧过以后是最好的木炭呢，叫做相思炭。"

我望着他，因激动而沉默了。相思炭！怎样美好的名字，"化作焦炭也相思"，一种怎样的诗情啊。

以后，每次看见那细细密密的叶子，心里不知怎么总是深深地感动着。

每一棵树都是一个奇迹，不是吗？

梧　桐

其实，真正高大古老的梧桐木，我是没有见过的。

也许由于没有见过，它的身影在我心中便显得愈发高大了。有时，打开窗子，面对着满山蓊郁的林木，我的眼睛便开始在那片翠绿中寻找一株完全不同的梧桐，可是，它不在那里。

想象中，它应该生长在冷冷的山阴里，孤独地望着蓝天，并且试着用枝子去摩挲过往的白云。在离它不远的地方有山泉的细响，冷冷如一曲琴音，渐渐的，那些琴音嵌在它的年轮里，使得桐木成为最完美的音乐木材。

我没有听过梧桐所制的古琴，事实上我们的时代也无法再出现一双操琴的手了。但想象中,那种空灵而飘渺的琴韵仍然从不可知的方向来了,并且在我梦的幽谷里低回着。

我又总是想着庄子所引以自喻的凤鸟鹓鶵,"夫鹓鶵,发于南海而飞于北海。非梧桐不止,非练实不食,非醴泉不饮。"

一想到那金羽的凤鸟,栖息在那高大的梧桐树上,我就无法不兴奋。当然,我也没有见过鹓鶵,但我却深深地爱着它,爱它那种非梧桐不止的高洁,那种不苟于乱世的逸风。

然而,何处是我可以栖止的梧桐呢?

它必定存在着,我想——虽然我至今还没有寻到它。但每当我的眼睛在窗外重重叠叠的峦嶂里搜索的时候,我就十分确切地相信,它必定正隐藏在某个湿冷的山阴里。在孤单的岁月中,在渴切的等待中,聆听着泉水的弦柱。

雨之调

雨 荷

有一次,雨中走过荷池,一塘的绿云绵延,独有一朵半开的红莲挺然其间。

我一时为之惊愕驻足,那样似开不开,欲语不语,将红未红,待香未香的一株红莲!

漫天的雨纷然而又漠然,广不可及的灰色中竟有这样一株红莲!像一堆即将燃起的火,像一罐立刻要倾泼的颜色!我立在池畔,虽不欲捞月,也几成失足。

生命不也如一场雨吗?你曾无知地在其间雀跃,你曾痴迷地在其间沉吟——但更多的时候,你得忍受那些寒冷和潮湿,那些无奈与寂寥,并且以晴日的幻想度日。

可是,看那株莲花,在雨中怎样地惟我而又忘我,当没有阳光的时候,它自己便是阳光。当没有欢乐的时候,它自己便是欢乐!一株莲花里有那么完美自足的世界!

一池的绿,一池无声的歌,在乡间不惹眼的路边——岂只有哲学书中才有真理?岂只有研究院中才有答案?一笔简单的雨荷可绘出多少形象之外的美善,一片亭亭青叶支撑了多少世纪的傲骨!

倘有荷在池,倘有荷在心,则长长的雨季何患?

清明上河图

雨中,独自到故宫博物院去看《清明上河图》。

长长的轴卷在桌上平展开,一片完好的汴梁旧风物。管理员将我做笔记用的原子笔取去,而代以铅笔,为了怕油墨污染了画——他们独不怕泪吗?谁能旧地神游而不怆然涕下呢?

青青的土阜、初暖的柳风、微曛的阳光似乎都可感到,安静古老的河水以迟缓的节拍流过幽美的幸福土地,承平的岁月令人不忍目触。

所谓画,不外是一些人,一些车,一些驴,一些耍猴戏的,一些商贾,一些跳叫的狗和孩子——但这一切是怎样单纯的和谐。

宋朝的阳光,古老一如梦中,汴京,遥远有如太古。惟清明时节的麦青,却染绿无数画家的乡愁。使我惊讶的是这个因雨而感伤的下午,何竟一个女子会站在海外的一隅,看前朝宫中的绢画,想五百年来多少人对画而泪垂,想宇内有多少博物馆中正在展示着那和平而丰腴的中原……

走出博物馆,雨中的青山苍凉地兀立着。渭北的春树今何在?江东的暮云今何在?我呢喃着,一路步下渐行渐低的阶梯。

秋 声 赋

一夜,在灯下预备第二天要教的课,才念两行,便觉哽咽。

那是欧阳修的《秋声赋》,许多年前,在中学时,我曾狂热地耽于那些旧书,我曾偷偷地背诵它!

可笑的是少年无知,何曾了解秋声之悲,一心只想学几个漂亮的句子,拿到作文簿上去自炫!

但今夜,雨声从四窗来叩,小楼上一片零落的秋意,灯光如雨,愁亦如雨,纷纷落在《秋声赋》上,文字间便幻起重重波涛,掩盖了那一片熟悉的字句。

每年十一月,我总要去买一本 Idea 杂志,不为那些诗,只为异乡那份辉煌而又黯然的秋光。那荒漠的原野,那大片宜于煮酒的红叶,令人恍然有隔世之想。可叹的是故园的秋色犹能在同纬度的新大陆去辨认,但秋声呢?何处有此悲声寄售?

闻秋声之悲与不闻秋声之悲,其悲各何如?

明朝,穿过校园中发亮的雨径,去面对满堂稚气的大一新生的眼睛,《秋声赋》又当如何解释?

秋灯渐黯,雨声不绝,终夜吟哦着不堪一听的浓愁。

青 楼 集

在傅斯年图书馆当窗而坐,远近的丝雨成阵。

桌上放着一本被蠹鱼食余的《青楼集》,焦黄破碎的扉页里,我低首去辨认元朝的,焦黄破碎的往事。

一壁抄着,忍不住的思古情怀便如江中兼天而涌的浪头,忽焉而至。那些柔弱的名字里有多少辛酸的命运:朱帘秀、汪怜怜、翠娥秀、李娇儿……一时之间,元人的弦索、元人的箫管,便盈耳而至。音乐中浮起的是那些苍白的,架在锦绣之上,聪明得悲哀的脸。

当别的女孩在软褥上安静地坐着,用五彩的丝线织梦,为什么独有一班女孩在众人的奚落里唱着人间的悲欢离合?而如果命运要她们成为被遗弃的,却为什么要让她们有那样的冰雪聪明去承受那种残忍?

"大都",辉煌的元帝国,光荣的朝代,何竟有那些黯然的脸在无言中沉浮?当然,天涯沦落的何止是她们,为人作色的何止是她们。但八百年后在南港,一个秋雨如泣的日子,独有她们的身世这样沉重地压在我的资料卡上,那古老而又现代的哀愁。

雨在眼,雨在耳,雨在若有若无的千山。南港的黄昏,在满楼的古书中无限凄凉!萧条异代,谁解此恨!相去几近千年,她们的忧伤和屈辱却仍然如此强烈地震撼着我。

雨仍落,似乎已这样无奈地落了许多世纪。山渐消沉,树渐消沉,书渐消沉,只有蠹鱼的蛀痕顽强地咬透八百年的酸辛。

油 伞

从朋友的乡居辞出,雨的弦柱在远近奏起,小径忽然被雨中大片干净的油绿照得惹眼起来。原想就这样把自己化在雨里一路回去,但却不过他的盛意,遂支着一把半旧的油伞走了。

走着,走着,黄昏四合,一种说不出的苍茫伸展着,一时不知是真是幻。二十多年前,山城的凌晨,不也是这样的小径?不也是这般幽暗?流浪的中途站上,一个美得不能忘记的小学。天色微茫,顶着一把油伞,那小女孩往学校走去。为了去看教室后面大家合种的一畦菠菜,为了保持一礼拜连续最早到校的纪录,以赢得一本纸质粗劣的练习本,她匆促地低头而行。

而二十年后,仍是雨,仍是山,仍是一把半旧的油伞,她的脚步却无法匆促了。她不能不想起由于模糊而益显真切的故土的倦柳愁荷。

那一季的菠菜她终于没吃到,便又离去了;而那本练习本,她也始终得不着,因为总有一个可恨的男生偶然比她早到,来破坏她即将完成的纪录。她一无所获——而二十多年后,她在芬芳的古籍中偶然读到柳柳州笔下的山水,便懊恨那些早晨为什么浪费在无益的奔跑上,为什么她不解人生的缘分?为什么她不解那一瞥的价值？为什么她不让故乡最后的春天在那网膜上烙下最痛最美的印记？却一心挂想着那本不值钱的练习本。

油伞之后，再无童年。岛上的日子如一团发得太松的面，不堪一握。

但岛仍是岛，而当我偶然从仔细的谛视中发现那油伞只不过是一把塑胶仿制品的时候，黄昏的幻象便倏然消逝了。有车，有繁灯，这城市的雨季又在流浪者眼前绵绵密密地上演了。

常常,我想起那座山

一 方 纸 镇

常常,我想起那座山。

它沉沉稳稳地驻在那块土地上,像一方纸镇,美丽凝重,并且深情地压住这张纸,使我们可以在这张纸上写属于我们的历史。

有时是在市声沸天、市尘弥地的台北街头,有时是在拥挤而又落寞的公共汽车站,有时是在异乡旅舍中凭窗而望,有时是在扼腕奋臂、抚胸欲狂的大痛之际,我总会想起那座山。

或者在眼中,或者在胸中,是汉人,就从心里想要一座山。

孔子需要一座泰山,让他发现天下之小。

李白需要一座敬亭山,让他在云飞鸟尽之际有"相看两不厌"的对象。

辛稼轩需要一座妩媚的青山,让他感到自己跟山相像的"情与貌"。

是炎黄子孙,就有权利向上苍要一座山。

我要的那一座山叫拉拉山。

山跟山都拉起手来了

"拉拉是泰雅尔话吗?"我问胡,那个泰雅尔司机。

"是的。"

"拉拉是什么意思?"

"我也不知道,"他抓了一阵头,忽然又高兴地说,"哦,大概是因为这里也是山,那里也是山,山跟山都拉起手来了,所以就叫拉拉山啦!"

他怎么会想起来用汉字来解释泰雅尔的发音的?但我不得不喜欢这种诗人式的解释,一点也不假,他话刚说完,我抬头一望,只见活鲜鲜的青色一刷刷地刷到人眼里来,山头跟山头正手拉着手,围成一个美丽的圈子。

风景是有性格的

十一月,天气一径地晴着,薄凉,但一径地晴着。天气太好的时候我总是不安,看好风好日这样日复一日地好下去,我有些说不上来的焦急。

我决心要到山里去一趟,一个人。

说得更清楚些,一个人,一个成年的女人,活得很兴头的一个女人,既不逃避什么,也不为了出来"散心"——恐怕反而是出来"收心",收她散在四方的心。

一个人,带一块面包,几只黄橙,去朝山谒水。

有的风景的存在几乎是专为了吓人,如大峡谷,它让你猝然发觉自己渺如微尘的身世。

有些风景又令人惆怅,如小桥流水(也许还加上一株垂柳,以及模糊的鸡犬声),它让你发觉,本来该走得进的世界,却不知为什么竟走不进去。

有些风景极安全,它不猛触你,它不骚扰你,像罗马街头的喷泉,它只是风景,它只供你拍照。

但我要的是一处让我怦然心动的风景,像宝玉初见黛玉,不见

眉眼,不见肌肤,只神情恍惚地说:

"这个妹妹,我曾见过的。"

他又解释道:"虽没见过,却看看面善,心里倒像是远别重逢的一般。"

我要的是一种似曾相识的山水——不管是在王维的诗里初识的,在柳宗元的《永州八记》里遇到过的,在石涛的水墨画里咀嚼而成了瘾的,或在魂里梦里点点滴滴一石一木蕴积而有了情的。

我要的一种风景是我可以看它也可以被它看的那种。我要一片"此山即我,我即此山,此水如我,我如此水"的熟悉世界。

有没有一种山水是可以与我辗转互相注释的?有没有一种山水是可以与我互相印证的?

包 装 纸

像歌剧的序曲,车行一路都是山,小规模的,你感到一段隐约的主旋律就要出现了。

忽然,摩托车经过,有人在后座载满了野芋叶子,一张密叠着一张,横的叠了五尺,高约四尺,远看是巍巍然一块大绿玉。想起余光中的诗——

> 那就折一张阔些的荷叶
> 包一片月光回去
> 回去夹在唐诗里
> 扁扁的,像压过的相思

台湾的荷叶不多,但满山都是阔大的野芋叶,心形,绿得叫人喘不过气来,真是一种奇怪的叶子。曾经,我们的市场上芭蕉叶可以包一方豆腐,野芋叶可以包一片猪肉——那种包装纸真豪华。

一路上居然陆续看见许多载运野芋叶子的摩托车,明天市场上会出现多少美丽的包装纸啊!

肃　然

山色愈来愈矜持,秋色愈来愈透明,我开始正襟危坐,如果米颠为一块石头而免冠下拜,那么,我该如何面对叠石万千的山呢?

车子往上升,太阳往下掉,金碧的夕晖在大片山坡上徘徊顾却,不知该留下来依属山,还是追上去殉落日。

和黄昏一起,我到了复兴。

它在那里绿着

小径的尽头,在芦苇的缺口处,可以俯看大汉溪。

溪极绿。

暮色渐渐深了,奇怪的是溪水的绿色顽强地裂开暮色,坚持地维护着自己的色调。

天全黑了,我惊讶地发现那道绿仍旧虎虎有力地在流,在黑暗里我闭了眼睛都能看得见。

或见或不见,我知道它在那里绿着。

赏梅,于梅花未著时

庭中有梅,大约有一百棵。

"花期还有三四十天。"山庄里的人这样告诉我,虽然已是已凉未寒的天气。

梅叶已凋尽,梅花尚未剪裁,我只能伫立细赏梅树清奇磊落的骨格。

梅骨是极深的土褐色,和岩石同色。更像岩石的是,梅骨上也布满苍苔的斑点,它甚至有岩石的粗糙风霜、岩石的裂痕、岩石的苍老嶙峋。梅的枝枝柯柯交抱成一把,竟是抽成线状的岩石。

不可想象的是,这样寂然不动的岩石里,怎能迸出花来呢?

如何那枯瘠的皴枝中竟锁有那样多莹光四射的花瓣,以及那么多日后绿得透明的小叶子,它们此刻在哪里?为什么有怀孕的花树如此清癯苍古?那万千花胎怎会藏得如此秘密?

我几乎想剖开枝子掘开地,看看那来日要在月下浮动的暗香在哪里?看看来日可以欺霜傲雪的洁白在哪里?它们必然正在斋戒沐浴,等候神圣的召唤,在某一个北风凄紧的夜里,它们会忽然一起白给天下看。

隔着千里,王维能回首看见故乡绮窗下记忆中的那株寒梅。隔着三四十天的花期,我在枯皴的树臂中预见想象中的璀璨。

于无声处听惊雷,于无色处见繁花,原来并不是不可以的!

神 秘 经 验

深夜醒来我独自走到庭中。

四下是彻底的黑,衬得满天星子水清清的。

好久没有领略黑色的美了。想起托尔斯泰笔下的安娜·卡列尼娜,在舞会里,别的女孩以为她要穿紫罗兰色的衣服,但她竟穿了一件墨黑的,项间一圈晶莹剔亮的钻石,风华绝代。

文明把黑夜弄脏了,黑色是一种极娇贵的颜色,比白色更沾不得异物。

黑夜里,繁星下,大树兀然矗立,看起来比白天更高大。

那所老屋,一片瓦叠一片瓦,说不尽的沧桑。

忽然,我感到自己被桂香包围了。

一定有一棵桂树,我看不见,可是,当然,它是在那里的。桂树是一种在白天都不容易看见的树,何况在黑如松烟的夜里。如果一定要找,用鼻子应该也找得到。但,何必呢?找到桂树并不重要,能站在桂花浓馥的古典香味里,听那气息在噫吐什么,才是重要的。

我在庭园里绕了几圈,又毫无错误地回到桂花的疆界里,直到我的整个肺纳甜馥起来。

有如一个信徒和神明之间的神秘经验,那夜的桂花对我而言,也是一场神秘经验。有一种花,你没有看见,却笃信它存在。有一种声音,你没有听见,却自知你了解。

当我去即山

我去即山,搭第一班早车。车只到巴陵(好个令人心惊的地名),要去拉拉山——神木的居所——还要走四个小时。

但我前去即山。当班车像一只无楫无樯的舟一路荡过绿波绿涛,我一方面感到作为一个人一个动物的喜悦,可以去攀绝峰,可以去横渡大漠,可以去莺飞草长或穷山恶水的任何地方,但一方面也惊骇地发现,山,也来即我了。

我去即山,越过的是空间,平的空间,以及直的空间。

但山来即我,越过的是时间,从太初,它缓慢地走来,一场十万年或百万年的约会。

当我去即山,山早已来即我,我们终于相遇。

张爱玲谈到爱情,这样说:

> 于千万人之中遇见你所遇见的人,于千万年之中,时间的无涯的荒野里,没有早一步,也没有晚一步,刚巧赶上了,也没

有别的话可说,惟有轻轻地问一声:"噢,你也在这里吗?"

人类和山的恋爱也是如此,相遇在无限的时间,交会于无限的空间,一个小小的恋情缔结在那交叉点上,如一个小小鸟巢,偶筑在纵横的枝柯间。

地　名

地名、人名、书名和一切文人雅士虽铭刻于金石、事实上却根本不存在的楼斋亭阁,都令我愕然久之。(那些图章上的地名,既不能说它是真的,也不能说它是假的,只能说,它构思在方寸之间的心中,营筑在分寸之内的玉石上。)

炎黄子孙的名字恒是如此郑重庄严。

通往巴陵的路上,无边的烟缭雾绕中猛然跳出一个路牌让我惊讶,那名字是:雪雾闹。

我站起来,不相信似的张望了又张望,车上有人在睡,有人在发呆,没有人去理会那名字,只有我暗自吃惊。唉,住在山里的人是已经养成对美的抵抗力了,像刘禹锡的诗"司空见惯浑闲事,断尽江南刺史肠"。而我亦是脆弱的,一点点美,已经让我承受不起了,何况这种意外蹦出来的,突发的美好。何竟在山叠山,水错水的高绝之处,有一个这样的名字。是一句沉实紧密的诗啊,那名字!

名字如果好得很正常,倒也罢了。例如"云霞坪",已经好得很够分量了,但"雪雾闹"好得过分,让我张皇失措,几乎失态。

"红杏枝头春意闹。"但那种闹只是闺中乖女孩偶然的冶艳,但雪雾纠缠,那里面就有了天玄地黄的大气魄,是乾坤的判然分明的对立,也是乾坤的浑然一体的含同。

像把一句密加圈点的诗句留在诗册里,我把那名字留在山巅水涯,继续前行。

谢 谢 阿 姨

车过高义,许多背着书包的小孩下了车。高义小学在那上面。

在台湾,无论走到多高的山上,你总会看见一所小学,灰水泥的墙,红字,有一种简单的不喧不嚣的美。

小孩下车时,也不知是不是校长吩咐的,每一个都毕恭毕敬地对司机和车掌大声地说:"谢谢阿姨!谢谢伯伯!"

在这种车上服务真幸福。

愿那些小孩永远不知道付了钱就叫"顾客",愿他们永远不知道"顾客永远是对的"这种片面的道德观念。

是清早的第一班车,是晨露未晞的通往教室的小径,是刚刚开始背书包的孩子,一声"谢谢",太阳蔼然地升起来。

山水的巨帙

峰回路转,时而是左眼读水,右眼阅山,时而是左眼披览一页页的山,时而是右眼圈点一行行的水——山水的巨帙是如此观之不尽。

作为高山路线上的一个车掌必然很怡悦吧?早晨,看东山的影子如何去覆罩西山,黄昏的收班车则看回过头来的影子从西山覆罩东山。山径只是无限的整体大片上的一条细线,车子则是千回百折的线上的一个小点。但其间亦自是一段小小的人生,也充满大千世界的种种观照。

不管车往哪里走,奇怪的是梯田的阶层总能跟上来,真是不可思议,他们硬是把峰壑当平地来耕作。

我想送梯田一个名字——"层层香",说得更清楚点,是层层稻香,层层汗水的芬芳。

巴陵是公路局车站的终点。

像一切的大巴士的山线终站,那其间有着说不出来的小小繁华和小小寂寞——一间客栈,一座山庄,一间兼卖肉丝面和猪头肉的票亭,几家山产店,几户人家,一片有意无意的小花圃,车来时,扬起一阵沙尘,然后沉寂。

公车的终点站是计程车的起点,要到巴陵还有三小时的脚程,我订了一辆车,司机是胡先生,泰雅尔人,有问必答,车子如果不遇山崩,可以走到比巴陵更深的深山。

山里的计程车其实是不计程的,连计程表也省得装了。开山路,车子耗损大,通常是一个人或好些人合包一辆车。价钱当然比计程贵,但坐车当然比坐滑竿坐轿子人道多了,我喜欢看见别人和我平起平坐。

我坐在前座,和驾驶员一起,文明社会的礼节到这里是不必讲求了,我选择前座是因为它既便于谈话,又便于看山看水。

车虽是我一人包的,但一路上他老是停下来载人,一会是从小路上冲来的小孩——那是他家老五,一会又搭乘一位做活的女工,有时他又热心地大叫:

"喂,我来帮你带菜!"

许多人上车又下车,许多东西搬上又搬下,看他连问都不问一声就理直气壮地载人载货,我觉得很高兴。

"这是我家!"他说着,跳下车,大声跟他太太说话。

天啊!漂亮的西式平房。

他告诉我哪里是他正在兴盖的旅舍,他告诉我他们的土地值三万一坪,他告诉我山坡上哪一片是水蜜桃,哪一片是苹果……

"要是你四月来,苹果花开,哼……"

这人说话老是让我想起现代诗。

"我们山地人不喝开水的——山里的水拿起来就喝!"

"呶,这种草叫'嗯桑',我们从前吃了生肉要是肚子痛就吃它。"

"停车,停车。"这一次是我自己叫停的,我仔细端详了那种草,锯齿边的尖叶,满山遍野都是,从一尺到一人高。顶端开着隐藏的小黄花,闻起来极清香。

我摘了一把,并且撕一片像中指大小的叶子开始咀嚼。老天!真苦得要死,但我狠下心至少也得吃下那一片,我总共花了三个半小时,才吃完那一片叶子。

"那是芙蓉花吗?"

我种过一种芙蓉花,初绽时是白的,开着开着就变成了粉的,最后变成凄艳的红。

我觉得路旁那些应该是野生的芙蓉。

"山里花那么多,谁晓得?"

车子在凹凹凸凸的路上,往前蹦着。我不讨厌这种路——因为太讨厌平直光滑的大道把你一路输送到风景站的无聊。

当年孔丘乘车,遇人就"凭车而轼",我一路行去,也无限欢欣地向所有的花,所有的蝶,所有的鸟以及不知名的蔓生在地上的浆果行"车上致敬礼"。

"到这里为止,车子开不过去了,"司机说,"下午我来接你。"

山水的圣谕

我终于独自一人了。

独自一人来面领山水的圣谕。

一片大地能昂起几座山？一座山能涌出多少树？一棵树里能秘藏多少鸟？一声鸟鸣能婉转倾泄多少天机？

鸟声真是一种奇怪的音乐——鸟愈叫,山愈幽深寂静。

流云匆匆从树隙穿过——云是山的使者吧——我竟是闲于闲云的一个。

"喂！"我坐在树下,叫住云,学当年孔子叫住趋庭而过的鲤,并且愉快地问它,"你学了诗没有？"

并不渴,在十一月山间的新凉中,但每看到山泉我仍然忍不住停下来喝一口。雨后初晴的早晨,山中轰轰然全是水声,插手入寒泉,只觉自己也是一片冰心在玉壶。而人世在哪里？当我一插手之际,红尘中几人生了？几人死了？几人灰情灭欲大彻大悟了？

剪水为衣,抟山为钵,山水的衣钵可授之何人？叩山为钟鸣,抚水成琴弦,山水的清音谁是知者？山是千绕百折的璇玑图,水是逆流而读或顺流而读都美丽的回文诗,山水的诗情谁来领管？

俯视脚下的深涧,浪花翻涌,一直,我以为浪是水的一种偶然,一种偶然搅起的激情。但行到此处,我忽竟发现不然,应该说水是浪的一种偶然,平流的水是浪花偶尔憩息时的宁静。

同样是岛,同样有山,不知为什么,香港的山里就没有这份云来雾往、朝烟夕岚以及千层山万重水的故园韵味。香港没有极高的山,极巨的神木。香港的景也不能说不好,只是一览无遗坦然得令人不习惯。

对一个炎黄子孙而言,烟岚是山的呼吸,而拉拉山,此刻正在徐舒地深呼吸。

在

小的时候老师点名,我们一一举手说:

"在!"

当我来到拉拉山,山在。

当我访水,水在。

还有,万物皆在,还有,岁月也在。

转过一个弯,神木便在那里,在海拔一千八百米的地方,在拉拉山与塔曼山之间,以它五十四米的身高,面对不满五英尺四英寸的我。

它在,我在,我们彼此对望着。

想起刚才在路上我曾问司机:

"都说神木是一个教授发现的,他没有发现以前你们知道不知道?"

"哈,我们早就知道啦,做小孩子时就知道,大家都知道的嘛!它早就在那里了!"

被发现或不被发现,被命名或不被命名,被一个泰雅尔的山地小孩知道或被森林系的教授知道,它反正在那里。

心情又激动又平静,激动,因为它超乎想象的巨大庄严;平静,是因为觉得它理该如此,它理该如此妥帖地拔地擎天,它理该如此是一座倒生的翡翠矿,需要用仰角去挖掘。

路旁钉着几张原木椅子,长满了苔藓,野蕨从木板裂开的缝隙间冒生出来,是谁坐在这张椅子上把它坐出一片苔痕?是那叫做"时间"的过客吗?

再往前,是更高的一株神木叫"复兴二号"。

再走,仍有神木,再走,还有。这里是神木家族的聚居之处。

十一点了,秋山在此刻竟也是阳光炙人的,我躺在"复兴二号"下面,想起唐人的传奇,虬髯客不带一丝邪念卧看红拂女梳垂地的长发,那景象真华丽。我此刻也卧看大树在风中梳着那满头青丝,所不同的是,我也有华发绿鬓,跟巨木相向苍攀。

人行到"复兴一号"下面,忽然有些悲怆,这是胸腔最阔大的一棵,直立在空无凭依的小山坡上,似乎被雷殛过,有些地方劈剖开来,老干枯干苍古,分叉部分却活着。

怎么会有一棵树同时包括死之深沉和生之愉悦?

那树多像中国!中国?我是到山里来看神木的,还是来看中国的?

坐在树根上,惊看枕月衾云的众枝柯,忽然,一滴水棒喝似的打到头上。那枝柯间也有汉武帝所喜欢的承露盘吗?

真的,我问我自己,为什么要来看神木呢?对生计而言,神木当然不及番石榴树,而番石榴,又不及稻子麦子。

我们要稻子,要麦子,要番石榴,可是,令我们惊讶的是,我们的确也想要一棵或很多棵神木。

我们要一个形象来把我们自己画给自己看,我们需要一则神话来把我们自己说给自己听:千年不移的真挚深情,阅尽风霜的泰然庄矜,接受一个伤痕便另拓一片苍翠的无限生机,人不知而不愠的怡然自足。

树在。山在。大地在。岁月在。我在。你还要怎样更好的世界?

适　者

听惯了"物竞天择,适者生存",人不知不觉就绷紧了,仿佛自己正介于适者与不适者之间,又好像适于生存者的名单即将宣布了,我们连自己生存下去的权利都开始怀疑起来了。

但在山中,每一种生物都尊严地活着,巨大悠久如神木神奇尊贵如灵芝,微小如阴暗岩石上恰似芝麻点大的菌子,美如凤尾蝶,丑如小蜥蜴,古怪如金狗毛,卑弱如匍伏结根的蔓草,以及种种不知名的万类万品,生命是如此仁慈公平。

甚至连没有生命的,也和谐地存在着,土有土的高贵,石有石的尊严,倒地而死无人凭吊的树尸也纵容菌子、蕨草、苔藓和木耳爬得它一身,你不由觉得那树尸竟也是另一种大地,它因容纳异己而在那些小东西身上又青青翠翠地再活了起来。

生命是有充分的余裕的。

在山中,每一种存在的都是适者。

忽然,我听到人声,胡先生来接我了。

"就在那上面,"他指着头上的岩突叫着,"我爸爸打过三只熊!"

我有点生气,怎么不早讲?他大概怕吓着我,其实,我如果事先知道自己走的是一条大黑熊出没的路,一定要兴奋十倍。可惜了!

"熊肉好不好吃?"

"不好吃,太肥了。"他顺手摘了一把野草,又顺手扔了,他对逝去的岁月并不留恋,他真正挂心的是他的车,他的孩子,他计划中的旅馆。

山风跟我说了一天,野水跟我聊了一天,我累了。在回来的公路局车上安分地凭窗俯看极深极深的山涧,心里盘算着要到何方借一只长瓢,也许是长如勺子星座的长瓢,并且舀起一瓢清清冽冽的泉水。

有人在山跟山之间扯起吊索吊竹子,我有点喜欢做那竹子。

回到复兴,复兴在四山之间,四山在云的合抱中。

水　程

清晨,我沿复兴山庄旁边的小路往吊桥走去。

吊桥悬在两山之间,不着天,不巴地,不连水——吊桥真美。走吊桥时我简直有一种走索人的快乐,山色在眼,风声在耳。而一身系命于天地间游丝一般的铁索。

多么好!

我下了吊桥,走向渡头,舟子未来,一个农妇在田间浇豌豆,豌豆花是淡紫的,很细致美丽。

打谷机的声音不知从何处传来,我感动着,那是一种现代的舂米之歌。

我要等一条船沿水路带我经阿姆坪到石门,我坐在石头上等着。

乌鸦在山岩上直嘎嘎地叫着,记得有一年在香港碰到王星磊导演的助手,他没头没脑地问我:

"台湾有没有乌鸦?"

他们后来到印度去弄了乌鸦。

我没有想到在山里竟有那么多乌鸦,乌鸦的声音平直嘶哑,丝毫不婉转流利,它只会简单直接地叫一声:

"嘎——"

但细细品味,倒也有一番直抒胸臆的悲痛,好像要说的太多,仓皇到极点,反而只剩一声长噫了!

乌鸦的羽翅纯黑硕大,华贵耀眼。

船来了,但乘客只我一人,船夫定定地坐在船头等人。

我坐在船尾,负责邀和风,邀丽日,邀偶过的一片云影,以及夹岸的绿烟。

没有别人来,那船夫仍坐着。两个小时过去了。

我觉得我邀到的客人已够多了,满船都是,就付足了大胆儿的船资,促他开船。他终于答应了。

山从四面叠过来,一重一重的,简直是绿色的花瓣——不是单瓣的那一种,而是重瓣的那一种——人行水中,忽然就有了花蕊的感觉,那种柔和的、生存着的花蕊,你感到自己的严和芬芳,你竟觉得自己就是张横渠所说的可以"为天地立心"的那个人。

不是天地需要我们去为之立心,而是由于天地的仁慈,她俯身将我们抱起,而且刚刚好放在心坎的那个位置上。山水是花,天地是更大的花,我们遂挺然成花蕊。

回首群山,好一块沉实的纸镇,我们会珍惜的,我们会在这张纸上写下属于我们的历史。

后 记

一、常常,我仍想起那座山。

二、冬天,我再去复兴山庄,狠狠地看了一天的梅花。

三、夏天,在一次外出旅行之前,我又去了一次拉拉山,吃了些水蜜桃,以及山壁上倾下来的不花钱的红草莓。夏天比秋天好的是绿苔上长满十字形的小紫花,但夏天游人多些,算来秋天比夏天多了整整一座空山。

地篇

据说,古时的地字,是用两个土字为基本结构,而土字写作👁。猛一看,忍不住怦然心跳,差不多觉得仓颉造了个"有声音效果的字",仿佛间只见宇宙洪荒,天地濛涌,一片又小又翠的叶子中气十足的,砰的一声蹿出地面,人类吓了一跳,从此知道什么叫土地。

*

《尔雅》——一本最古老的词典——上面说:"地,底也,其体底下,载万物也。"看着,看着,开始不服气起来,分明是一本文字学的书嘛,怎么会如此像诗,把地说成最低最低的万物承载的摇篮,把地说成了人类的"底子",世上还有比这更好的解释吗?

终于想通了,文字学家和诗人是一种人,一种唧唧呱呱跟在造物身后不停地指手画脚,企图努力向人解释的人。

*

在中国语言里,大地不但是有生命的,而且还有得非常具体。

譬如说"地毛",地竟被看作是毛发青盛的,地难道是一个肌肤实突的少年男子吗?而地毛指的是一些"莎草"。下一次,等我行过草原,我要好好地看一下大地的汗毛。

*

地也有耳,"地耳"指的是一种菌类,大略和木耳相似吧!大地的耳朵,它倚侧着想听些什么呢?是星辰的对位?还是风水的和弦?

吃木耳的时候,我想我吃下了许多神秘的声音。

另外有一种松茸,圆圆的叫"地肾",奇怪,大地可以不断地捐赠他的肾而长出新的来。

*

有一种红色的茜草叫做"地血",传说是人血所化生,想起来悚怖中又有不自禁的好奇和期待。有一天,竟会有一株茜草是另一种版本的我,属于我的那株茜草会是怎样的红?殷忧的浓红?浪漫的水红?郁愤的紫红?沉实的棕红?抑是历历不忘的斑红?孰为我?我为孰?真令人取决不下。

*

"地肺"是什么?有时候指的是山,有时候指的是水中的浮岛。在江苏、在河南、在陕西,都有地方叫地肺,不管是以山或以岛为肺叶,吐纳起来都是很过瘾的吧?

*

"地骨"同时指石头和枸杞,把石头算作骨骼是很合理的,两者一般的嵌崎磊落。喜欢石头的人都可以把自己看作"摸骨专家",可以仔细摸一摸大地的支架。可是把枸杞认作地骨却不免令人惊奇,想来石头作地骨取的是"写实派"手法,枸杞作地骨应是"象征派"手法。枸杞是一种红色颗粒的补药,大概服食后可以让人拥有大地一般的体魄吧!枸杞也叫地筋,不管是"大地之筋"或"大地之骨",我总是宁可信其有。

*

"地脂"是一篇道家的故事,据说有人偶然遇见,偶然试擦在一位老人的脸上,老人的皱纹顿时平滑如少年。世上有多少青春等待唤回,昨夜微霜初渡河,今晨的秋风里凋了多少青发?我们到何处去寻故事中的"地脂"呢?

*

"地脉"指的是河流,想来必是黄河动脉,长江静脉吧？至于那些夹荷带柳的小溪应该是细致的微血管了。这样看来喜马拉雅真该是大地的心脏了,多少血脉附生在它身上！只是有时想来又令人不平,如河川是血脉,血脉可不可以是河流呢？侧耳听处,哪一带是黄河冰澌？哪一带是钱塘浙潮？究竟是人在江湖,还是江湖在人？今宵可否煮一壶酒,于血波沸扬处听故土的五湖三江？

*

"地脊"几乎是一则给小孩猜的谜语,一看就知道是指山,山是多峥嵘秀拔的一副脊椎骨啊！永不风湿,永不发炎地挺在那里,有所承当,有所负载的脊梁。

*

地也有嘴,叫"地喙"指的是深渊,听说西域龟兹国的音乐是君臣静坐于高山深谷之际,听松涛相激,动静相生,虚实相荡而来,如果山是竹管,深渊便是凿陷的孔,音乐便在竹管的"有"与孔穴的"无"之间流泻出来,如果深渊是大地之口,那该是一张启发了人间音乐的口。

*

所有的民族都毫无选择地必须爱敬大地,但在语汇里使大地有血脉有骨肉,有口有耳有脊骨的,恐怕只有中国人吧。大地的众子中如果说我们中国人最爱它,应该并不为过吧！

除了在语言里把大地看作有位格有肢体的对象,其他中国语言里令人称奇的跟大地有关的语汇也说它不完！

*

"地味"两字令人引颈以待,急着想知道究竟说的是什么。原来是指天地初生,地涌清泉的那份甘洌,听来令人焦灼艳羡。恨不得身当其时,可以贪心连捞它三把,一掬盥面,一掬餍渴,一掬清心。

*

"地丁"也颇费猜,千想万想却没想到居然是指野花蒲公英,真是好玩。地丁是什么意思?写《本草纲目》的李时珍也说不清楚,我只好将之解释为大地的小守卫兵,每年看到蒲公英,我忍不住窃然自喜,和它们相对瞬目:"喂!我知道你是谁,你们这些又忠心又漂亮的小卫兵,你们交班交得多么好看,你们把大地守卫得多么周密,你们是惟一没有刀没有枪的小地丁。"那些家伙在阳光下显出好看的金头盔,却假装没听见我说话,对了,我不该去逗它们的,它们正在正正经经地站岗呢!

*

"地珊瑚"其实就是藤,算来该是一种绿色种的变色珊瑚了。世上的好事好物太多,有时不免把词章家搞糊涂了,不知该用什么去形容什么,应该说"好风如水"呢,还是该说"好水如风"呢?应该说"人面如花"呢,还是说"花似人面"呢?"江山如画"和"画如真山真水"哪一个更真切?而我一眼看到地珊瑚虽觉清机妙趣盈眉而来,却也不免跃跃然想去叫珊瑚一声"海藤"。

*

"地龙子"指的是蚯蚓,听来令人简直要噗哧一笑,那么小小的蠕虫,哪能担上那么大的龙的名头!但仔细一想,倒觉得地龙子比天龙可爱踏实多了。谁曾看过天龙呢?地龙却是人人看过的,人生一世果能土里来土里去像一只蚯蚓,不见得就比云里来雨里去的龙为差,蚯蚓又叫"地蝉",这家伙居然又善鸣,不太能想象一只像植物一样活在泥土里的动物怎么开口唱歌?可是每次在乡下空而静的黄昏,大地便是一棵无所不载的巨树,响亮的鸣声单纯地传来,乍然一听,只觉土地也在悠悠然唱起开天辟地的老话头来。

*

"地行仙"常常是老寿星的美称,仙人中也许就该数这种仙人最幸福,餐霞饮露何如餐谷饮水?第一次看一位长辈写"天马行地"四个字,立觉心折,俗话常说"云泥之别",其实云不管多高多白,终有一天会脱胎成雨水,会重入尘寰,会委身泥土而浑然为一。求仙是可以的,但是,就做这种仙吧!

*

"地货"是商业上的名词,一切的蔬菜、水果、萝卜、山芋、荸荠全在内,我有时想开一家地货行,坐拥南瓜的赤金、菜瓜的翡翠以及茄子的紫晶,门口用敦敦实实的颜体写上"地货行"三个大字——想着想着,事情就开始实在而具体起来,仿佛已看见顾客伸手去试敲一枚大西瓜,而另一个正在捏着一只吹弹得破的柿子,急得我快要失口叫了起来。

*

"地听"一词是件不可思议的军事行动,办法是先掘一个深深的坑,另外再准备一个土瓮,瓮用薄皮封了口,看来有点像鼓。人抱着这种鼓瓮躲在地坑里,敌人如果想挖地道来袭,瓮就会发出声音。这虽然是战争的故事、生死交关的情节,可是听来却诗意盎然。又有一种用皮做的"胡禄",人躺在地下把它当枕头枕着,也可以远远听到行军之声,大地到底怎么回事?怎么会有这么多神奇?

*

"舆地"两字是童话也是哲学,中国人一向有"天为盖,地以载"的观念,大地是用来载人的。但是,哪一种载法呢?中国人选择了

"车子"的形象,大地一下子变成一辆娃娃车,载着历世历代的人类,在茫茫宇宙中稳然前行。我想到神往处,恨不得纵身云外,把这可爱的、以万木为流苏以千花为璎珞的娃娃车(而且是球形的,像灰姑娘赴王子晚宴所乘的那一辆),好好地看它个饱。

*

"地银"指的是月光下闪亮发光的河流,"地镜"也类同,指湖泊水塘。生平不耐烦对镜,也许大千世界有太多可观可叹可喜可鸩之景,总觉对镜自赏是件荒谬的事。但有一天,当我年老,我会静静地找到一方镶满芳草的泽畔,低下头来,梳我斑白的头发,在水纹里数我的额纹。那时候,我会看见云来雁往,我会看见枯荷变成莲蓬,莲子复变成明夏新叶,我会怔怔然地望着大地之镜,求天地之神容许我在这一番大鉴照中看见自己小小如戏景的一生,人生不对镜则已,要对,就要对这种将朝霞夕岚岁月年华一并映照的无边无际的大镜。

丁香方盛处

长夏漫漫,我的朋友去了远方——我也是,我们轮流在对方的领域中缺席。

她不在,我当然也活得好端端的,却总觉得生活里缺了一角。其实她在这个城市的时候,我们往往一个月才通一次电话,这种交情,岂止是"淡如水",简直是淡如清风,淡如气流——但它却仍是有其力道的。

终于,她回来了,我也回来了,她兴奋地跟我说起远方的诗人之聚:

"哎,大会进行到后来,出现了一位俄国小老头,(唉!我想,这俄国诗人,经过岁月沧桑,可也不容易啊!他的名字叫库什涅尔·亚历山大。)他一开始朗诵自己的作品,我就立刻迷上他了,这一趟行程真是很值得了!那诗人是这样念的:

> 在丁香花盛开的时候
> 美丽的树影投在地面
> 树下,铺上一张桌子
> 此时此刻　对于幸福
> 你还能再作什么更多的要求呢?"

我听了,立刻技痒,当晚就将之转译成旧体诗,正确地说,是貌

似旧体却又不太守规矩的旧体:

> 丁香方盛处
> 清影泻地时
> 隐①几花下坐
> 此心复何期

旧体诗其实颇有毛病,不管你是哪国人、哪族语,一经翻译成旧体,就都成了讲汉语,立刻失去了生鲜的异域情趣。但我却又觉得,非如此不能成其节奏和韵律——虽然,我也有点小小不老实(例如"泻地",是原作者不可能用的),而且,我也只节译了一段。

翻译者常如代理孕母——但跟真的代理孕母不同,身为代理孕母,放在子宫里是人家的"受精卵",而翻译者拿到的却是人家已经生出来的"活孩子",翻译者要硬生生地把孩子塞回产道再生一次……不过,无论如何,代理孕母也分享了一些创造的喜悦。

我想,我有权利,为我自己一人,来做一次供我个人阅读的翻译。虽然,我不懂俄文,但我多么想用我自己的腔调,去体会俄国雪原上春暖花开时的喜悦和感悟——我用的是百年前林琴南(林纾)式的翻译法,他并不认识任何一种外国文字,却胆敢靠别人转述而译了英国的、法国的、意大利的、西班牙的……作品,而且居然极受读者欢迎。

以前,我没见过丁香花,以后,也未必有机会见到。但不知为

---

① 这个"隐",不是"隐居"的隐,是指"依凭",作者在另行诗中有"依桌而坐"之句。

什么,却也不觉遗憾。生命中有许多好东西知道它在那里,或,曾在那里——就好了。难道你会因为没见过唐朝美女杨贵妃而悲伤遗憾吗?我既然见过桃花、梅花、梨花、杏花和橘子花、柚子花、樱花、紫荆花、桐花、杜鹃花、油菜花、流苏花……那么,尚未见过丁香也算不得不幸福。

旧诗词常喜欢把"时""空"因素加在一起而自成新情境,如:
杜甫的"竹深留客处,荷净纳凉时";
邵康节的"月到天心处,风来水面时";
陆游的"十里溪山最佳处,一年寒暖适中时";
史达祖的"临断岸,新绿生时,是落红,带愁流处"。
我也沿袭这种美学而译其句为:

丁香方盛处
清影泻地时

在"这个时刻"、在"这个地点"、加上"这个我",不就正是种种悲欣交集的场域吗?些许激越,些许不悔,些许低回,些许凄凉,些许没理由的昂扬自恣……

总之,愿丁香花——或任何花——年年岁岁,花盛如斯。

编后记

刘 俊

张晓风是二十世纪台湾文学中的重要作家,在散文和剧本创作领域成就卓著。就散文创作而言,她的散文不但量多而且质佳。从一九六六年第一本散文集《地毯的那一端》问世至今,张晓风已出版了近二十本散文集,这些作品情感真挚、视野开阔、思想深邃、文笔清爽,凭着这些作品,张晓风在众多的台湾散文作家中自成格局,卓然成家。同为散文作家的余光中对张晓风的散文十分欣赏,认为她的散文有气魄,有胸襟,亦秀亦豪,盛赞张晓风有一支"腕挟风雷的淋漓健笔,这支笔,能写景也能叙事,能咏物也能传人,扬之有豪气,抑之有秀气,而即使在柔婉的时候也带一点刚劲"。余光中的这一论断,当为至评。

本书选录的张晓风散文,出自张晓风的多种散文集,在相对集中的主题下,按不同的分类编为五辑。第一辑"初绽的诗篇"主要呈现张晓风对亲情、爱情的独特感受和思考,第二辑"愁乡石"汇聚的是张晓风抒发故乡情思的篇什,第三辑"给我一个解释"突显的是张晓风对人生哲理的阐发,第四辑"生活赋"体现的是张晓风对现实生活中人间百态的观察和体验,第五辑"咏物篇"展示的则是张晓风对自然、人文景观的赞叹和感悟。这五个方面虽然不能涵盖张晓风散文创作的所有方面,但张晓风散文的主要书写领域和核心主题,基本上都涉及到了。

爱情和亲情是张晓风在散文创作中持续关注的主题。辑一"初绽的诗篇"中的文章,从父母情,到爱情,到儿女情,再到友情和与物结缘之情,种种感情,贯穿了"我""从小到大"的一生并成为"我"的幸福源泉。作为一个生活在台湾的作家,张晓风对祖国大陆有着深厚的感情,辑二"愁乡石"中的大多数文章就是她对祖国大好河山和悠久文化一再回忆、想象和亲近后充满感慨的文字抒情。对于人世间的种种现象,张晓风在自己的散文中既有形而上的哲理沉思,也有形而下的经验感悟,"给我一个解释"和"生活赋"两辑中的文章,就大致体现了张晓风散文的这两大特色。由于热爱自然,关心人文,并能从自然和人文中生发出思索世界、反省人生的灵感,因此在张晓风的散文中,存在着为数不少书写自然和感叹人文的作品,辑五"咏物篇"就是张晓风这类散文的一个集中归类,从中应不难看出张晓风的"自然观"和"人文观"。

广义的爱情、国家、哲理、人生、自然和人文,这些散文可以大书特写的领域,张晓风那支"能写景也能叙事,能咏物也能传人"的健笔都触及到了,如果说这样的形态体现了张晓风散文创作领域的宽广,那么能由小及大、由浅入深、由近至远地展开自己的"话题",将"小题"写成大作,则是张晓风散文的一种重要的书写方式。当然,选择这样一种切入"话题"的方式,还不能自动地使文章产生具有深度的意义,要使文章意旨遥深、发人深省,就必须借助作者强烈的主体意识,因为,"小题"中升华出的大意义,最终是张晓风将个人的思想、智慧、经验、情感、学识加以综合后形成的一种超拔的见识的结果。张晓风的成功,在很大程度上与她总是将自己深邃的"见识"恰如其分、不温不火、刚柔相济地带入作品密切相关。

当然,散文写作所有的一切,说到底最后还要落实到语言上。一个好的散文作家,一定有着自己独特的语言风格。张晓风的散文语言,除了余光中所说的"亦秀亦豪"之外,还有一种返璞归真后以典雅为内核的平实。张晓风的散文语言是柔中带刚的叙谈,是文言稀释后的白话,是一个有传统教养的现代女性在说自己的中国话。

相信"丁香方盛处"走向我们的张晓风,将借助她的如花健笔和迷人文字,带领读者诸君一起走向她散文的美丽流域。